W0463385

Yishai Sarid

Siegerin

Roman

Aus dem Hebräischen
von Ruth Achlama

KEIN & ABER
POCKET

Ebenfalls von Yishai Sarid:
Monster
Alles andere als ein Kinderspiel
Limassol

Die Originalausgabe erschien 2020
unter dem Titel *Menatzachat* bei Am Oved, Tel Aviv
Copyright © 2020 by Yishai Sarid
Published by arrangement with
The Institute for the Translation of Hebrew Literature

Das Zitat von Jorge Luis Borges auf Seite 5 stammt aus seiner
Erzählung *El Sur*. Abdruck mit freundlicher Genehmigung
von der Carl Hanser Verlag GmbH & Co. KG, München.

Alle Rechte vorbehalten
Copyright © 2021/2022 by Kein & Aber AG Zürich – Berlin
Coverbild: Uriel Sinai
Satz: Dörlemann Satz, Lemförde
Druck und Bindung: CPI books GmbH, Leck
ISBN 978-3-0369-6150-7
Auch als eBook erhältlich

www.keinundaber.ch

»Der Dolch will töten, will jäh Blut vergießen.«

JORGE LUIS BORGES, *DER SÜDEN*

Am Ende wird er mich rufen lassen, wenn die Feiern vorbei sind. Warte zehn Tage, höchstens zwei Wochen – die Einladung wird kommen. Ich hatte die feierliche Amtseinführung in den Nachrichten gesehen, mit Ehrengarde und Dienstgradverleihung und Militärkapelle. Er hätte mich dazu einladen können, dachte ich, verstand aber auch, warum er es nicht getan hatte. Der Anruf von seinem Büro traf zwei Wochen und zwei Tage später ein. Der Generalstabschef möchte dich treffen. Klar, sagte ich, Rosolio ruft, und ich bin zur Stelle.

Meine Zutrittsgenehmigung war bereits abgelaufen, und so musste ich am Eingang lange warten. Ich zeigte den Wächtern meinen Dienstausweis als Oberstleutnant der Reserve, aber sie hielten sich streng an die Vorschriften. Danach erreichte ich das Büro etwas außer Atem, leicht verschwitzt und nicht so frisch wie geplant, aber auf die Minute pünktlich, schließlich war ich noch nirgends zu spät gekommen. »Einen Moment«, sagte die Stabssekretärin. Ihr eifersüchtiger

Blick missfiel mir auf Anhieb. »Nimm bitte Platz.« Sie deutete auf ein paar Stühle in der Ecke und ließ mich warten. Erst als eine Gruppe beleibter Männer in hellblauen Zivilhemden aus dem Zimmer kam, fand sie sich bereit, ihm mein Eintreffen zu melden. Einige Sekunden vergingen, dann stand Rosolio in der Tür, geschmückt mit den höchsten Rangabzeichen, und mir stockte der Atem. »Abigail«, sagte er. »Jawohl, Chef«, erwiderte ich – war mir blöderweise rausgerutscht – und strahlte ihn mit meinem breitesten Lächeln an. Tatsächlich war ich mächtig stolz, als wäre er mein großer Bruder, oder mein fester Freund.

Schon bei unserer ersten Begegnung vor fünfundzwanzig Jahren, bei einer Übung seines Bataillons auf den Golanhöhen, hatte ich vorausgesehen, dass er dieses Amt einmal erreichen würde, so er nicht vorher umkam. Er war nicht gestorben, hatte sein Ziel heil und gesund erreicht, allerdings Jahre später als gedacht. Die alten Bilder überfluteten mich. Ich geriet in Erregung. Er hatte zugenommen, aber sein guter Duft war nicht verflogen, auch nicht sein männliches Flair unter Uniform und Dienstgrad, und seine Augen hatten noch den klugen Blick, der mich mehr als alles Körperliche angezogen hatte. Er freute sich über mein Kommen. »Tritt ein, Abigail, bitte schön«, lud er mich mit großer Geste ein und setzte sich hinter den Tisch, an dem schicksalhafte Entscheidungen fielen. Auf dem Tisch stand ein gerahmtes Bild seiner Frau und Töchter. Er hatte es vor meinem Eintreffen nicht eigens versteckt.

»Wie gehts dir?«, fragte ich. Ich erkannte Stresssymptome um seine müden Augen und an seiner Kopf- und Schulterhaltung, bemerkte die abgekauten Fingernägel. »Na, du siehst ja«, sagte er lachend, »es gibt viel Arbeit zu erledigen, viele Dinge zu ändern.« Seine Ausdrucksweise war seit jeher etwas hölzern, und ich musste in ihn dringen, um die Spuren der Empfindsamkeit zu finden. Hinter seinem Kopf hing die berühmte topografische Karte des Nahen Ostens, und er wirkte einsam. Ich wollte zu ihm treten, ihn anfassen, ihm die steifen Schultern massieren, war aber nicht sicher, wie er reagieren würde. »Ich arbeite wie verrückt«, sagte er, »es ist eine enorme Verantwortung. Erst wenn man hier angelangt ist, kennt man ihr wahres Gewicht.« Ich fragte ihn, was er aß und wie viel er schlief. Über die Jahre hatte ich Rosolio in vielen Stresssituationen gesehen, wusste, dass er stark, aber nicht eisern war, nicht zu den raren Supermännern gehörte, die beim Militär nur alle ein oder zwei Generationen einmal auftauchten. Mehrmals hatte er mich vor einem Einsatz oder einer weitreichenden Entscheidung wirklich gebraucht. Dann musste ich seine Hand nehmen, ihm mit Worten versichern, dass er die richtige Entscheidung getroffen hatte, ihn vor Zweifel und Verwirrung bewahren, vor der Angst, die mit der Opferung menschlichen Lebens verbunden ist. Rosolio war mutig, verlässlich und klug, verfiel aber zuweilen in Grübeleien, aus denen man ihn befreien musste, damit er loslegen konnte.

Ich hatte mich für ihn schön gemacht, helles, kaum sichtbares Rouge aufgelegt, mich mit einem frühlingshaft frischen und jungen Duft parfümiert. Besonders fürchtete ich, ich könnte ihm alt erscheinen, mein Körper ihn anwidern, aber ich sah seinen Augen an, dass ich diese schlimme Grenze noch nicht überschritten hatte.

Er fragte, wie das Zivilleben sei, ich antwortete, dass ich noch nicht vom Militär loskäme, vorwiegend langjährig Kriegstraumatisierte therapierte, in dem Ruf stände, ihnen wirklich helfen zu können. Ich erzählte ihm, ich würde immer noch Vorträge auf dem Fortbildungsstützpunkt für Stabs- und Kommandooffiziere halten und gelegentlich gebeten werden, einige Tage Reservedienst für Sonderaufgaben zu leisten. »Ich habe auch ein paar Zivilisten behandelt, brachte aber kaum Geduld für sie auf«, berichtete ich Rosolio. »Ihre kleinen Probleme haben mich gelangweilt. Ich konnte nur mit Mühe das Gähnen unterdrücken.«

»Ein Glück, dass wir dich mit Arbeit versorgen«, erlaubte sich Rosolio zu scherzen, wurde jedoch gleich wieder ernst, als fürchtete er, jemand könnte ihn durch die Wand beobachten. »Wir haben vielen jungen Leuten das Leben kaputtgemacht«, sagte er und setzte kurz darauf hinzu: »Nicht immer war es die Sache wert.«

»Mit solchen Gedanken solltest du dich jetzt nicht beschäftigen«, sagte ich. »Heb sie dir für den Ruhestand auf, wenn du deine Memoiren schreibst.«

»Super, dass du gekommen bist, Abigail«, lachte er, »ich hatte schon Sehnsucht. Es ist lange her, dass mir jemand gesagt hat, was ich denken soll. Wir sind in die guten alten Zeiten zurückgekehrt.«

Hinter all unseren Reden stand das, was wir nicht aussprechen konnten. Wir befanden uns im Büro des Generalstabschefs, die Landkarte des Nahen Ostens blickte auf uns herab, und es gab keinerlei Raum für Intimität. Rosolio kratzte sich am Nacken und sagte: »Ich habe dich rufen lassen, weil ich meine, du könntest helfen. Du hast immer einen besonderen Beitrag für die Truppe geleistet, hast nicht nur die Geschädigten im Hinterland behandelt, sondern uns geholfen vorzupreschen. Genau das möchte ich mit dieser ganzen Streitmacht machen. Mit ihr vorwärtsstürmen.«

Hättest du das nicht etwas formeller?, dachte ich, sagte jedoch nur: »Klar, ich bin dabei, womit kann ich behilflich sein?«

»Zu Luft und zu Wasser sind wir großartig – schnell, tüchtig, unbesiegt«, sagte Rosolio. »Dafür hapert es zu Lande, bei Bodengefechten, von Mann zu Mann. Dort töten und entführen sie uns, dort kommen wir nicht weiter. Wir haben feinsinnige Kinder, haben sie nicht zum Töten erzogen.« Jetzt konnte ich das Treffen einordnen: Dazu hatte er mich eingeladen, als Expertin für die Psychologie des Tötens.

Ich schlug die Beine übereinander, saß aufrecht, trug das Haar im Nacken zusammengefasst wie immer. »Alles, was von fern per Knopfdruck geht, kommt ihnen natürlich vor«, erwiderte ich. »Von

Weitem töten ist unproblematisch, wie ein Spiel. Aber der Nahkampf, das ist eine ganz andere Geschichte. Sie spielen ja kaum noch draußen, diese Kinder, prügeln sich nicht. Sie leben am Smartphone, alles nur symbolisch, die reale Welt existiert für sie fast nicht mehr. Manchmal denke ich, wir müssten ihnen erst mal beibringen, ein Huhn zu schlachten oder jemandem das Nasenbein einzuschlagen, ehe wir von ihnen erwarten, Menschen zu töten.«

Rosolio lachte. »Kannst du dir vorstellen, was die Zeitungen über mich schreiben würden, wenn ich das Schlachten von Hühnern in die Ausbildung aufnehmen wollte?«

»Sie vögeln auch nicht mehr«, sagte ich, »fassen einander kaum noch an.«

»Ich habe nur Töchter«, erwiderte Rosolio, hielt verlegen inne und korrigierte sich dann: »Wir haben nur Töchter, deshalb stört mich das weniger.«

Vor fünfundzwanzig Jahren hatte Rosolio mir vor seinem Bataillonsführerzelt türkischen Mokka gekocht, ehe wir uns über den Menschen als tötendes Wesen austauschten. Er wollte gern mit mir reden, obwohl ich eine zum Studium freigestellte junge Offizierin war, die noch nie ein Schlachtfeld gesehen hatte. Wie hatte mir das geschmeichelt. Auch jetzt wollte ich das Gespräch gern erweitern, ihn beeindrucken, ihm von neuen Studien ausländischer Militärpsychologen berichten, mit meinem Wissen glänzen, Berufserfahrung demonstrieren. Aber die Stabssekretärin klopfte an, entschuldigte sich vielmals und sagte, Rosolio müsse los zu einem Termin beim Minister, werde erwartet. Dabei streifte mich ihr argwöhnischer Blick.

»Einen Moment noch«, sagte Rosolio und wartete, bis sie raus war. »Was ist mit dem Jungen?«, fragte er leise, fast flüsternd. Ich wusste nicht, ob alle Gespräche in seinem Büro aufgezeichnet wurden, nahm mich jedenfalls in Acht.

»Rückt in ein paar Tagen ein«, berichtete ich, hätte nicht davon angefangen, wenn er nicht gefragt hätte. Es verletzte unser Abkommen.

»Schon? Wohin?«, fragte er überrascht, sogar verlegen. Er hatte keine Ahnung, wie alt Schauli war.

Ich sah ihm direkt in die Augen und antwortete: »Fallschirmjäger, wie du.«

»Fallschirmjäger, wieso das denn? Wie ist das passiert?«

»Das frage ich mich auch. Anscheinend habe ich ihn schlecht erzogen. Er hätte zum Nachrichtendienst gehen können, hat einen hellen Kopf. Oder zur Luftwaffe, wenn er unbedingt ein Held werden wollte, oder zur Marine, wo er doch dauernd am Strand rumhängt. Aber nein, er will zu den Fallschirmjägern. Ein altmodischer Junge. Als Einziger unter seinen Freunden. Er will ein Mann sein. Der Trick funktioniert bei ihm noch.«

»Das kann kein Zufall sein. Hast du ihm von mir erzählt, irgendwas angedeutet?«, fragte Rosolio misstrauisch.

»Nein.« Ich verzog das Gesicht, die Frage gefiel mir nicht. Ich hatte nie etwas ausgeplaudert, würde es auch künftig nicht tun. Schließlich hatte ich ihm mein Wort gegeben. Wir hatten ein Abkommen geschlossen.

»Verzeih, Abigail, klar hast du nichts erzählt«, versuchte mich Rosolio zu beschwichtigen. Ich erinnerte mich, wie erschöpft Rosolio damals nach unserem Beischlaf aufgestanden war, und wie sanft er mich angefasst hatte. Er ist ein großartiger Mann, der Rosolio. Nicht umsonst hatte ich ihn auserkoren.

»Dann ist er jetzt ein großer Junge«, schloss Rosolio mit einer abgedroschenen Phrase und blickte auf die Uhr, die ihm zeigte, dass er spät dran war. »Komisch, wahrscheinlich würde ich ihn auf der Straße gar nicht erkennen.« Immer war es »er« oder »der Junge«. Rosolio nannte ihn niemals beim Namen. Aber daran war ich schuld, denn ich hatte ja jede Verbindung zwischen den beiden untersagt und Schauli nie erzählt, wer sein Vater war. »Moment«, sagte ich. Plötzlich tat es mir von Herzen leid um die beiden, und ich suchte mein Handy, um ihm ein aktuelles Bild von Schauli zu zeigen, wie groß und schön er geworden war. Aber dann fiel mir ein, dass man mir das Gerät am Eingang abgenommen hatte. Schade. Oder vielleicht besser so.

»Grundausbildung Fallschirmjäger?«, fragte Rosolio auf einmal erheitert. »Ich werde mich nach ihm erkundigen. Werde hören, was man sagt.«

Ich erstarrte. »Tu das auf gar keinen Fall. Es wäre zu heikel, und er ist ein kluger Junge. Was soll er wohl denken, wenn der Generalstabschef plötzlich nach ihm fragt? Er weiß, dass du mal mein Vorgesetzter gewesen bist, da wird er eins und eins zusammenzählen.«

»Du hast recht, ich werde den Mund halten«, sagte Rosolio, die Hand schon auf der Klinke, und eilte zum Termin beim Minister.

»Warte noch kurz«, stoppte ich ihn. Ich trat zu ihm und fasste ihn an seine mit Rangabzeichen bepackten Schultern, wollte ihm Kraft spenden, versagte mir jedoch eine feste Umarmung. »Gib mir Bescheid. Ich möchte mit dir vorwärtsstürmen.« Er kam mir kurz nahe und eilte dann seines Weges.

Ich begleitete Schauli, zusammen mit einigen seiner guten Freunde, zum Rekrutierungszentrum. Wir warteten, bis sein Name auf der Anzeigentafel erschien und er aufgerufen wurde, in den Bus zu steigen. Ich versuchte, mich an Kindheitsmomenten festzuhalten, an Geburtstagen, Festen im Kindergarten, Elterntagen in der Schule, an den unzähligen Mahlzeiten, die wir zu zweit eingenommen hatten. Aber all die Jahre brachen jetzt über meinen Kopf herein wie ein gewaltiger Erdrutsch im Gebirge und ließen nichts mehr übrig. Ich streichelte ihn, ergriff seine Hand, sagte ihm wiederholt, er könne mich bei jedem Problem anrufen, schließlich hätte ich Bekannte in der Armee. Schauli erwiderte, ich solle mir keine Sorgen machen, er käme gewiss zurecht. Er lachte mit den Freunden, die uns begleiteten, und irgendwie dachte ich an eine Braut, die allein ans andere Ende des Kontinents geschickt wird, eine Szene, die ich einmal in einem alten Film gesehen hatte. Seine Freunde mochten ihn, waren besorgt und verwundert, denn keinem sonst war eingefallen, sich freiwillig zu einer Kampfeinheit zu melden. Sie brauchten diese Herausforderung nicht mehr, um ihre Männlichkeit unter Beweis zu stellen. Aber ich war stolz auf ihn, den ich ganz allein zu dem offenen und gutherzigen jungen Mann erzogen hatte, und etwas beunruhigt darüber, was ihn jenseits des Zauns erwarten würde, sobald ich ihn der Armee übergab. An einer Wand hing ein großes Foto von Rosolio, dem Generalstabschef, und daneben sein Tagesbefehl an die Rekruten. Beinahe hätte ich zu Schauli gesagt: Schau, das ist dein Vater dort an der Wand, er wird dich beschützen, er wird mit dir vorpreschen ins Feuer. Und mir selbst sagte ich: Das ist deinetwegen, denn aus deinem Blick und deiner Stimme und deiner Aura hat er ja entnommen, welche Männer du achtest und welche du gering schätzt, hat kapiert, dass du nur die Mutigen und Harten leiden kannst, die Weichen jedoch zutiefst verachtest.

An den letzten Tagen seines Zivillebens war Schauli zum Surfen ans Meer gegangen, hatte sich von der Sonne bräunen lassen und auf dem Schulhof Basketball gespielt. Später dann füllten seine Freunde und Freundinnen unsere Wohnung. Ich brachte ihnen Getränke und Obst und bestellte Pizza. Einige blieben über Nacht, drängten sich in seinem Zimmer auf dem Boden. Es war ein langer und turbulenter Abschied, sie klammerten sich aneinander, bis er gehen musste.

Jetzt war ich unruhig, strich ihm übers Haar, sagte, es sei schade, dass er nicht mehr zum Haareschneiden gegangen sei, und er fragte: »Mama, du bist viel nervöser als ich, warst doch so viele Jahre beim Militär. Verbirgst du mir was von dem, was dort geschieht?« Ich verneinte erschrocken: »Nein, nein, wird alles okay, der Abschied fällt mir einfach schwer.« Es war nicht der richtige Zeitpunkt, diese Dinge mit ihm zu besprechen. Und dann erschienen sein Name und seine Personalnummer auf der Leuchttafel, und die Ansage trieb die Rekruten zum Bus. Wir alle begleiteten ihn zum Durchgang, seine Freunde besprengten ihn mit Wasser aus einer Plastikflasche, und als er drinnen war, winkte er uns durch die Scheibe zum Abschied.

Zu Hause räumte ich sein Zimmer auf, das unter dem Trubel der letzten Tage gelitten hatte, damit es für ihn bereitstand, wenn er auf Urlaub kam. Bevor ich die Gitarre in ihren Kasten legte, versuchte ich, die Saiten zu zupfen, aber ich kann kein Instrument spielen und brachte keine Melodie zuwege. Du bist einfach überdreht, sagte ich mir, diesen oder nächsten Schabbat kommt er heim, seine Freunde werden ihn besuchen, drei Jahre sind schnell vorbei, und danach beginnt er das großartige Leben, das er verdient.

Ich erzählte Mendi, dass ich allein war. Er kam auf Besuch und brachte mir eine kleine Eisenfigur mit, die er geschaffen hatte: Eine Frau, die in den Himmel blickte, der Körper verdreht wie der einer kanaanäischen Göttin. »Bin ich das?«, fragte ich, und er lachte brummend. Er war weit gefahren aus seinem Dorf und wollte gern über Nacht bleiben. Abgesehen von der kleinen Skulptur hatte er einen Kanister Olivenöl aus seinem Hain mitgebracht. Ich briet Omeletts in dem Öl und bereitete Salat zu, sagte ihm, ich sei diese Stille nicht gewohnt, die Wohnung komme mir jetzt leer vor, ich sehnte mich nach Schauli und dächte jeden Augenblick daran, was er wohl durchmachte. »Zieh zu mir«, sagte er, »ich bin auch allein.«

Später saßen wir auf dem Balkon und blickten auf die Straße, auf die erleuchteten Häuser und die Gestalten, die sich darin bewegten wie auf der Bühne eines Puppentheaters. Ich betastete die Narben auf seiner Hand, versuchte sie mit den Fingern zu unterscheiden: die von Wunden durch die scharfen Werkzeuge, die er beim Bildhauern verwendete, die von Verletzungen, die er sich bei der Landwirtschaft zugezogen hatte, und jene älteren aus seinen früheren Lebensjahren, deretwegen wir uns kennengelernt hatten.

Mendi war der Einzige, den ich zu einer Therapie bei mir überredet hatte. Vor einigen Jahren hatte ich einen Artikel über ihn in der Zeitung gelesen, anlässlich einer großen Ausstellung, die man ihm im Museum widmete. Der Artikel berichtete von seinem Kriegstrauma, erwähnte die Schreie, die ihn bei Nacht, und die Gewaltszenen, die ihn bei Tag heimsuchten. Ich errechnete, dass er etwa fünfzehn Jahre älter war als ich. Die Journalistin schrieb, die Ausstellung enthalte keine neuen Werke, denn in den letzten Jahren habe Mendi nicht schöpferisch arbeiten können. Ich ging ins Museum, und seine Werke berührten mich zutiefst. Er hatte harte, rabiate Statuen geschaffen, die einsam und brutal im Saal standen, anscheinend dem Zusammenbruch nahe. Ich fasste genug Mut, um ihn anzurufen, sagte ihm, seine Kunst gefalle mir außerordentlich, ich hätte den Zeitungsartikel über ihn gelesen und dächte, ich könnte ihm helfen, seine Kunst wieder aufzunehmen. »Dann komm, und wir reden«, sagte er.

Er wohnte auf dem Land, am Rand eines fast verlassenen Einwanderer-Moschaws am Fuß eines eichenbestandenen Felshangs. Zu seiner Landwirtschaft gehörte ein verwilderter Obstgarten. Dort sah ich Krähen an Granatäpfeln picken, ihre Köpfe in den roten Brei stecken, als hackten sie in einem menschlichen Schädel. »Hier gab es mal haufenweise Früchte«, sagte er entschuldigend, »aber dann ist meine Frau gestorben, und ich war mit den Kräften am Ende. Ich kapituliere vor meinem Kopf. Der funkt mir, was er will, schlimme und verstörende Bilder, mit denen ich nichts anfangen kann.« Er führte mich in seinen Olivenhain und sagte, früher mal habe er tausend Liter Öl pro Jahr gewonnen, aber in den letzten Jahren habe er sich nicht dazu aufraffen können, habe kein Öl mehr gepresst, und auch die Statuen, die er geschaffen habe, seien nichts als bedeutungslose Klumpen. »Ich bin völlig verdorrt«, sagte er, »habe keinen Tropfen Saft mehr in mir.« Ich blickte in sein runzliges Gesicht und auf seine starken Schultern und wusste, dass ich ihn wiederbeleben könnte. Da war noch genug Energie, um damit zu arbeiten. In seinem Atelier, voll von Werkzeugen für Metallarbeiten, zeigte er mir schließlich Statuen, die er angefangen, aber aufgegeben hatte. »Da steckt nichts drin«, sagte er, »einfach seelenlose Eisenbrocken.«

»Die Seele wird wieder einziehen«, sagte ich lächelnd, mächtig beeindruckt von seinem Atelier und davon, dass er mich eingelassen hatte.

Danach saßen wir in seinem Haus, Mendi ging draußen ein paar Blätter zupfen und brühte daraus eine Kanne Tee auf. »Ich weiß nicht, warum ich dir erlaubt habe zu kommen«, sagte er. »Ich wollte schon absagen, aber jetzt freue ich mich, dass du da bist. Es tut gut, mit dir zu reden. Du laberst nicht so viel.« Draußen wehte ein starker Wind, keine lebende Seele war zu sehen, als sei der Moschaw gänzlich verlassen. Mendi schälte eine Orange, reichte mir Schnitz für Schnitz und erzählte mir von den Menschen, die er einst getötet hatte und die nun kamen, um sich an ihm zu rächen, sein Leben zu zerstören. Seine gestikulierenden Hände erzählten die ganze Geschichte. Wie er getötet hatte, mit dem Messer, durch Erdrosseln und mit der Pistole, immer lautlos auf Armeslänge. »Stell dir vor, du begegnest einem Menschen zum ersten Mal, gehst gleich nahe ran, hörst seine Atemzüge, riechst seinen Geruch, siehst seinen Gesichtsausdruck, und ein bis zwei Sekunden später durchlöcherst du seinen Leib schon mit Messerstichen oder Pistolenschüssen. Du bist im letzten Moment seines Lebens bei ihm. Seine Frau ist nicht anwesend, auch nicht seine Eltern und Kinder, nur ich. Manchmal fielen sie mir auf die Schulter und murmelten Abschiedsworte, kein Mensch sonst war dabei.«

»Wenn ich es richtig verstehe, haben sie dir in den ersten Jahren nicht zugesetzt«, sagte ich.

»Stimmt«, erwiderte Mendi. »Ich konnte sie fernhalten, sie trauten sich nicht in meine Nähe, ich brachte sie in der Erinnerung ein zweites Mal um. Aber als meine Frau starb, kamen sie wieder, und nun konnte ich sie nicht mehr abwehren. Anscheinend spüren sie meine Schwäche. Sie reden beharrlich auf mich ein, zeigen mir ihre Wunden, versetzen mich zurück zum letzten Augenblick, und dann ersticke ich schier. Ich kriege keine Luft mehr, und alles ringsum erstirbt.«

Draußen dunkelte es, und Mendi erzählte weiter von einer der Gestalten, die seine Nächte störten, einem hohen Terroristenführer. Das Team war weit übers Meer gereist, um ihn zu liquidieren. Als unsere Leute leise in sein Haus eindrangen, fanden sie ihn im Badezimmer im Pyjama, dabei, sich Tropfen in die Augen zu träufeln. Seine Frau setzten sie im Wohnzimmer fest und spritzten ihr ein Schlafmittel, damit sie nicht aufschrie. Mendi erzählte, der Mann sage ihm im Traum dauernd: »Moment, warte, bis ich mit den Augentropfen fertig bin, das ist nicht nett, einfach so reinzukommen«, aber Mendi konnte damals nicht warten, sondern musste ihm mit der schallgedämpften

Pistole in den Kopf schießen, und in seinen Träumen verstöre ihn die Sache mit den Tropfen, die Augen des Mannes seien tatsächlich gerötet, als hätte er zu lange gelesen oder viel Zeit an der Sonne verbracht, aber das sei egal, er werde gleich sterben, und doch komme der Mann beharrlich auf Mendi zu, der die Pistole halte, kaum abdrücken könne, während es ihm in Wirklichkeit nie schwergefallen sei.

»Was hast du gemacht, als du jünger warst?«, fragte ich. »Wie bist du sie da losgeworden?« Mendi erklärte, er habe sie von Weitem nahen sehen und sei dann ausgegangen, zum Trinken und Rauchen und um ein Mädchen kennenzulernen, habe sich danach in die Arbeit an einer neuen Statue gestürzt, und das hätte sie verjagt. »Aber jetzt lassen sie mir keine Ruhe«, sagte er, »sie sitzen mir im Gehirn.«

Ich überredete ihn, zu Sitzungen bei mir in die Stadt zu kommen. Es wurde eine Erfolgsgeschichte, denn er besaß starke psychische Ressourcen und Schaffenskraft, und deshalb gelang es uns, das Trauma in sein Versteck zurückzudrängen. Manchmal schafften es seine Opfer, sich in nächtlichen Albträumen, die ich nicht gänzlich ausbremsen konnte, erneut anzuschleichen, aber tagsüber war er wieder voll auf dem Damm. Als ich die Therapie für beendet erklärte, lud Mendi mich zum zweiten Mal zu sich nach Hause ein. Ich kam für einen Tag, es war Frühling, und blieb fast eine Woche lang, wollte gar nicht wieder weg. Wir brachten gemeinsam den Obstgarten in Schuss, ich sah ihm im Atelier bei der Arbeit an seinen verrenkten, gleichzeitig erhabenen und verwundeten Figuren zu. Er ließ mich nahe an sich heran, als könne meine Anwesenheit die Erinnerungen vertreiben. Er wollte mich für immer dahaben, und ich dachte mir: wie eine lebende Vogelscheuche. Ich fühlte mich zu ihm hingezogen, schätzte ihn, beneidete ihn um sein Talent, konnte jedoch nicht bleiben. Ich versprach, öfter auf Besuch zu kommen.

Ich rief Vater an, um zu fragen, ob ich was für ihn einkaufen sollte. Vater antwortete, mit dem Supermarkt käme er zurecht, man liefere ihm die Waren nach Hause. Aber wenn ich beim Gemüsehändler vorbeigehen und etwas Obst für ihn besorgen könnte, wäre das nett von mir. Schauli hatte ihm einmal die Woche Obst gebracht, doch nun, wo er eingezogen war, musste ich ihn ersetzen. Schauli ging gern zu meinem Vater. Am Ende eines jeden Besuchs bekam er einen Zweihundert-Schekel-Schein, aber nicht wegen des Geldes suchte er ihn auf. Vater ging sanft und sensibel mit ihm um, schenkte ihm all die Liebe, die er mir vorenthalten hatte. Ich besuchte ihn ungern, weil ich schwer gegen ihn ankam. Nachdem Mutter gestorben war, verließ er selten das Haus, bewegte sich langsam und schwerfällig. Ich hatte ihm immer wieder geraten, einen Pfleger anzustellen, aber das lehnte er stur ab. Er kochte für sich und machte die Wäsche allein, nur einmal die Woche kam eine Putzfrau ins Haus. Mehr Hilfe wollte er nicht annehmen. Vater war vierundachtzig, und an seinen Blutkörperchen nagte schon seit Jahren ein Krebs, der ihn langsam ums Leben brachte.

Ein paar Tage später, als ich einen freien Nachmittag hatte, fiel mir seine Bitte plötzlich siedend heiß ein, und sofort lief ich zum Gemüsehändler, um ihm schöne und teure Früchte zu kaufen. Ich brachte ihm die Tasche ohne Vorankündigung. Er wohnte nur wenige Straßen von mir entfernt, und als ich seine Tür öffnete, witterte ich sofort die stickige Anwesenheit eines Patienten. Augenblicklich wurden meine Schritte lautlos, ich hätte vorher anrufen sollen. Ich sah die geschlossene Schiebetür im Flur, ein Zeichen dafür, dass er mit jemandem in der Praxis saß. Ich stellte leise die Tüten in die Küche und drückte ein Ohr an die Wand, hörte nur gedämpfte Stimmen. Ich tappte auf Zehenspitzen ins Wohnzimmer und setzte mich aufs Sofa. So hatten wir einst geschwiegen, Mutter und ich, wann immer ihn ein Patient aufsuchte, waren völlig verstummt, damit kein Stückchen vom realen, normalen Privatleben des Psychoanalytikers ans Licht kam und das Unbewusste beeinträchtigte, das für die Therapie so wichtig war. Was wäre, wenn ich jetzt die Tür im Flur einen Spalt aufschieben, kurz den Kopf in die Praxis stecken und zu Vater sagen würde: »Guten Tag, ich habe dir Obst gebracht, will nicht stören, auf Wiedersehen«, und sofort wieder verschwände? Nie im Leben wirst du den Mut dazu aufbringen, gestand ich mir ein.

Vater hatte noch einige langjährige Patienten, für die er den Fels in der Brandung spielte. Er begrüßte sie ruhig und gediegen an der Tür, sagte, »bitte treten Sie ein«, und folgte ihnen in seine Praxis am Ende des Korridors, die durch eine knarrende Schiebetür vom Rest der Wohnung abgetrennt war. In seinem Praxisraum standen eine klassische Couch, auf der sich der Patient ausstreckte, und ein bequemer Sessel für Vater. Auf dem Boden lag ein dicker Perserteppich, und an der Wand hing ein naives Gemälde der Jerusalemer Berge, das Geschenk eines berühmten Malers, den Vater einmal behandelt hatte. Als ich klein war, hielt ich seine Praxis für den wichtigsten und geheimnisvollsten Ort auf der Welt. Dort drang er mit Worten in den Kopf von Menschen ein, erkannte ihre Probleme und behandelte sie, damit sie nicht mehr traurig waren. Ich wollte so werden wie er, schnellstmöglich, hatte keine Geduld, zu warten. Vater therapierte mit klassischer Psychoanalyse, war einer ihrer letzten gläubigen Anhänger und verachtete die modernen kürzeren und dynamischeren Methoden. »Ratgeber« nannte er abschätzig Therapeuten, die solche Methoden anwandten. Solange du nicht die tiefe Wunde aufgefunden und geheilt hast, hast du rein gar nichts erreicht, sagte Vater. Manchmal gelange man innerhalb von Stunden dorthin, manchmal erst nach fünf Jahren und zuweilen auch gar nicht, aber man dürfe nicht hastig nach Abkürzungen suchen.

Ich hatte heute keine Lust, mit Vater zu sprechen, würde ihm das Obst dalassen und gehen. Ich wusste, dass er seine Therapiesitzungen fünfzehn Minuten vor der vollen Stunde beendete, und jetzt war es zwanzig vor fünf. Ich biss in einen schönen Pfirsich, den ich für ihn gekauft hatte, wobei mir etwas Saft aufs Kinn troff, und hinterließ ihm einen Zettel auf dem Wohnzimmertisch: »Papa, ich war da, lass dir die Früchte schmecken.« Dann zog ich die Tür leise hinter mir ins Schloss.

Zu Anfang der Grundausbildung rief Schauli fast jeden Abend an, man ließ ihnen ein paar freie Minuten vor dem Abendappell. An seiner Stimme hörte ich, dass er ungebrochen, aber unglücklich war. Ich fragte, was sie zu essen bekämen und ob sie viel herumgehetzt würden, wie seine neuen Kameraden hießen und ob sie schon ihre Waffe erhalten hätten. Während ich seinen knappen Antworten lauschte, fragte ich mich, warum man sie jeden Abend zu Hause anrufen ließ. Das schwächte sie nur, vorerst war er ja nicht in Gefahr, und diese täglichen Gespräche, wie bei einem Kind, das aus dem Sommerlager anruft, belasteten ihn – und mich auch. Er sollte seine Freizeit lieber zum Ausruhen nutzen oder sich was im Laden des Stützpunkts kaufen.

Als er in den Kindergarten kam, wurde er anfangs regelmäßig von einem bösen Kind geschlagen und gebissen. Jeden Tag kam er mit Blessuren nach Hause. Ich sprach mit der Kindergärtnerin, doch die unternahm nichts. Notgedrungen musste ich ihm beibringen zurückzuschlagen. Er war ein schmächtiger und zarter Junge, noch keine drei Jahre alt, und schon zeigte ich ihm, wie man mit der Faust zuschlägt, an den Haaren zerrt und zurückbeißt. Ich hämmerte seinem kleinen Gehirn ein, dem aggressiven Jungen nächstes Mal ordentlich die Fresse zu polieren. »Fresse polieren«, plapperte er mit kindlicher Stimme nach und lachte. An dem Tag, als die Kindergärtnerin sich bei mir beschwerte, dass Schauli das rabiate Kind geschlagen habe und ich da etwas unternehmen müsse, dann auch seine Mutter erregt anrief und mich anschrie (ich schickte sie höflich zum Teufel), war mir leichter ums Herz, denn ich wusste, Schauli hatte sich zu wehren gelernt. »Gute Nacht, mein Schatz, sei stark«, verabschiedete ich ihn in den ersten Wochen der Grundausbildung am Telefon, bis er nicht mehr anrief. Das machte mir keine Sorge. Er wusste, dass ich ihn liebte.

Es ist mein erstes Referat für einen neuen Jahrgang des Bataillonsführerlehrgangs, eine der angenehmen Aufgaben, die ich nach meinem Ausscheiden aus der Truppe beibehalten habe. Die meisten Kursteil nehmer sind Ende zwanzig, ehrgeizige junge Männer mit Befehlsgewalt. Diesmal ist auch eine Offizierin dabei, vermerke ich im Stillen. Sie schauen mich neugierig an, wenn ich in Rock und Absatzschuhen vor ihnen stehe. Morgens hatte ich lange vor Schrank und Spiegel verbracht, um das richtige Outfit zu wählen. Einmal die Woche werde ich zu ihnen sprechen, einige Monate lang, in meinem berühmten Kurs über Militärpsychologie.

Ich erzählte ihnen, wie ich mit fünfundzwanzig

Jahren, nach zwei Abschlüssen in Psychologie, für die mein Wehrdienst ausgesetzt war, als Psychologin einer Fallschirmjägerbrigade angegliedert wurde, als Beauftragte für psychische Gesundheit. Man gab mir einen kleinen Raum mit einem Tisch und zwei Stühlen, dort sollte ich Soldaten mit Problemen befragen, um zu prüfen, wer wirklich verrückt war und wer sich bloß drücken wollte. Das wurde mir schnell langweilig. Nach ein paar Wochen ging ich zum Kommandeur und sagte ihm, ich wollte raus ins Gelände, ein bisschen mit den Soldaten zusammen sein. Er starrte mich an, als sei ich vom Mond gefallen. »Bisher ist noch keiner ins Gelände rausgegangen. Was hast du dort zu suchen?«, fragte er. Ich erklärte ihm, ich wollte sehen, wie die Soldaten lebten, ihre Aufgaben kennenlernen, um zu erfahren, welchem Druck sie ausgesetzt waren. Wie sollte ich sonst verstehen, was in ihnen vorging? Er bewilligte mir die Teilnahme an einer dreitägigen Übung auf den Golanhöhen. Der Name des Bataillonsführers wird euch bekannt sein: Oberstleutnant Rosolio, heute euer Generalstabschef. Damals war er etwa in eurem Alter, und als ich bei ihm ankam, hat er mich ungefähr so angeschaut wie ihr mich jetzt: Was will die von mir. Ich erklärte ihm sofort, ich wollte keineswegs stören, nur lernen. Seine Gehirnzellen arbeiteten rasch. »Gut, dann man los, raus auf Übung, aber beeil dich, gleich fangen wir an«, sagte er. Ehe ich noch den Rucksack abgestellt hatte, winkte er mich in seinen Jeep, und ich fuhr mit raus ins Gelände. Unterwegs erklärte er mir den Ablauf, wo die Hauptstoßtruppe sei, wer das Ablenkungsmanöver übernehme, und wo der Sperrtrupp stehe. Ich rannte mit ihm und dem Funker zwischen den Felsen herum, und er ließ mir nichts nach. Zweimal fiel ich hin, und als die Übung des Tages einige Stunden später beendet war, schwitzte ich so, dass mein ganzes Make-up zerlief. Aber wir hatten das Ziel erobert, hatten gesiegt. Obwohl es kein echter Feind gewesen war, empfand ich Siegesfreude. Danach kehrten wir ins Zeltlager zurück, ich aß mit ihnen Kampfrationen und blieb über Nacht. Keine Sorge, man wies mir ein Feldbett im Zelt der Soldatinnen an und sogar eine separate Dusche mit etwas warmem Wasser. Sie waren perfekte Gentlemen.

Als ich mich am Abend zum Schlafen bereit machte, schickte Rosolio einen Soldaten nach mir. Rosolio saß vor seinem Zelt mit den Offizieren und ein paar altgedienten Feldwebeln, sie hatten ein Feuerchen entzündet und Kaffee gekocht. Rosolio ließ mich dabeisitzen. Sie erzählten leise, um die Soldaten nicht zu wecken, lustige Schwänke aus ihrem Wehrdienst, über sonderbare Typen, wunderliche Vorgesetzte, blöde Aufgaben – keine großen Heldengeschichten, nur Amüsantes. Das Gespräch machte die Runde, jeder sagte etwas, doch ich blieb stumm, scheute mich zu reden. Was hätte ich ihnen denn erzählen sollen – von meinem Studium an der Uni, von den Tagen und Nächten, an denen ich über Büchern gesessen hatte? Aber sie ließen nicht locker: »Jetzt bist du mit Erzählen dran.« Ich schwieg verlegen, bis Rosolio mir zu Hilfe kam. »Wende irgendeinen Psychologentrick auf uns an«, sagte er. »Träume deuten kannst du doch sicher?« Mir drehte sich der Magen um, wie bei einer Prüfung. Am Himmel droben leuchtete ein Sternenmeer, und ringsum saß ein Trupp Männer, die ich nicht kannte. »Ja, natürlich kann ich Träume deuten, ich bin eine Freud-Expertin«, erwiderte ich. »Super, wer hat einen Traum für unsere Psychologin parat?«, fragte Rosolio. Ein junger Offizier hob die Hand und erzählte einen Traum, den er einige Tage zuvor gehabt hatte: Er war einem Wildschwein über offenes Feld nachgerannt, hatte es zu jagen versucht, war jedoch in einen Wald geraten, hatte sich verirrt und nicht mehr nach Hause gefunden. In der Ferne sah er Lichter, die er nicht erreichen konnte. Beim weiteren Streifen durch den Wald überfiel ihn jemand von hinten und hängte sich an seinen Rücken, ein schwergewichtiger, affenähnlicher Mann mit grobem Stoppelgesicht, eine Art Steinzeitmensch. »Die halbe Nacht bin ich mit ihm durch den Wald gelaufen, konnte ihn nicht abwerfen, fast wären wir zu einem Menschen verschmolzen«, erzählte der junge Offizier. »Was hast du ihm gegenüber empfunden?«, fragte ich. »Er hat mich belastet, beängstigt, aber mit der Zeit habe ich mich an ihn gewöhnt. Als ich morgens aufwachte, suchte ich ihn im Bett, war sicher, er sei immer noch da, und war etwas enttäuscht, ihn nicht vorzufinden.« Einen Augenblick herrschte verblüfftes Schweigen, dann kam Gelächter auf. »Moment, Ruhe«, befahl Rosolio. Er wollte hören, wie ich den Traum deutete.

Ich richtete einige Fragen an den Träumer, über sein Leben, wo er wohnte, welche Verbindung er zu Wildschweinen habe, und er erzählte, in seinem Kibbuz jage man sie. Ich hatte genug Hintergrund, um ihm den Traum nach den guten, alten Regeln unseres Freundes Freud zu deuten, wenn auch sehr oberflächlich, denn ich wusste ja fast nichts über den Mann. »Das ist ein Traum übers Erwachsenwerden«, begann ich, »du hast das Haus verlassen und kannst nicht zurück, bist jetzt auf dich selbst gestellt. Du wirst härter und gröber, um zu überleben, um Beute zu machen. Das ängstigt dich, du möchtest diesen neuen Menschen loswerden, leicht und frei sein wie zuvor, hast andererseits aber auch eine Bindung zu ihm entwickelt. Du befindest dich in einem Entwicklungsprozess. Lass diesen Wilden nicht die Oberhand über dich gewinnen, aber jage ihn auch nicht fort. Werdet Freunde. Er wird auf dich aufpassen. Lern die guten Dinge von ihm. Einen schönen und weiterführenden Traum hast du geträumt, Kompliment.«

Alle in der Runde waren begeistert, auch Rosolio, einige klatschten sogar Beifall. Ich hatte mir meinen Platz am Lagerfeuer erworben. Danach erzählten mir andere ihre Träume. Ich war der Mittelpunkt des Abends, eine Art Bataillonsweissagerin, die aus dem Kaffeesatz liest. Wir lachten und amüsierten uns, bis einer von Rosolios Kompanieführern seinen Traum erzählte. Ich weiß noch, wie alle in Schweigen verfielen, als er einen Traum zu schildern begann, der fast jede Nacht wiederkehrte: Er erklimmt eine steile

Felswand, durch ein Seil gesichert, sodass er nicht abstürzen würde. Aber plötzlich sieht er, dass das Seil verschwunden ist, er über dem Abgrund hängt, sich gerade noch an Felsvorsprüngen festkrallt, während die Füße vergeblich Halt suchen. Er ist am Ende seiner Kräfte, weiß, dass er im nächsten Augenblick aus enormer Höhe abstürzen wird und kein Mensch da ist, der ihm helfen könnte. Alle schwiegen, während der Offizier seinen Traum erzählte. Wir sahen seinen Absturz bildhaft vor Augen. An diesem Traum gab es nicht viel zu deuten, abgesehen von dem Offensichtlichen – großer Angst. Als er fertig war, trat Rosolio zu ihm, legte ihm die Hand auf die Schulter und versicherte ihm, dass er niemals allein sei, dass sie einander stets helfen würden. Aber dieser Mann starb bei einem Unfall, ehe er dreißig Jahre alt war. Rosolio rief mich eigens an, um es mir mitzuteilen, und fragte, ob ich mich an seinen Traum erinnerte. Klar erinnerte ich mich, hatte nichts von jener Nacht vergessen.

Am Morgen nach dem Lagerfeuer erlaubte Rosolio mir, mit den Soldaten zu reden, und wir setzten uns unter einem Sonnensegel auf den Boden. Als die Psychoanalyse in Wien erfunden wurde, hatte man eine solche Kulisse kaum vorausgesehen. Ich sprach mit jungen Soldaten, mit Unteroffizieren und mit Kameraden der Unterstützungskompanie, mit allen. Es war faszinierend. Das Bataillon wurde für mich zu einem Lebewesen mit vielen Köpfen, Armen und Augen. Diese drei Tage waren mein Eingangstor zur Seele des Militärs. Danach ging ich noch oft mit Soldaten ins Gelände. Ich wartete nicht ab, bis sie kurz vorm Zusammenbruch bei mir erschienen, verbarrikadierte mich nicht in meinem Kämmerlein hinterm Schreibtisch. Mit der Zeit gewöhnten sie sich an mich, die Kommandeure sahen es gern, wenn ich sie aufsuchte und sie sich mit mir beraten konnten: Wie sich die Motivation verbessern ließe, wie man mit mangelnder Disziplin umgehen sollte, wie der Zusammenhalt innerhalb der Truppe und die Kommunikation zwischen den Einheiten gestärkt werden könnten. Ich besaß viel theoretisches Wissen zu diesen Themen und freute mich, es praktisch anwenden zu können. Die einfachen Soldaten redeten mit mir über alles, berichteten über ihr Heimweh, ihre Seelennöte bei dem anspruchsvollen Dienst, die Beziehung zu ihren Freundinnen und gebrochene Herzen. Die Angst war in jedem dieser Gespräche präsent, auch wenn sie nicht beim Namen genannt wurde. Ich musste sie auch selbst spüren, konnte sie nicht nur in der Theorie belassen.

Einige Monate später zog Rosolios Bataillon in den Libanon, und ich bat um Besuchserlaubnis. Der Brigadekommandeur lehnte ab, mit der Begründung, es bestehe kein Grund, mich in Gefahr zu bringen, und es wäre eine überflüssige Belastung für die Truppe, die sich um mich kümmern müsste. Aber ich beharrte und sprach mit Rosolio, der dem Kommandeur die Zustimmung abrang. Ich erinnere mich noch an das Gefühl beim Grenzübertritt, mir kribbelte der Bauch wie zu Beginn eines tollen Abenteuers. Man brachte mich in einem Lastwagen zu Rosolios Posten, tief im Landesinnern, und ich blieb eine Woche dort. In der ersten Nacht gerieten wir unter Mörserbeschuss. Ich hatte Angst, vertraute aber unseren Soldaten, die mich schützen würden. Dort begriff ich, was Kameradschaft bedeutet, spürte ihre Kraft. Anders ausgedrückt: In professioneller Hinsicht verlor ich dort meine Objektivität, wurde Teil von ihnen. Das ist eine riskante Aussage für eine Psychologin, aber nun ist sie raus. An meinem dritten Morgen im Kampfgebiet hörten wir eine starke Explosion in der Nähe des Postens. Eine Patrouille war bei der Öffnung einer Achse auf einen Sprengsatz gestoßen. Rosolio fuhr sofort hin, und ich sprang in seinen gepanzerten Wagen, ohne erst um Erlaubnis zu bitten. Ich werde niemals das Bild vergessen, das uns empfing: Ein Soldat saß auf der Straße, ihm fehlte ein Bein, man hatte ihm den Helm abgenommen, und sein Gesicht war sehr blass. Der uns begleitende Arzt rannte zu ihm und bemühte sich, die Blutung zu stoppen. Die Soldaten knieten beiderseits der Straße, in kugelsicheren Westen, mit Helmen und Gewehren. Mir schien die Zeit stehen geblieben, das Bild beinah inszeniert zu sein. Aller Gedanken richteten sich nach oben – der Himmel war blau, die Luft sehr sauber –, und ich erfasste sie mit beängstigender Klarheit. Ein Hubschrauber nahte, wir hörten ihn von fern, und der Verwundete wurde in die Heimat ausgeflogen.

Als die Soldaten in den Posten zurückgekehrt waren, rief Rosolio sie zusammen und bat mich, an dem

Gespräch mit ihnen teilzunehmen. Sie waren jung, neunzehn, zwanzig Jahre. Ich wusste nicht recht, was ich ihnen sagen, wie ich sie beruhigen sollte, und handelte instinktiv. Zum ersten Mal musste ich mich in Echtzeit mit Traumata befassen, und alles, was ich später tat, hatte dort seinen Anfang genommen. Rosolio ergriff als Erster das Wort, und dann fiel ich ein, sacht und leise, wie ein Begleitinstrument im Orchester. Rosolio fragte nach Einzelheiten der Operation, und ich fragte, wie sie sich fühlten. Ich bat sie, von ihrem verwundeten Kameraden zu erzählen. Einige Soldaten brachen in Tränen aus. Ihr Kompaniechef blaffte, sie sollten sich gefälligst wie Männer benehmen, doch Rosolio gebot ihm Einhalt: Lass sie weinen. Soviel ich weiß, wurde hier erstmals eine Untersuchung in Anwesenheit eines Psychologen gleich nach dem Gefecht durchgeführt, nicht erst Monate später, in der Heimat, wenn das Trauma schon eingefleischt und schwer zu behandeln ist. Nach dem Gespräch schickte Rosolio sie auf Patrouille auf derselben Achse. So machten wir sie schnell wieder einsatzfähig. Ich war froh, dass ich dabei gewesen war, um zu helfen.

Als Rosolio ein paar Monate später zum Brigadekommandeur befördert wurde, rief er mich in sein Büro und fragte geradeheraus, wie ich ihm helfen könne, die Soldaten in bessere Kämpfer zu verwandeln. Auf meine Gegenfrage, was er damit meinte, erklärte er: Damit sie im Kampf besser agieren, mit einem Minimum an Zaudern und Angst. Ich fragte: Es soll ihnen leichter fallen, zu töten? Und er antwortete schlicht mit Ja. Ich bat Rosolio, mich für einen Monat in die Unibibliothek zurückziehen zu dürfen, danach würde ich mit Antworten zurückkehren. Er stimmte zu. So begann meine Geschichte mit der Psychologie des Tötens. Eine neue Welt tat sich mir auf. Nach Ablauf des Monats präsentierte ich Rosolio eine Zusammenfassung des Gelernten, und auf seine Bitte schrieb ich einen Aufsatz, der vielen Befehlshabern die Augen öffnete. Ich möchte, dass ihr ihn bis zum nächsten Vortrag alle lest, am Ausgang liegen Kopien für euch bereit. Danach schickte man mich für zwei Monate an die Militärakademie der US-Marines in Texas. Dort studierte ich bei den führenden Militärpsychologen der Vereinigten Staaten, die von morgens bis abends erforschen, wie sich die Truppen tödlicher machen lassen. Sie haben viel Erfahrung aus allen Kriegen des Imperiums. Nach meiner Rückkehr hielt ich einen Vortrag vor dem Generalstab, und danach umwarb man mich von allen Kampfeinheiten, ich möge doch bitte zur Beratung kommen. »Das bin ich, und das ist der Kurs, den ich euch geben werde, und ich hoffe, er wird nützlich und interessant werden«, sagte ich und verließ gemäßigten, aufrechten Schritts den Hörsaal. Ich war zufrieden, hatte das Empfinden, den richtigen Eindruck hinterlassen zu haben.

Was ich ihnen nicht erzählt habe und auch nicht erzählen werde: Mit dreiunddreißig Jahren, als ich schon Beauftragte für psychische Gesundheit der Fallschirmjägerbrigade und der Kommandoeinheit des Generalstabs war, hatte ich Rosolio verführt, weil ich mir ein Kind von ihm wünschte und mir diesen Wunsch auch erfüllen wollte. Er war fast vierzig, verheiratet und Vater zweier Töchter und hatte mich bis dahin nicht angerührt, obwohl wir schon jahrelang zusammenarbeiteten. Emotional waren wir uns bereits nähergekommen, als ich ihn beriet und in Stresssituationen unterstützte. Er war ein Meister der Selbstdisziplin und sagte kein Wort, aber seinen Blick konnte er nicht kontrollieren, und ich las ihm an den Augen ab, dass er wollte. Seinerzeit trug Rosolio die Verantwortung für eine Reihe streng geheimer Operationen. In einem Fall wären einige unserer Leute um ein Haar in einem Feindstaat erwischt worden, konnten sich nur um Haaresbreite und mit einer guten Portion Glück retten. Rosolio bat mich, mir ein Bild von der Lage zu machen und mit den Kämpfern zu reden, denn die Stimmung der Truppe war von Panik durchsetzt, und Rosolio fürchtete, dies könnte sie schwächen. Er spürte die Angst unter seinen Soldaten umgehen wie ein tödliches Virus. Ich kam sofort auf den Stützpunkt, sprach mit den Befehlshabern, arbeitete einen Arbeitsplan mit ihnen aus. Ich traf die Teams zu Einzel- und Gruppengesprächen, und einige Tage später spürte man bereits eine Veränderung, und sie waren bereit, die Einsätze wie geplant fortzuführen. Rosolio war zutiefst dankbar. Seine Karriere hing vom Erfolg dieses Einsatzes ab, und seine Nerven hatten bei meinem Eintreffen blank gelegen. Vor anderen konnte er das gut hinter einer kalten Hülle verbergen, aber nicht vor mir.

Wenn ich mich fragte, wen ich gern als Vater meines Kindes hätte, sah ich nur Rosolio vor Augen. Das ist nicht möglich, sagte ich mir, und versuchte ihn mir aus dem Kopf zu schlagen, aber er kam mir immer wieder in den Sinn, ganz deutlich, im Träumen wie im Wachen, bis ich beschloss, es durchzuziehen: Ein Treffen, ein kosmischer Zusammenstoß, komme, was wolle.

Die Gelegenheit ergab sich in der letzten Nacht, am Ende der Lagebesprechung mit dem letzten Team, das von der Geheimoperation zurückgekehrt war. Es wurde eine Siegesfeier, obwohl Rosolio sich um Mäßigung bemühte. Wir gingen in einem erhabenen Erfolgsgefühl auseinander. Der Verteidigungsminister hatte eigens eine Dankesnote übermittelt. Jemand schenkte Whisky in Plastikbechern aus, und alle verabschiedeten mich kameradschaftlich und voll Hochachtung, wie eine von ihnen. Es war Nacht. Rosolio brachte mich an mein Auto, wir beide waren in Hochstimmung, umhüllt vom sommerlichen Duft der Orangenhaine. Wir gingen eng nebeneinander, er legte mir kurz die Hand auf die Schulter, mir stockte der Atem – jetzt bloß nicht zögern, der Moment ist da. Kein Mensch war in Sichtweite, und doch erschrak er und nahm die Hand schnell wieder runter. Ich ergriff sie, platzierte sie resolut zurück auf meine Schulter und sagte, um die Verlegenheit auszuräumen: »Was für eine lauschige Nacht.« Er murmelte etwas, ganz aufgeregt, war eindeutig nicht routiniert darin, war ein treuer Ehemann, der Rosolio. Ich fürchtete, er könnte mir entgleiten. »Vielleicht gehen wir auf deine Stube«, sagte ich, wohl wissend, dass man ihm für die Zeit des Einsatzes ein Kämmerlein im Eukalyptushain am fernen Ende des Lagers zugewiesen hatte. Dort könnten wir ungesehen reingehen. Wir schlichen auf leisen Sohlen, vergewisserten uns, dass kein Mensch in der Gegend war, und als er die Tür hinter uns schloss und wir beide in Lachen ausbrachen, wusste ich, es würde klappen. Ich brauchte mich nicht groß anzustrengen, um ihn zu verführen. Zwischen dem Einzelbett und der Duschecke erhielt ich von ihm, was ich wollte. Einen Moment bevor er zu mir kam sagte ich, ich sei ungeschützt und wolle ein Baby von ihm. Kurzes Zögern huschte über sein Gesicht, dann sagte er: »Okay, ich verstehe«, und machte weiter. Ich meine, das war sehr anständig von mir. Als wir mitten in der Nacht auseinandergingen, sagte er mir ein paar schöne Worte, die ich in Erinnerung habe, streichelte mich zärtlich, und seine Miene war ruhig und aufgeräumt. Auch ich fühlte mich wohl bei ihm. Als ich allein über die leeren Straßen stadteinwärts fuhr, spürte ich, dass ich einen Schatz in mir trug.

Einige Wochen später, als ich Gewissheit hatte, vereinbarte ich ein Treffen mit ihm, bei dem ich ihm mitteilte, dass ich schwanger war. »Ich habe gezögert«, log ich, »aber ich will es behalten.« Er nickte. Und unaufgefordert versicherte ich ihm: »Ich werde niemandem verraten, wer sein Vater ist, auch nicht dem Kind. Ich werde kein Geld von dir verlangen. Du musst keinen Anteil am Leben des Kindes nehmen.«

»Bittest du mich um Erlaubnis?«, fragte er. »Nein«, sagte ich. »Ich möchte es so.«

»Okay, ich verstehe«, sagte er noch einmal.

Unser Abkommen wurde eingehalten. Wir trafen uns nicht mehr während meiner Schwangerschaft. Jeden Tag kämpfte ich mit mir, krallte mir wahrlich die Fingernägel in den Arm, um ihn nicht anzurufen, ihn nicht erneut zu verführen beim Anblick meines hübsch gerundeten Babybauchs und meiner vollen Brüste, mit all diesem Glanz, den er geschaffen hatte. Bei der Geburt war nur meine Mutter an meiner Seite, und sie stellte keine Fragen. Meine Eltern halfen mir vom ersten Tag an mit Schauli. Mutter kümmerte sich oft von morgens bis abends um ihn, und das mit Freuden. Schaulis Dasein brachte Licht in ihr Leben.

An seinem ersten Schultag schickte ich Rosolio ein Foto von Schauli, mit dem neuen Ranzen und dem glücklichen Lächeln, konnte es mir einfach nicht verkneifen. Es war eine einmalige Handlung, spontan und unvorsichtig. Ich hoffte, er würde das Bild sofort löschen und ignorieren, aber er schrieb umgehend: »Ein süßer Junge, freu dich an ihm. Sie werden schnell groß.« Stundenlang streichelte ich seine Worte mit den Augen, und es kostete mich große Überwindung, ihm nicht zu antworten.

Noga schrieb, sie würde übers Wochenende in der Stadt sein, und fragte, ob wir uns treffen sollten. »Vielleicht gehen wir Donnerstagabend in deine Kneipe?«

»Klar«, schrieb ich zurück. Sie meinte die kleine Bar bei mir um die Ecke, die ich während der Therapie einmal erwähnt und die ihr waches Gehirn nicht vergessen hatte. In meinen langen Studienjahren, als ich noch bei den Eltern wohnte, war ich öfter dort gewesen, um mal etwas anderes zu sehen und ein bisschen was zu trinken. Ältere Männer plauderten mit mir und wurden fast immer höflich abgewiesen. Der Inhaber nahm mich unter seine Fittiche und passte auf mich auf. Vor einigen Jahren hat er einen Schlaganfall erlitten und eine bleibende Sprachstörung davongetragen, aber er kommt immer noch jeden Abend, sucht die Musik aus, hauptsächlich Jazz, und seine Tochter, die etwa in meinem Alter ist, steht hinterm Tresen. Beide freuen sich, wenn sie mich sehen.

Ich setzte mich auf meinen Stammplatz am Ende der Bar und bemerkte, wie Noga, gekleidet in Jeans, T-Shirt und feinen Turnschuhen, eintrat und ins Dämmerlicht blinzelte. Sie sah sich verlegen nach mir um, und einige der ältlichen Stammgäste schauten sie verwundert an, denn junge Leute ließen sich hier selten blicken. Ich erhob mich zu ihrem Empfang. »Ein zwielichtiges Lokal«, sagte sie und lächelte mit ihren blendend weißen Zähnen. Ich hatte mich nach ihr gesehnt, hatte sie ins Herz geschlossen. »Es ist beinah mein zweites Zuhause«, sagte ich, »sie haben mich hier vom neunzehnten Lebensjahr an aufgezogen«, und der Wirt hinterm Tresen lächelte uns beide stumm an. »Du hast abgenommen«, stellte ich fest, als sie sich auf den hohen Stuhl neben mir schwang, und Noga erwiderte lachend, sie habe im Gegenteil zugenommen, futtere zu viel Brot und Kuchen, bei der Staffel würde ständig was gefeiert. Wir waren beide aufgeregt, weil wir uns zum ersten Mal außerhalb meiner Praxis trafen. Ich dachte, es sei vielleicht ein Fehler gewesen, mich an einem solch öffentlichen Ort mit ihr zu verabreden. Die Barfrau fragte nett, was sie trinken wolle, und als Noga zögerte, schlug sie vor, ihr einen Cocktail zu mixen, der ihr schmecken würde. »Mach es, auf sie ist Verlass«, riet ich Noga. »Magst du lieber süß oder bitter oder sauer?«, fragte die Barfrau, und Noga antwortete lächelnd, ein bisschen von allem, aber insgesamt solle es doch süß sein.

Zwei Monate zuvor hatten wir die Therapie abgeschlossen, in beiderseitigem Einverständnis, dass es vorerst genug sei und ihr meine Tür immer offen stehe. Doch ich sehnte mich nach ihr und hatte ihr deshalb geschrieben, dass ich sie gern wiedersehen würde. »Ich dich auch«, schrieb sie zurück, und nun saßen wir in der dunklen Ecke der Bar und tranken Cocktails. Der Alkohol machte mich weicher, deshalb betrachtete ich sogar die alternden Verlierer ringsum mit Nachsicht, die teils schon vor dreißig Jahren vergeblich versucht hatten, mit mir anzubändeln, und jetzt die Kulisse für unser Treffen abgaben. Ich hatte eine Stunde mit diesem wunderbaren Zauberwesen und beabsichtigte, diese Zeit voll auszukosten.

»Wie ist es in der Staffel?«, fragte ich, und Noga erzählte, ihre Ausbildungszeit sei abgeschlossen und sie würde jetzt voll im normalen Flugbetrieb eingesetzt.

»Diese Woche habe ich eine abgeschossen«, erklärte sie leichthin, als erzähle sie von einer Wanderung in der freien Natur, und ihr Sch war von einem hübschen Pfeifen begleitet. »Wir haben eine Raketenfabrik getroffen. Ich hab die Rakete durchs Fenster reingeschickt. Alle haben mir den Erfolg gegönnt und mich für das erste Mal mit Sekt bespritzt.«

Ich summte. Das war eine Angewohnheit meines Vaters, die ich übernommen hatte und nicht wieder loswurde. »Wie hast du dich gefühlt?«, fragte ich und sah an ihrem Blick, dass ich einen Fehler begangen hatte: Sie wünschte keine Therapie mehr von mir, wollte nicht, dass ich summte und sie nach ihren Gefühlen fragte. Billie Holiday wimmerte wohlklingend, der Wirt sah mich klug und freundlich von jenseits des Tresens an, und seine Tochter mixte mir noch einen Gin Tonic, kannte meinen Geschmack. Noga war auf ihrem hohen Stuhl erstarrt, fahndete mit den Augen nach einem Fluchtweg, und ich musste dringend das Thema wechseln, bevor sie Reißaus vor mir nahm. Es war nicht richtig, die Praxis hierher zu verlegen. »Wie ist die neue Wohnung?«, fand ich eine unverfängliche Frage.

»Super«, antwortete Noga und lächelte wieder. Ihr Hals war lang und schlank, ihre Haut makellos rein. »Es gibt zwar ein Leck unter der Spüle in der Küche, die Bude wimmelt von Mücken, im Badezimmer blättert die Farbe ab, und wir zahlen dasselbe wie für eine Villa mit acht Zimmern bei uns im Ort, aber es gefällt uns sehr gut. Endlich ein bisschen in der Stadt leben, ohne die Eltern, auch wenn ich kaum in der Wohnung bin, nur ein oder zwei Nächte pro Woche, wenn ich keine Bereitschaft habe. So machen es alle Jungs bei uns, war ja blöd von mir, dauernd bei der Staffel zu bleiben.«

»Wie ist deine Mitbewohnerin?«, fragte ich.

»Wir sind wie zwei kleine Mädchen, die man sich selbst überlassen hat«, lachte Noga. »Wir sehen einander kaum. Auch sie ist sehr beschäftigt, dauernd am Arbeiten oder Studieren. Manchmal kommt ihr Freund über Nacht. Dann muss ich mir ein Kissen auf den Kopf legen, um den Lärm der beiden nicht zu hören. Aber das macht mir nichts aus, ich weiß, dass sie lange darauf gewartet hat.«

Wir nahmen noch ein paar Drinks, die Barfrau verwöhnte uns. Nur selten trank ich so viel, normalerweise erlaubte ich mir keinen Kontrollverlust, aber diesmal wollte ich Noga demonstrieren, dass ich nicht mehr ihre Therapeutin, sondern ihre Freundin war, und dass wir miteinander bechern und albern konnten, mein Goldmädchen und ich.

Ein Jahr war vergangen seit der Gefangenenübung, bei der wir uns kennengelernt hatten. Später hatte Noga den Lehrgang abgeschlossen, ihren Flugschein erhalten und war in eine Kampfhubschrauberstaffel aufgenommen worden. Gelegentlich hatte ich meine Beziehungen in der Luftwaffe genutzt, um mich nach ihr zu erkundigen. Sie sei in Ordnung und komme gut voran, hieß es. Der Zwischenfall bei der Gefangenenübung war vergessen, außer im Therapieraum, wo sie und ich ihn von allen Seiten gründlich aufarbeiteten. Kein Mensch wusste, dass ich sie therapierte. Wir trafen uns, wann immer sie Urlaub hatte, wenn nötig, auch an Schabbat und Feiertagen, bis ich mir sicher war, dass ich loslassen konnte.

»Schauli ist eingerückt«, berichtete ich ihr im violetten Licht am Ende des Tresens, und sie fragte, wie ich mich fühlte. Ich erzählte ihr, dass ich nachts nicht gut schliefe, obwohl er bisher nicht in Gefahr schwebte. Der hübsche Drink, den die Barfrau ihr gemixt hatte, schmeckte ihr, und ihre Augen glänzten. In ihrem Alter hatte auch ich gestrahlt, war so flink und brillant wie sie gewesen, hatte jedoch nicht den physischen und psychischen Mut aufgebracht, allein loszustürmen. Beinahe wäre ich durchgestartet, doch ich hatte mir Bremsklötze in den Weg gelegt und war darauf angewiesen, dass starke Männer mich mitzogen. Mein eigener Motor reichte nicht zum Abheben. Deshalb war es mir so wichtig, dass Noga nicht abstürzte.

Gegen Mitternacht verließen wir die Bar. Ich zündete mir meine tägliche Zigarette an, und wir gingen lachend die Straße entlang. Super, sagte ich mir, jetzt sind wir Freundinnen. In Gedanken sah ich wieder ihren verzweifelten Blick damals bei der Gefangenenübung, als ich sie eingenässt aus dem Verhörraum befreite. Noga sagte, sie müsse früh wieder bei der Staffel sein, und bot an, mich nach Hause zu bringen, weil ich angeheitert sei und nicht mehr ganz gerade ginge. »Ach was, meine Liebe, die paar Meter schaffe ich noch«, sagte ich. »Schlaf gut, kill die Bösen, bis bald dann.« Ich breitete die Arme aus, um sie an mich zu drücken, ihr Kraft zu spenden. Sie stieg auf einen dieser Elektroroller und düste die Straße hinunter, aufrecht wie eine Göttin. Vielleicht wollte sie bei mir schlafen?, dachte ich errötend, als sie weg war. Der Gedanke erregte mich.

Ein Glanzpunkt meiner Wehrdienstzeit war die Neustrukturierung der Gefangenenübung für die Elitetruppen gewesen. Zuvor hatte man die Soldaten darauf gedrillt, bei Gefangennahme gänzlich den Mund zu halten, nur Name und Dienstgrad anzugeben und darüber hinaus keinerlei Fragen zu beantworten, auch wenn man sie zu Tode folterte. Im Verlauf der Jahre und Kriege hatte man jedoch eingesehen, dass diese Forderung unrealistisch war. Die meisten Gefangenen konnten nicht mit Uri Ilan mithalten, der 1955 in syrischer Haft lieber Selbstmord begangen hatte, als irgendetwas zu verraten. Sie wollten auch unter schlimmster Folter weiterleben, und man konnte von ihnen nicht verlangen, rein gar nichts zu sagen. Trotzdem blieben die Gefangenenübungen auf das alte Ideal abgestellt, und gelegentlich zerbrach ein junger Soldat unter dem enormen Druck. Nach einigen traurigen Fällen dieser Art bat mich der Chef der Kommandoeinheit des Generalstabs, eine neue Gefangenenübung auszuarbeiten. »Es muss immer noch hart sein, also mach kein Erholungsheim draus«, instruierte er mich.

Ich entwarf eine weit intelligentere Testreihe, verwandelte das Ganze in einen kontrollierbaren Albtraum mit Eingriffsmöglichkeiten, um den totalen Nervenzusammenbruch der Testperson zu verhindern. Ich erlaubte den Gefangenen, zu reden, ohne jedoch den streng geheimen Kern ihres Einsatzes preiszugeben. Die Ergebnisse konnten sich sehen lassen. Die abschließende Aufarbeitung mit den Soldaten ergab, dass sie das erwartete Verhalten tief verinnerlicht hatten.

Jahre später, als ich bereits aus der Armee ausgeschieden war, sprach mich die Luftwaffe wegen einer Soldatin in der Flugausbildung an, die bei einer Gefangenenübung zusammengebrochen war. Es hatte einen ganzen Wirbel gegeben, eine Untersuchungskommission war gebildet und eine Schadensersatzforderung eingereicht worden. Und da war mein Name aufgekommen. Wäre man mich früher angegangen, wäre das Ganze vermeidbar gewesen. Man bat mich insbesondere um Beratung, wie sich die Übungsreihe auf Frauen anpassen ließe. Ich sollte untersuchen, welcher Druck auf sie wirkte, wo ihre Bruchstellen lagen, und welche Änderungen man ihretwegen in der Vorbereitung auf eine Gefangenschaft vornehmen sollte. Ich war keineswegs begeistert, befasse mich ungern speziell mit Frauen. Mein Fachgebiet ist die Psychologie von Soldaten und Armeen, und ich wollte mich nicht auf dieses Teilgebiet eingrenzen lassen. Ich sagte, ich sei bereits außer Dienst. Erst als der Luftwaffenkommandeur persönlich anrief und um meine Hilfe bat, ließ ich mich erweichen.

Zuerst beobachtete ich die Kursteilnehmerinnen während einer komplizierten Unterrichtsstunde über die Grundlagen des Fliegens. Ich wollte sehen, mit wem ich es zu tun hatte. Noga fiel mir sofort auf, ehe ich das Geringste über sie wusste. Sie war hoch konzentriert, hatte einen intelligenten Gesichtsausdruck und stellte dem Ausbilder knappe, kluge Fragen. Von allen Soldatinnen im Raum würde sie es am weitesten bringen, dachte ich. Danach las ich ihre Akte: Sie stammte aus gutem Hause, war in einem wohlhabenden kleinen Ort aufgewachsen, hatte das Gymnasium mit Bestnoten abgeschlossen, im Basketballteam der Schule gespielt, war Gruppenleiterin bei den Pfadfindern gewesen und hatte alle militärischen Eignungstests mit phänomenalen Noten bestanden.

Später interviewte ich die Kursteilnehmerinnen und wartete gespannt darauf, dass Noga an die Reihe kam. So muss jemand aussehen und klingen, sagte ich mir nach einigen Gesprächsminuten, bei ihr verbanden sich hohe Intelligenz und ruhige persönliche Ausstrahlung auf perfekte Weise, und manchmal blitzte ein weises und treuherziges Lächeln hervor, ohne einen Funken Bosheit. Ihre Stimme war jung, und das Sch war von einem gewinnenden Zischen begleitet. Doch mittendrin beschlich mich das Gefühl, mit Zuckersirup gefüttert zu werden, ich meinte, mich zu sehr für sie zu begeistern, und schlug eine härtere Gangart ein. »Du bist sehr nett«, sagte ich, absichtlich dieses ärgerliche Wort gebrauchend, »meinst du, aus dir könnte eine Kämpferin werden?« Es war mir gelungen, das Lächeln von ihren jungen, roten Lippen zu wischen. »Ich hoffe es«, antwortete sie, »ich bemühe mich, den Beruf so gut wie möglich zu erlernen.« Ich nahm die Lesebrille ab und hakte erbarmungslos nach: »Luftwaffenpilotin ist kein bloßer Beruf, nicht wie Busfahrer.« Sie überlegte ernsthaft und sagte dann: »Stimmt, akzeptier ich.«

»Natürlich akzeptierst du's, Noga, ich habe nicht um deine Zustimmung gebeten. Ich will mich deutlicher ausdrücken: Meinst du, du bist fähig zu töten?«, fragte ich sie in aller Schärfe, und erstmals sah sie mich mit einem Anflug von Unwillen an, von wegen, was fällt die Alte denn über mich her. Du bist nicht hergekommen, um dieser jungen Frau zu gefallen, sagte ich mir. »Ja, ich werde töten können«, erwiderte Noga.

»Wieso bist du dir so sicher?«, beharrte ich. »Hast du mal wen umgebracht, außer einer Fliege?«

»Fliegen töte ich nun gerade nicht«, sagte sie lächelnd. Ihr Haar war im Nacken zusammengefasst, und ihre Augen lachten. »Die verjage ich. Nur Mücken, die mir das Blut aussaugen, hau ich platt.«

»Woher weißt du es, Noga?«, fragte ich.

»Stellst du diese Frage auch Männern?«, fuhr sie mich an. »Ich sehe nämlich keinen Unterschied zwischen Männern und mir. Ich denke, ich werde die Aufträge genauso erfüllen wie sie.«

Ich setzte die Brille wieder auf, blickte in die Papiere und sagte, sie solle die Nächste reinschicken. Sie hatte mich aus Gründen in Rage gebracht, die allein bei mir lagen, ich hatte sie etwas zusammenstauchen wollen, weil sie so erfolgreich und großartig war, und war gescheitert. Vorerst hatte sie mich besiegt. Ich entließ sie. Draußen rief sie die Nächste rein, und sofort bedauerte ich, so gemein gewesen zu sein. Ich musste mich bremsen, um nicht hinauszulaufen und sie um Verzeihung zu bitten.

Wir begegneten uns einige Wochen später wieder, bei der Gefangenenübung. Man hatte Noga gegen Abend in den Verhörraum geschleppt, und ich beobachtete sie aus dem Nebenzimmer durch die Einwegscheibe. Es war ein Sonntag. Frühmorgens hatte man sie auf dem Weg zum Stützpunkt entführt, ihr die Augen verbunden, die Hände gefesselt, sie in ein Auto gestoßen und stumm in ein Militärgefängnis gefahren, wo ein ganzer Trakt für die Gefangenenübung hergerichtet worden war. Erst in einer kleinen Zelle, die normalerweise als Strafzelle diente, hatte man ihr die Augenbinde abgenommen. Der Wärter hatte ihr Häftlingskleidung reingeworfen und ihr auf Arabisch befohlen, sie anzuziehen. Er blieb in der Zelle, als sie die Uniform ablegte und in die stinkenden Häftlingssachen schlüpfte. Ich hatte das erlaubt, jedoch strengstens verboten, die Soldatinnen anzufassen. Obwohl wir wussten, dass das im Ernstfall geschehen würde, durften wir diese Grenze nicht überschreiten, fand ich. Das Wechseln der Kleidung bis auf Slip und BH in Anwesenheit eines fremden Mannes war schon traumatisch genug für diese jungen Frauen. Wir ließen sie in der engen Zelle verdorren, brachten sie erst zehn

Stunden später in den Verhörraum. Es wurde bereits Abend, aber sie wusste nicht, wie spät es war, denn man hatte ihr alle Sachen abgenommen, einschließlich Uhr und Handy. Bisher hatte man ihr keinerlei Hinweis darauf gegeben, dass es sich um eine Übung handelte. Die Kursteilnehmer wussten zwar, dass die Gefangenenübung nahte, aber in diesem Stadium hegten sie schon den leisen Verdacht, die Situation könnte echt sein.

Sie betrat den Verhörraum aufrecht und mit verschlossener Miene. Ich gewann den Eindruck, dass sie bisher okay war, angespannt, aber beherrscht. Ich fragte mich, ob ich selbst durchhalten würde, verbat es mir aber augenblicklich, ich durfte meine Aufmerksamkeit jetzt nicht von ihr ablenken. Ich war nie die Hauptsache. Man ließ sie auf einem niedrigen Holzstuhl gegenüber Platz nehmen. Sie waren zu zweit, Verhörspezialisten, die wir vom Nachrichtendienst ausgeliehen hatten. Bei der Übung mimten sie Ermittler des Feindes, mit starkem arabischem Akzent. Ich sah Noga in ihrem Blick nach einem Hinweis suchen, einem Zeichen, dass alles in Ordnung war, nur ein Spiel und nichts weiter, aber die beiden waren todernst und fanden blitzschnell in ihre Rolle. Ich hoffte, sie würden sich nicht zu weit hinreißen lassen, denn sie sah aus wie ein edler Vogel in der Falle. Neben mir saß ein erfahrener Pilot, ein Reservist, der an den Nägeln kaute. »Schrecklich, ein Mädchen in dieser Situation zu sehen«, sagte er, ehe sie überhaupt anfingen.

Sie fragten in stark arabisch gefärbtem Hebräisch nach Vornamen und Namen. Sie antwortete ihnen. Wo dienst du?, wollten sie wissen. Bei der Luftwaffe, erwiderte sie. Wo bei der Luftwaffe?, bohrten sie nach, und sie gab die Nummer der Staffel an, die man ihr zu nennen beigebracht hatte. Was ist deine Aufgabe?, fragte der Kleinere der beiden, der glatt rasiert war und ein markantes Kinn hatte. Sie schwieg, wirkte zum ersten Mal unsicher. Sollte sie ihnen sagen, dass sie Pilotin war? »Wir haben unseren Nachrichtendienst«, wurde der größere, bärtige Ermittler etwas lauter, »und wir wissen, dass du Pilotin bist.« »Stimmt, Pilotin«, sagte sie und erinnerte sich an die ausführlichen Instruktionen, die man ihnen einige Wochen zuvor erteilt hatte. »Welche Maschine fliegst du?«, fragten sie, und sie sagte: »Hubschrauber.« »Was ist deine Aufgabe?«, wiederholten sie. Noga erwiderte, sie habe die Aufgabe, ihr Land zu verteidigen. Bisher lief alles recht gemächlich. »Was heißt das?«, fragte der Bartlose, und sie antwortete: »Feinde bekämpfen, Terroristen.« Er sprang auf, kam auf sie zu, baute sich nahe vor ihr auf. Sie drehte das Gesicht weg, als rieche er übel. Das war ein Fehler. Er strich ihr über die Wange, was erlaubt war, und sagte: »Von nun an wirst du uns nicht als Terroristen bezeichnen. Du wirst uns Achtung entgegenbringen, verstanden?« »Ja«, sagte sie. Ich sah, dass sie ein belustigtes kleines Lächeln unterdrückte, als würde man sie im nächsten Moment rauslassen, und das Spiel wäre zu Ende. »Jetzt erzähl uns mal, wen ihr töten wollt«, verlangte der Bärtige, während der

Rasierte immer noch nahe vor ihr stand. »Ich weiß es nicht«, sagte sie, »man gibt uns nur Ziele an. Ich weiß nicht, wie sie heißen.« Sie kam dem riskanten Bereich zu nahe, und der altgediente Pilot neben mir fasste sich an den Kopf. Der bärtige Ermittler fragte von Weitem: »Interessiert es dich denn gar nicht, wen du umbringst?« Und der Kleinere streichelte ihren glänzenden Pferdeschwanz und zog plötzlich ein bisschen daran. »Lass mich los«, brauste sie auf, »fass mich nicht an.« »Ich werde dich so viel anfassen, wie ich will«, sagte er und strich weiter über ihr Haar. Sie stieß seine Hand weg, und er versetzte ihr eine Ohrfeige. Mir stockte der Atem. Ich hatte das erlaubt. Sie würde es aushalten. »Ist das in Ordnung?«, fragte der Pilot neben mir besorgt. »Würdest du das auch fragen, wenn es einer der Jungs wäre?«, gab ich zurück.

Jetzt waren wir in einem anderen Stadium, hatten eine Grenze überschritten. Der Stolz war aus ihrem Gesicht gewichen. Sie kauerte sich zusammen, es war absichtlich kalt im Raum, und die Kleidung, die man ihr gegeben hatte, war dünn. »Ich weiß nicht, wen ich töte, tut mir leid«, sagte sie mit schwacher Stimme. Sie fragten sie nach der Zielmethode. Das war ein heikles und schlüpfriges Gebiet. Es gab bekannte Einzelheiten, die erzählt werden durften, da sie im Internet zu finden waren, aber die in der Luftwaffe entwickelten Spezialmethoden, die Geheiminformationen mit ausgeklügelten Waffensystemen verbanden, waren geheim. Der Pilot neben mir saß auf der Stuhlkante. Noga verhaspelte sich jetzt, man sah, dass ihr Gehirn blitzschnell arbeitete. Ihr Körper sonderte einen Schwall von Hormonen ab, um kämpfen oder fliehen zu können, aber sie war gefangen in einem geschlossenen Raum. Es gab keine Fluchtmöglichkeit, und sie würde auch nicht mit bloßen Händen gegen zwei Männer ankommen, die stärker waren als sie. Der Bartlose legte die Hand auf ihren zarten Nacken und drückte darauf. »Antworte«, sagte er auf Arabisch, »gib Antwort, du Hündin.« Sie biss sich auf die Lippen und begann ihre Zieleinstellung zu schildern, ohne geheime Details preiszugeben, genau nach Vorschrift. »Das habe ich nicht gefragt«, schrie der Bärtige, »ich habe gefragt, wie du weißt, wo das Ziel ist, wie man es dir bezeichnet, wer euch die Information übermittelt.«

Nogas Augen schweiften Hilfe suchend umher. Vergiss es, meine Liebe, sagte ich ihr im Stillen. Du wolltest Pilotin werden. Hier wird Frauen nichts geschenkt. »Das kann ich euch nicht beantworten«, sagte sie und rollte sich zusammen wie eine verschreckte Schnecke. Der Bartlose spuckte ihr mitten ins Gesicht. Diese Anweisung hatte ich gegeben. An Spucke stirbt man nicht. Sie wischte sie sich mit dem Ärmel ab. Jetzt senkte sie den Kopf, sodass wir ihr Gesicht nicht sehen konnten. »Willst du nicht eingreifen?«, fragte der Reservist neben mir aufgeregt. »Noch nicht«, sagte ich.

»Antworte uns gefälligst: Woher kriegst du die Ziele?«, fragte der Bärtige, der kaum je vom Stuhl hochkam, da der Kleine die ganze Show abzog. »Ich weiß nicht«, erwiderte sie. Die beiden Männer sprachen leise auf Arabisch miteinander. Auch mir war höchst unwohl in diesem Augenblick.

»Fessel sie«, befahl der Bärtige dem anderen auf Hebräisch. Sie spielten das Spiel bestens und mit sichtlichem Vergnügen.

»Arme auf den Rücken«, befahl ihr der Kleine und fesselte sie mit Kabelbindern stramm hinter der Stuhllehne. »Das tut weh«, sagte sie, und er erklärte, das sei erst der Anfang, wenn sie nicht rede, würde es weit schlimmer werden. Jetzt waren ihre Schultern zurückgebogen, und der Rücken begann zu schmerzen. Das war eine sehr ungemütliche Sitzhaltung, ich hatte sie selbst mal ausprobiert, als ich eine dieser Übungen plante. Ich dachte an die Tanz- und Gymnastikkurse, zu denen ihre Eltern sie als Kind sicher geschickt hatten, an die eigens gekauften zarten Ballettröckchen, die feinen Chopin-Stücke, die beim Unterricht liefen. »Ich muss auf die Toilette«, sagte sie. »Nix mit Toilette, die gibts erst, wenn du uns beantwortest, wie du tötest«, sagte der Größere ruhig. »Hast du einen Freund?«, fragte der Kleinere und streichelte ihr wieder die Wange, wogegen sie sich jetzt nicht wehren konnte. »Nein«, antwortete sie. »Jungfrau«, sagte er zu seinem Gefährten und lachte. »Ficken eure Piloten denn nicht?«, fragte der Bärtige. »Stopp das jetzt«, sagte der Pilot an meiner Seite, »geh dort rein, jetzt gleich, ich kann das nicht mehr mit ansehen.« Ich schüttelte verneinend den Kopf und sagte: »In Wirklichkeit wäre es weit schlimmer, wir sind verpflichtet, sie darauf vorzubereiten.« Sie verlangten erneut Antwort auf ihre Frage. »Ich will hier raus, ruf meine Vorgesetzten, ich will nicht bleiben«, sagte Noga. »Du gehst nirgendwo hin, Püppchen, du bist in unseren Händen, solange wir wollen, und wir haben noch gar nicht richtig mit dir angefangen. Wir sind jetzt deine Vorgesetzten.«

Der kleine, bartlose Ermittler sah als Erster den wachsenden Urinfleck auf ihrer Hose und blickte hoch zur Wand, hinter der wir saßen. Auch er war leicht erschrocken, wollte Anweisungen. Der Große merkte nichts und bedrängte sie weiter mit Fragen. Ein paar Sekunden später hatte sich eine kleine Lache unter ihr gebildet, Tropfen fielen. »Bindet mich los«, sagte sie, kaum hörbar für uns, »genug, ich gebe auf, ich halte das nicht mehr aus.«

Der Pilot sah mich vorwurfsvoll an, aber ich brauchte diesen Blick nicht. Ich erfasste, dass die Grenze überschritten war, wenn ich jetzt nicht eingriff, würden wir sie verlieren. Ich sprang auf und betrat den Verhörraum durch die Seitentür. Die angeblichen Ermittler rückten sofort beiseite, schämten sich selbst. »Bindet ihr die Arme los«, befahl ich ihnen. Sie blieb auf dem Stuhl sitzen, die Lache unter sich. »Noga«, sagte ich, »Noga, schau mich an.« Sie hob den Kopf, und in ihren Augen standen Tränen der Wut. Ich dachte zufrieden, du hast es geschafft, sie zu brechen, und schämte mich sogleich des Gedankens. »Komm mit«, sagte ich leise. »Nein, ich will nicht«, schluchzte sie, die Miene verzerrt von Wut und Schmach. »Schau, was ihr mir angetan habt.« Ich half ihr auf, reichte ihr die Hand, als wäre sie meine Tochter. Ich signalisierte allen, woanders hinzugucken, und ging mit ihr in das ruhige Zimmer, das wir ein Stück weiter den Korridor hinunter für derlei Situationen vorbereitet hatten. Ich zeigte ihr den Waschraum daneben und gab ihr saubere Uniformsachen. »Ich will nach Hause«, sagte sie, »das war der schlimmste Augenblick meines Lebens. Ich will hier nicht länger bleiben.«

»Geh duschen, dann reden wir weiter«, sagte ich. Es kostete mich einige Überwindung, aber ich widerstand der Versuchung, mich selbst mit Vorwürfen zu quälen. Ich war da, um die Situation zu meistern. Genau dazu hatte man mich beigeholt. Die Lehren konnten später gezogen werden. »Nein, es gibt nichts mehr zu reden, ich will eine Verzichtserklärung unterschreiben und nix wie weg von hier«, beharrte sie.

Jetzt erschrak ich. Ich hätte sie retten müssen. »Der Albtraum ist vorbei, Noga«, sagte ich, »du hast ihn bravourös durchgestanden.«

»Nein, er ist nicht vorbei«, sagte sie unter heftigem Kopfschütteln, das Gesicht von Weinen und Scham gerötet. Sie beeilte sich nicht, unter die Dusche zu kommen, und von ihrer Hose tropfte es weiter auf den Boden, als Inbild ihrer Erniedrigung. »Warum hast du mir das angetan?«, fragte sie. »Wolltest du mein Leben ruinieren?«

Ich hätte es ihr erklären können, hatte alle Erläuterungen parat, beschloss jedoch, vom Protokoll abzuweichen. Ich trat zu ihr, schloss sie in die Arme, spürte die Nässe ihrer Hose, aber es war mir egal. Sie stand mit hängenden Armen da, ein Häuflein Elend, und ich hielt sie fest, bis ihr Kopf auf meine Schulter sank und ihre Hände meinen Rücken fanden und mich fest an sich drückten. »Es tut mir leid«, flüsterte ich, »tut mir leid, dieser Mist«, und sie umschlang mich noch fester und sagte kein Wort. Sie war meine Tochter, meine Schwester, war ich, wir waren zusammen, standen minutenlang so da. Einen solchen Moment des Zusammenseins hatte ich mein Lebtag noch nicht erlebt.

»Geh duschen«, flüsterte ich, und sie ging in den Waschraum. Ich stand jenseits der Tür und horchte, fragte ab und zu, ob alles in Ordnung sei, um sicherzustellen, dass sie sich nichts antat, sagte mir, nächstes Mal würden wir auch im Waschraum Überwachungskameras anbringen. Aber sie kam sauber und ordentlich wieder heraus, mit adretter Uniform und zusammengebundenem Haar. Nur ihre Augen waren noch rot und traurig. Ich schickte sie zum Essen und Ausruhen.

»Werden sie mich deswegen rauswerfen?«, fragte sie beim Abschied.

»Ich werde dich schützen«, versprach ich ihr.

Am nächsten Tag besprachen wir die Testserie auf einer langen Sitzung im Büro des Kursleiters. Wir gingen die Anwärter der Reihe nach durch: Die meisten hatten die Gefangenenübung unbeschadet überstanden. Das Ziel war erreicht. Falls sie eines Tages in

Gefangenschaft gerieten, würden sie es leichter ertragen, und die Luftwaffe konnte sicherer sein, dass ihre Geheimnisse gewahrt blieben. Doch als wir zu Noga kamen, stockte die Sache. »Nach meinem Erachten eignet sie sich nicht zur Pilotin«, sagte der altgediente Pilot, der mich begleitet hatte, schlicht und einfach. Er meinte, Noga sei zu zerbrechlich, würde dem Druck eines Kampfeinsatzes nicht standhalten, und falls sie bei denen in Gefangenschaft geriete, dann Gnade Gott. »Sie ist nicht dafür geschaffen, war ja völlig aufgelöst dort im Zimmer«, sagte er, während auf einem großen Bildschirm ihre schlimmen Momente liefen, bis zu meinem Einschreiten.

Es waren nur noch wenige Wochen bis zum Ende des Kurses, bisher hatte Noga sich hervorragend bewährt, und doch neigte sich die Waagschale im Raum seiner Meinung zu, man wollte sie rauswerfen. Ich sprach als Letzte, führte meine gesamte professionelle Autorität ins Feld, um die anderen zu überzeugen, dass es nichts zu befürchten gebe: Sie sei eine starke Frau, ihr Verhalten bei der Gefangenenübung habe nichts mit ihrem Verhalten als Pilotin zu tun. »Sie wird hundertprozentig in Ordnung sein«, versicherte ich ihnen. »Das war eine Ausnahmesituation, und anscheinend haben wir sie zu sehr bedrängt. Es ist meine Schuld, ich hätte früher eingreifen müssen. Fürs nächste Mal ziehen wir Lehren daraus, vorerst braucht sie nicht den Preis dafür zu zahlen.« Ich wusste, dass ich ihr Leben und meinen Ruf als Expertin aufs Spiel setzte, aber ich hatte es ihr versprochen.

Nach langer Beratung gaben sie nach und akzeptierten meine Meinung als höchste psychologische Autorität der Testserie. »Sie ist dein Bier, diese junge Frau hast du zu verantworten«, sagte der Kursleiter zu mir und bedachte mich mit einem harten Blick. Ich hoffte, keinen fatalen Fehler begangen zu haben. Als die Sitzung vorbei war, fand ich sie in den Unterkünften der weiblichen Kursteilnehmer, wo sie auf Nachricht wartete, und teilte ihr mit, dass sie drinbliebe. »Ich habe die anderen überzeugt«, sagte ich. In ihrem dankbaren Lächeln lag eine Spur Traurigkeit. »Aber die Sache ist mit einer Bedingung verbunden«, entschied ich auf eigene Faust, ohne mich mit jemandem darüber abgestimmt zu haben. »Dass du mit mir in Verbindung bleibst, dass du kommst, um mit mir zu reden. Ich kann helfen.«

»Klar«, sagte Noga, unter heftigem Kopfnicken. »Ich will, dass wir in Verbindung bleiben. Ich will, dass wir uns treffen.«

»Willst du überhaupt dabeibleiben, wirklich Pilotin werden?«, fragte ich.

»Ja, unbedingt.« Sie stand schmal und stur vor mir, die Arme an den Körper gelegt wie beim Strammstehen.

Du brichst die Leute erst und versuchst sie dann wieder zusammenzuflicken, wie eine psychopathische Spielzeugsammlerin, sagte ich mir auf der Heimfahrt im Auto. Ein Glück, dass dein Vater nicht sieht, was du hier angerichtet hast. Aber das ist meine Aufgabe, riss ich mich wieder zusammen, das wollen diese jungen Leute, und ich helfe ihnen, ihr Ziel zu erreichen. Sie sind süchtig nach dieser Härte und Quälerei. Sie hätte doch flüchten, jeden Moment aussteigen können. Kein Mensch hätte sie aufgehalten, ich schon gar nicht.

»Die Menschen sind weichherzige Wesen«, begann ich meinen zweiten Vortrag im Bataillonsführerkurs. »Die meisten schrecken vorm Töten zurück, außer den wenigen, die dazu geboren sind, für die Töten eine natürliche Verhaltensweise ist. Das Militär hat die Aufgabe, die weichliche Mehrheit zum Töten auszubilden.« Ich trug ein schlichtes, blaues, knapp knielanges Kleid, konnte immer noch durch meine bloße Anwesenheit auf die Zuhörer wirken, obwohl sie weit jünger waren als ich. Ich hatte mich dezent geschminkt, wollte strahlen. Die Präsentation lief auf dem Bildschirm. Ich erklärte ihnen die psychologischen Grundlagen des Tötens, erzählte von umfassenden, seriösen Untersuchungen der amerikanischen Streitkräfte im Zweiten Weltkrieg, die überraschend ergaben, dass nur zwanzig Prozent der Infanteriesoldaten mit Tötungsabsicht auf den Feind geschossen hatten. Alle anderen hatten entweder überhaupt nicht oder hoch in die Luft gefeuert. Die Offiziere im Raum blickten auf das Diagramm und schienen nicht besonders überrascht zu sein. Im Gegensatz zur breiten Öffentlichkeit, die nichts vom Kampfgeschehen verstand, wusste diese Hörerschaft mehr davon. Ich berichtete, die amerikanische Armee habe aufgrund dieser Studien mithilfe von Psychologen ihre Ausbildungsmethoden geändert. Einige Jahrzehnte später, im Vietnamkrieg, hätten schon über achtzig Prozent der Infanteristen mit Tötungsabsicht geschossen.

»Aber das hat ihnen nicht zum Sieg verholfen«, sagte ein bebrillter Artillerieoffizier, der in den hinteren Reihen saß und seinen Einwand zu genießen schien. »Im Zweiten Weltkrieg hingegen haben sie ganz groß gesiegt.«

»Sie haben in Vietnam über zwei Millionen Menschen getötet, ihre Tötungskraft war erstaunlich gewachsen«, sagte ich. »Dass sie dort nicht gesiegt haben, hatte andere Gründe. Das ist eine unumstößliche Tatsache.«

»Aber was hatten sie denn von all den Leichenbergen, wenn sie zum Schluss den Krieg verloren haben?«, fragte der Artillerist weiter. Es gab immer so einen Teilnehmer, der die Diskussion auf ein anderes Thema lenken wollte.

»Sie haben verloren, weil sie nicht an das Ziel glaubten«, sagte einer der Kursleiter, der genau unter mir saß, »das ist die wesentliche Lehre von Vietnam.«

»Wie ist das bei uns?«, fragte der Artillerist.

»Gute Frage«, sagte ich. »Bei uns sind keine so gründlichen Untersuchungen durchgeführt worden, und wir hatten schon lange keinen echten, großen Krieg mehr, bei dem man sie hätte anstellen können. Was ist euer Eindruck, wie liegen die Dinge bei uns?«

Ich hatte eine Diskussion ausgelöst, sie tuschelten untereinander. Ich sprach einen Offizier mit dem schwarzen Barett der Panzergrenadiere an und fragte ihn nach seiner Meinung. »Wir versuchen immer, ins Ziel zu treffen«, antwortete er. »Ich kenne solche Geschichten nicht, dass man absichtlich in die Luft schießt, oder gar nicht. Das kommt mir sehr seltsam vor, wirklichkeitsfremd.«

»Du hast recht«, sagte ich. »Schüsse vom Panzer aus sind eine ganz andere Geschichte als die von Infanteristen aus kurzem Abstand.« Ich ging zum nächsten Diagramm über, aus dem hervorging, dass die Bereitschaft zum Töten mit dem Abstand zum Ziel wächst. »Mit der Distanz schrumpfen die Hemmungen«, erklärte ich. »Wenn man das Gesicht des Feindes nicht sieht, seinen Körper nicht riecht, nicht an seine Menschlichkeit denkt, ist es viel leichter. Bei Flugzeugen, Panzern, Geschützen besteht kaum ein psychologisches Problem. Mit Raketen ist es kinderleicht, fast wie ein Computerspiel.«

Der Panzeroffizier war nicht ganz zufrieden mit der Erklärung, die ihn offenbar in seiner Männlichkeit verletzte, er verzog das Gesicht, schwieg jedoch. Die anderen nickten zustimmend, wussten, wovon ich sprach. Ich fragte mich, wer von den Offizieren im Publikum getötet und wer gezaudert hatte, wollte gern wissen, wer dazu fähig war, wie viele geborene Mörder hier vor mir saßen. Ich suchte immer noch eine primitive Gesetzmäßigkeit in den Gesichtszügen, obwohl ich wusste, dass ich sie nie finden würde. Auch ein herzloser Mörder kann ein Engelsgesicht haben. »Jeder Tötungsakt hat seinen psychischen Preis«, setzte ich meinen Vortrag fort. Hier und da sah ich die Augen eines jungen Mannes auf meine Waden gerichtet oder auf meine Oberschenkel, die sich unter dem anliegenden Kleid abzeichneten, und das steigerte meine Energie. Keiner gähnte oder schlief bei meinen Vorträgen.

Ich brachte den jungen De Niro auf den Bildschirm, der barbrüstig mit gezogener Pistole den Spiegel bedrohte. »Sicher habt ihr den Film *Taxi Driver* gesehen«, sagte ich, doch zu meiner Überraschung nickten nur wenige. »Wer ihn nicht gesehen hat, dem sei er wärmstens empfohlen. Der Held ist Vietnamveteran. Hunderttausende von amerikanischen Soldaten, die in Vietnam eingesetzt waren, sind mit einer posttraumatischen Belastungsstörung zurückgekehrt: Albträume bei Nacht, schreckliche Erinnerungen bei Tag, mangelnde Konzentration, chronische Nervosität, Schuldgefühle und Depression. Auch von den Kriegen, die die Amerikaner im Irak geführt haben, sind sehr viele mit psychischen Schäden zurückgekehrt. Der Prozess des Tötens, und auch das Wissen, Ziel des Tötens zu sein, hinterlässt tiefe Narben auf der Seele, außer bei den erwähnten Ausnahmepersonen, den geborenen Kämpfern.«

»Warum sprichst du die ganze Zeit von Vietnam? Was ist hier bei uns los?«, fragte der bebrillte Artillerist erneut, zur Erheiterung einiger der Anwesenden. Er war eine Art Komiker. Fern am Ende der Reihe saß die einzige Offizierin im Kurs und fixierte mich kühl, als hätte sie meinen Trick durchschaut.

»Bei uns ist es in etwa dasselbe«, antwortete ich, »nur sind unsere Kriege begrenzter und kürzer. Im Jom-Kippur-Krieg hatten wir mehrere Tausend Traumatisierte, die wir meistenteils noch heute behandeln«, erklärte ich offen. »Und dasselbe gilt für die folgenden Einsätze, im Libanon, im Gazastreifen und in der Westbank, es gab viele seelisch Versehrte. Tagtäglich treffe ich sie in meiner Praxis. Ich nehme an, die meisten von ihnen haben am Kampf teilgenommen. Ihr wisst, dass das Leben danach anders aussieht.«

Wieder nickten viele im Raum, wie ein düsterer Männerchor. »Bei Untersuchungen, die wir in den israelischen Streitkräften durchgeführt haben, entdeckten wir, dass Menschen, die aus kurzer Entfernung töteten, den Feind vor Augen sahen, ihn in Kopf oder Bauch schossen, besonders unter traumatischen Erinnerungen leiden. Das begleitet sie bis ans Ende ihrer Tage.«

»Was sollen wir denn dann tun, nicht töten? Sie uns töten lassen?«, rief ein wütender Offizier mit dem Barett der Givati-Brigade von hinten. Ich kannte diese Frage, die bei jedem Vortrag wiederkehrte. »Wir sind Kampfsoldaten«, fuhr er fort, »wir sind nicht eingerückt, um in der Schreibstube zu hocken, es ist unser Auftrag, und ich bleibe lieber mit Trauma am Leben als zu sterben.« Getuschel kam auf.

»Ich stimme völlig mit dir überein«, erwiderte ich. Ich sprach aufrecht und bestimmt zu ihnen, dies war genau der richtige Moment, Autorität zu demonstrieren. »Anscheinend habt ihr noch nicht verstanden, wozu ich hier bin. Nicht, um euch zu schwächen, nicht, um euch Moral zu predigen. Ich bin hier, um euch und euren Soldaten zu helfen, den Feind zu besiegen, ihn zu töten und selbst am Leben zu bleiben. Ich erforsche die Psyche von Kämpfern schon über zwanzig Jahre. Ich weiß, was zu tun ist, um Soldaten tödlicher, disziplinierter und auch resistenter gegen Traumata zu machen. Aber damit das gelingt, müsst ihr begreifen, was in der Seele des Soldaten, eurer Seele, vorgeht, wenn ihr einen anderen Menschen töten müsst und man euch umzubringen versucht. Das ist immer ein einschneidendes Ereignis, und es hinterlässt unweigerlich Spuren.«

»Ich habe ein paar Terroristen getötet«, rief ein Offizier mit kurz geschorenem Haar und schönen männlichen Gesichtszügen von hinten. Man sah ihm an, dass er einer Eliteeinheit angehörte. »Aus der Nähe, nicht vom Flieger und nicht aus dem U-Boot. Ich habe all das Widerliche mit Blut und Wunden und so gesehen. Das war nicht angenehm, aber ich muss dir sagen, dass das kein Trauma bei mir ausgelöst hat. Ich schlafe nachts gut, ohne Albträume, und würde es ohne Weiteres wieder tun. Dabei bin ich kein Serienmörder, frag meine Freunde und meine Frau, ich bin ein ziemlich normaler Mann, aber in diesem Fall hatte ich kein Problem. Ich habe auf den Feind geschossen. Das ist meine Aufgabe. Er hatte es verdient.« Alle Gesichter waren ihm zugewandt, als er sprach, und drehten sich dann wieder mir zu.

»Aller Wahrscheinlichkeit nach wirst du es weit bringen«, sagte ich, und der Saal lachte. »Nein, ich meine das im Ernst«, beendete ich die Heiterkeit. »Von deiner Sorte gibt es nur wenige in der Bevölkerung, Menschen, die unter Tötungsakten nicht leiden, keine Schuldgefühle entwickeln, ihr Gedächtnis nicht damit belasten. Du bist eine Art positiver Psychopath.« Wieder kam Gelächter auf. »Nein, nein«, fuhr ich fort, »ich lache nicht, ich bin sicher, du bist ein hervorragender Mensch, der im normalen Leben keine Ameise tötet. Und ich weiß, dass die, die du umgebracht hast, Scheißkerle waren, die es verdient hatten. Du bist ein guter Soldat, und danke für die Offenheit. Die psychologische Wissenschaft hat nichts an dir auszusetzen. Aber eines musst du bedenken: Auch, wenn dein Verdrängungsmechanismus vorerst gut funktioniert, heißt das nicht, dass es ewig so bleibt. Es kann Überraschungen geben. Vielleicht entdeckst du in einigen Jahren, dass es nicht ganz so einfach ist und du doch kein perfekter Psychopath bist.« Er senkte den Kopf und grinste sich eins, und ich dachte an Mendi.

Noch andere meldeten sich, die getötet hatten und davon erzählen wollten. Ich ließ sie reden, war gefesselt von ihren Geschichten. Keiner gab zu, unter Albträumen oder Schuldgefühlen zu leiden, aber ich erkannte die Symptome des Traumas zwischen den Zeilen, und die Schemen der Menschen, die sie getötet hatten, schwebten in der Luft, ich sah sie über ihren kurz geschorenen Köpfen. »Wir machen nächste

Woche weiter«, sagte ich, als die Zeit um war, und beließ sie in Spannung. Als ich vom Podium stieg, kamen einige zu mir, umkreisten mich, stellten Fragen. Sie suchten meine Nähe. Einige würden mich später sicher privat anrufen und Heilung für ihre Seelenqualen suchen.

Schauli bekam Urlaub über Schabbat. Im ersten Moment erschrak ich, als er in Uniform und mit Gewehr vor der Tür stand. Zwei Wochen lang hatte ich ihn nicht gesehen, und mit einem Blick versuchte ich alles zu erfassen. Ich verwöhnte ihn wie einen Prinzen, bemühte mich, eine vorbildliche Mama zu sein. Ich werkelte am Herd für ihn (für mich selbst kochte ich unter der Woche kaum, aß Gemüse, Obst und Joghurt und briet mir gelegentlich ein Omelett), füllte den Kühlschrank mit Dingen, die er mochte, kaufte ein prächtiges Schabbatbrot, bezog sein Bett neu und putzte sein Zimmer. Er war sehr dünn geworden in den zwei Wochen außer Haus, sein Haar war kurz geschoren, was ihm durchaus stand, Hände, Gesicht und Nacken waren fast schwarz verbrannt. Wir setzten uns in die Essecke, ich füllte ihm noch und noch Essen auf, und er erzählte mir von seinen Kameraden, von den Schießübungen, den Morgenappellen und von seinen Vorgesetzten. Er ist okay, sagte ich mir, es besteht kein Grund zur Sorge, die Kommunikationskanäle sind offen, und sein Blick schreit nicht um Hilfe. Ich merkte mir die Namen der neuen Freunde, die er erwähnte, wie einst im Kindergarten, nickte und lächelte und lauschte gebannt, mit aller Kraft. Außer seinem Gesicht und seiner Stimme existierte nichts auf der Welt. Danach fingen die Telefongespräche mit seinen Freunden an, er schlüpfte schnell in die Badehose und holte das Surfbrett aus seinem Zimmer. Ich fragte, ob er nicht umfalle vor Müdigkeit, und er bejahte, fand es aber schade, den Tag mit Schlafen zu vergeuden. Als er weg war, packte ich seinen Rucksack aus, zog einen Sack mit Schmutzwäsche heraus und steckte alles in die Waschmaschine. Vor der rotierenden Trommel stehend, dachte ich, der Junge ist zurück, alles in Ordnung, er ist gesund. Die Wolke der Sorgen über meinem Kopf verzog sich kurz.

Gegen Abend besuchten wir meinen Vater, gingen den kurzen Weg zu Fuß. Zu Schaulis Ehren hatte er Essen vom letzten noch bestehenden jüdischen Restaurant der Stadt kommen lassen: Hühnersuppe, Rinderbraten und eine halbe gebratene Ente. Er sah Schauli zu, der sich eine volle Kelle Suppe mit Nudeln auftat, und fragte: »Was machen deine Füße? Ich hatte große Probleme mit Blasen und Abschürfungen, weiß noch, wie sie mir das Leben versauert haben, und die Stiefel waren sehr schwer.«

»Bei mir ists okay«, sagte Schauli und lächelte seinen Großvater an, »man hat uns leichte Stiefel gegeben, und ich habe keine Fitnessprobleme, helfe sogar anderen, die sich schwertun.«

»Und wie sind deine Vorgesetzten? Sehr streng?«, fragte Vater.

»Ja«, antwortete Schauli mit vollem Mund, »sie sind hart. Kennen keinen Spaß. Einmal habe ich beim Appell dem Spieß ›Okay‹ statt ›Jawohl‹ geantwortet, und schon musste ich eine Runde mit vollem Rucksack auf dem Buckel um den Stützpunkt rennen.«

»Keine Sorge«, sagte ich, »am Ende der Grundausbildung werden sie eure Freunde sein. Es ist nur ein Spiel, das sie mit euch spielen.«

»Ein sadistisches Spiel«, bemerkte Vater, »und offenbar völlig überflüssig. Wenn es nach mir ginge, hätte man längst damit aufgehört.«

Aber nach dir geht es nicht, Vater, dachte ich, du hast nie versucht, Einfluss zu nehmen, und beim Militär geht es nicht ohne diese Machtspiele, sie gehören dazu.

»Lässt man euch nachts schlafen?«, fragte Vater, bohrte eine Gabel in die braun gebratene Entenkeule und legte sie Schauli auf den Teller. Sich selbst schenkte er ein Glas Rotwein ein, obwohl er nicht trinken sollte, und ich erhob keinen Einspruch, denn er war sehr blass im Gesicht, und seine Tage schienen ohnehin gezählt zu sein.

»Im Prinzip gibt man uns sechs Stunden zum Schlafen, aber praktisch sind es weniger, bis wir geduscht haben und fertig sind. Es ist nicht immer warmes Wasser da, und manchmal haben wir Nachtwache. Wir sind ständig müde.« Vater zerlegte das zweite Viertel der Ente und nagte den Knochen ab. Er mochte das Militär nicht und hatte schlechte Erinnerungen an seinen eigenen Wehrdienst. In meiner Kindheit hatte er einmal erzählt, wie sie ihn dort misshandelt hatten, weil sie ihn für einen Klugscheißer hielten.

»Deine Mutter hat gute Beziehungen beim Militär«, sagte Vater, ich hörte heraus, dass er sticheln wollte, »vielleicht redet sie dort mit jemandem, damit sie dich ein bisschen länger schlafen lassen.«

»Du weißt doch, dass ich das nie tun würde, und Schauli will das auch gar nicht«, fiel ich auf seine Provokation herein.

»Du berätst dort doch Oberste und Generäle, wie man einfachen Soldaten das Maximum abringen kann«, fuhr Vater boshaft fort. »Du hast die Methoden des Kapitalismus aufs Militär übertragen, bist wie die Psychologen, die für Firmenbosse arbeiten, aber beim Militär gibts nicht mal Betriebsräte, also kann man mit ihnen machen, was man will, sie auch in den Tod schicken.«

»Ist das jetzt nötig?«, flüsterte ich ihm zu, verblüfft über diesen aggressiven Ausbruch.

Vater hob die stets verständnisvollen Augen zu mir – er konnte mich mit diesem Blick lähmen – und sagte: »Du hast recht, Abigail, schade um das leckere Essen.«

Schauli starrte auf seinen Teller und mischte sich nicht ein. Er liebte seinen Opa innig, und der Konflikt zwischen uns ging ihn nichts an. Trotzdem war ich ihm innerlich böse, weil er mich nicht verteidigte, sondern immer neutral blieb.

Als ich Vater im Alter von siebzehn Jahren mitteilte, dass ich mich um ein Psychologiestudium im Rahmen des Wehrdienstes beworben hatte, versuchte er mich davon abzubringen. »Psychologie und Militär, das ist eine schlechte Kombination«, sagte er, ich höre noch heute seine gewählten Worte, »das ist der größte Gegensatz, den ich mir vorstellen kann. Das Militär ist eine totale Einheit, die den Einzelnen auslöscht, während unsere Profession nur das Individuum behandelt, dem du absolute Treue schuldest. Was willst du damit erreichen?«

Ich hatte keine Ahnung, was ich damit erreichen wollte. Ich wusste nur, dass ich wie Vater werden, ihn noch übertreffen wollte, und suchte den kürzesten Weg dorthin. Mir fehlte die Geduld, bis nach der Wehrentlassung zu warten. Was seine abstrakten Begriffe anging, so konnte ich es noch nicht mit Vater aufnehmen. Er hatte all die englischen und französischen Bücher gelesen, die in seiner Praxis standen, und ich war noch nicht mal mit dem Gymnasium fertig. Und doch hielt ich ihm stand, ließ nicht locker, wusste instinktiv, dass meine Entscheidung richtig war, und sein Widerstand bestärkte mich noch in meiner Haltung.

Als ich meine erste Stelle beim Militär erhielt, als Psychologin der Fallschirmjägerbrigade, kam ich stolz und aufgeregt zu ihm, um ihm von meiner Arbeit zu berichten, meinte, die Welt zu entdecken. Ich wollte ihn einbeziehen, seinen Rat einholen. Aber er hörte mir zu wie einer Patientin, nicht wie einer Tochter, nicht mal wie einer Kollegin, und sagte kaum ein Wort. »Vater, hast du gar nichts dazu zu sagen?«, fragte ich schließlich, nachdem ich ihm all meine Erlebnisse erzählt hatte, und er fragte ruhig und streng zurück: »Für wen arbeitest du?«

»Ich therapiere Soldaten«, antwortete ich.

»Wozu?«, fragte er.

»Genau wie man Zivilisten therapiert, Vater, stell dich doch nicht dumm.«

»Aber was ist das Ziel?«, hakte er nach. »Wozu brauchen sie bei den Fallschirmjägern eine Psychologin?«

Ich fürchtete seine Denkfähigkeit, er sah mehrere Züge im Voraus und ich noch nicht. »Um den Feind zu besiegen«, sagte ich ihm direkt ins Gesicht, hatte keine Lust, sein Spiel mitzuspielen, gab ihm absichtlich die schlimmste Antwort, wohl wissend, dass sie ihn auf die Palme bringen würde.

»Da sagst du's selbst«, gab er zurück und kehrte mir den Rücken, »was hat das mit Psychologie zu tun?«

Danach vermied ich es, mit Vater über die Arbeit zu reden. Doch da die Arbeit beim Militär einen wichtigen Teil meines Lebens ausmachte, entstand eine Kluft zwischen uns. Ich liebte und bewunderte ihn nach wie vor, beneidete ihn und wetteiferte mit ihm, dachte bei allem, was ich tat, an ihn. Aber letzten Endes zog ich in die Welt hinaus und ging meinen eigenen Weg, und er blieb in seiner Praxis in der kleinen Wohnung, am Ende des Flurs, hinter der Küche, und alterte dort mit seinen bürgerlichen Patienten. Ich wusste, er hatte Größeres angestrebt.

Jetzt stand Vater auf, ich half ihm, die leeren Schüsseln vom Tisch abzuräumen, und er kam langsamen

Schritts mit einer Schale süßem Kompott zurück, das sie vom Restaurant mitgeschickt hatten. Wir aßen es hörbar und begierig. Mutter fehlte mir. Sie hatte es fertiggebracht, die Spannung zwischen uns mit Alltagsgesprächen abzubauen, doch ohne sie war ich Vater völlig ausgeliefert.

»Möchtest du vielleicht über Nacht dableiben, Schauli?«, fragte Vater. Und Schauli sagte entschuldigend, er sei schon mit Freunden verabredet. Seine dunklen Arme umfassten den zerbrechlichen Körper seines Großvaters, er küsste ihn zum Abschied auf die Wangen und drückte ihn an sich.

»Tut mir leid wegen des Streits«, sagte ich draußen zu Schauli. »Schade, dass wir dir den Freitagabend verdorben haben.«

»Unsinn, das bin ich doch gewohnt«, sagte er, »das ist mir egal. Aber ganz sicher werde ich nicht Psychologe.« Ich lachte, gab ihm ein paar Geldscheine zum Ausgehen, und er zog los zu seinen Freunden.

Als ich morgens aufstand, schlief Schauli noch. Ich ließ ihn bis mittags schlafen, und als ich ihn weckte, erwartete ihn auf dem Tisch ein großer Teller voll Pancakes mit einem Butterwürfel obendrauf. Ich setzte mich mit einem Tee dazu, fragte ihn, wo er gestern Abend hingegangen sei, und er antwortete, zu seinem Freund von der Schule, wo noch ein paar Kumpels gewesen seien. »Waren Mädchen dabei?«, fragte ich, und er bat mich, ihn nicht weiter zu nerven. Dann zog er sich an, nahm seine Gitarre und sagte, er wolle mit seiner Band vom Gymnasium spielen, weil sie an einem

Samstag in ein paar Wochen einen Auftritt hätten und dafür probten. Ich bügelte sorgfältig seine Uniform, fühlte gern den groben Stoff der Arbeitsuniform und versuchte, Waffenölflecke zu entfernen. Danach saß ich einfach da und wartete auf ihn. So kann das nicht weitergehen, sagte ich mir, ganze Wochenenden bist du allein, und meine Gedanken wanderten zu Noga, was sie jetzt wohl machte, ob sie bei der Staffel war oder im Elternhaus oder womöglich in ihrer Mietwohnung in der Stadt, ohne sich bei mir zu melden. Wenn ich mich nicht um Schauli kümmern müsste, würde ich vielleicht zu Mendi fahren. Als Schauli abends heimkam, befielen ihn große Müdigkeit und der Blues des Schabbatausgangs. Ich fragte ihn, wie ihm das Musikmachen mit den Freunden gefallen habe und was sie über ihre Erlebnisse beim Militär erzählten, und er murmelte irgendwas Unverbindliches. Ich bedauerte, am nächsten Morgen nicht an seiner Stelle zur Grundausbildung zurückkehren zu können. Ich würde dort prima zurechtkommen und ihn von all dem entbinden. »Geh schlafen, Junge«, sagte ich, »morgen musst du früh aufstehen. Das Wochenende mit dir habe ich sehr genossen.«

In meiner Kindheit hatte mein Vater einen prominenten Patienten, der immer im Dunkeln die Treppen zur Praxis hochging, um nicht erkannt zu werden. Er war Minister, sogar in einem der wichtigeren Ressorts. Ich weiß nicht, welche Probleme ihn belasteten, Vater achtete sehr auf Diskretion, war aber aufgeregt über seinen Berühmtheitsgrad. Ich weiß noch, wie er uns ankündigte, heute Abend käme der wichtige Patient, wir sollten bei seinem Eintreffen ja nicht die Nase aus dem Wohnzimmer stecken und keinen Pieps verlauten lassen. Das waren wir ohnehin schon gewohnt. Wenn Vater mit einem Patienten in der Praxis saß, trauten wir uns nicht in jenen Teil der Wohnung und sagten kein Wort.

»Ich habe dich noch nie so aufgeregt wegen eines Patienten gesehen«, bemerkte Mutter, und er ärgerte sich. Für einen Psychologen sollten ja alle Patienten gleich sein, und hier war seine menschliche Schwäche zum Vorschein gekommen. Aber dieser Patient verrate ihm auch wichtige Staatsgeheimnisse und andere äußerst heikle Dinge, die er uns natürlich nicht erzählen dürfe, prahlte er Mutter gegenüber. Viele Jahre lang hörte mein Vater sich die Geschichten seiner regulären Patienten an, die ihn bereits langweilten, und nun konsultierte ihn dieser wichtige Mann und öffnete ihm ein Guckloch in die Welt der Großen, ja suchte darüber hinaus noch seinen Rat, gab ihm eine gewisse Kontrolle über sein Leben – und indirekt vielleicht auch über das Leben des Staates.

Eines Abends, als Vater und ich allein im Haus waren, schärfte er mir ein, ja nicht die Schiebetür zu öffnen und auch nicht Radio, Plattenspieler oder Fernseher laut anzustellen, und dann stand er an der Tür und wartete angespannt auf das Klingeln. Ich sah den wichtigen Herrn schemenhaft hereinkommen, den Hut abnehmen, Vater sagte in feierlichem Ton, »bitte, treten Sie ein«, man hörte ein paar Schritte und dann die Schiebetür hinter ihnen zugehen. Ich muss wohl um die elf Jahre alt gewesen sein. Ich öffnete leise die Tür zwischen den beiden Teilen der Wohnung, tappte mucksmäuschenstill auf Zehenspitzen zur Praxis, legte das Ohr an die Tür und horchte. Ich konnte die Worte nicht verstehen, hörte aber zum ersten Mal den Klang eines Therapiegesprächs, die fortlaufende, gelegentlich stockende menschliche Geschichte des Patienten, die kurzen, ernsten Fragen meines Vaters und dazwischen geheimnisvolles Schweigen. Ich beneidete die beiden, war wütend, dass sie mich außen vor ließen. Plötzlich hörte man ein Knarren, ein Stuhlrücken, Vaters Stimme näherte sich der Tür. Ich flüchtete auf Zehenspitzen mit der Leichtigkeit, die ich im Ballettkurs gelernt hatte, zurück in den sicheren Hafen hinter der zweiten Tür.

Schließlich verkündete Vater meiner Mutter, dass der wichtige Mann mit der Therapie aufgehört habe. Die Enttäuschung stand ihm ins Gesicht geschrieben. »Hast du ihn geheilt?«, fragte ich, blickte mit kindlich-naivem Stolz zu ihm auf, und er strich mir übers Haar und antwortete mit traurigem Lächeln: »Ja, er ist völlig geheilt.«

Auf dem Hängeboden meiner Wohnung, hinter Koffern und Gerümpel und alten Zeichnungen von Schauli, die ich einst nicht wegzuwerfen wagte, verwahre ich einen verschlossenen Kasten voll Interviews, die ich vor Jahren mit kampferprobten Soldaten geführt habe, Berge von Kassetten und Tonbändern, auf denen sie mir die Momente schilderten, in denen sie Auge in Auge einem Feind gegenübergestanden und ihn getötet hatten, mit Gewehr, Pistole, Handgranate oder auch mit bloßen Händen. Viele Tötungsakte aus nächster Nähe sind dort dokumentiert, und ich habe mit allen Dienstgraden gesprochen, vom einfachen Soldaten bis hin zu Generälen. Zig Stunden von Tötungsschilderungen liegen dort oben wie verwesendes Fleisch. Seinerzeit hatte ich zwei Aufsätze zum Thema in Fachzeitschriften der Armee veröffentlicht, den einen überschrieb ich mit »Grundsätze der psychologischen Theorie über das Töten im Kampf«, den anderen mit »Psychologische Aspekte bei der Arbeit des Scharfschützen«. Ich baute sie in meine Kurse ein, und einige intelligente Befehlshaber lasen sie. Aber mein großes Projekt, das ich noch nicht verwirklicht habe, ist es, ein Buch zu schreiben, ein wichtiges wissenschaftliches Werk, das auch die Allgemeinheit anspricht und mit dessen Hilfe ich aus meiner Nische in die Welt hervortreten könnte. Über die Jahre habe ich das vernachlässigt, war immer zu sehr beansprucht von den laufenden Aufgaben, aber jetzt habe ich mehr Zeit, es gibt keine Ausreden mehr, und doch liegt das Material immer noch nutzlos da oben herum.

Ich kletterte bis auf die oberste Sprosse der Leiter, stellte mich auf die Zehenspitzen. Der Hängeboden war dunkel und dreckig, ich musste allerlei Krempel beiseiteräumen, ehe ich an den Kasten kam. Als ich ihn unten hatte, sah ich entsetzt, dass Feuchtigkeit eingedrungen war. Einige Blätter wiesen bereits Stockflecken auf, aber die Kassetten waren in mehrere Lagen Plastik gewickelt, und auch die meisten Schriften waren noch lesbar. Amos, las ich auf einem beliebigen Blatt, und wischte den grünen Schimmel davon ab, Nachal-Kampfsoldat im ersten Libanonkrieg, berichtete von seinem Zusammenstoß mit einem syrischen Soldaten, der ihm in einem Hinterhalt aufgelauert hatte. Zu Amos' Glück hatte das Gewehr des Syrers eine Ladehemmung, der Abstand zwischen ihnen betrug zwei bis drei Meter, und Amos spannte sein Gewehr und stand im Begriff zu schießen, doch da rief der Syrer irgendwas und hob die Hände. Amos wusste, dass der andere ihn hatte töten wollen, was nur am Versagen seiner Waffe gescheitert war. Das Gefecht tobte noch, und unter diesen Bedingungen bestand keine Möglichkeit, den Syrer gefangen zu nehmen. Trotzdem dachte Amos daran, ihn zu verschonen. All das geschah in Sekundenbruchteilen, und dann griff der Syrer sich an den Gürtel, um eine Handgranate hervorzuziehen, und Amos gab eine lange Salve auf ihn ab, die seinen Körper von oben bis unten aufschlitzte, sodass alles rausströmte. Amos, an dessen Aussehen und Stimme ich mich nicht mehr erinnerte, erzählte mir, er habe sich abgewandt und entfernt, sich die Seele aus dem Leib gekotzt und dann weitergekämpft. Der ganze Kasten war voll mit solchen Berichten.

Nach meiner Wehrentlassung bekam ich einen Ausschlag an mehreren Fingern. Ich dachte, er würde wieder abklingen, aber er wurde nur schlimmer, mit ekelhaften Pusteln, die ich lange nicht loswurde. Es deprimierte mich, weil ich den Händen meiner Mitmenschen, ihrer Pflege und Schönheit, seit jeher große Bedeutung beimaß, die Nägel und die Unversehrtheit der Haut als Zeichen für das Befinden des Betreffenden wertete und Menschen mit ungepflegten Händen abschätzig betrachtete. Und nun musste ich meine Hände verbergen, sie mit Pflastern versehen und schämte mich dessen. Zunächst suchte ich einen Hautarzt auf, der mir eine Salbe empfahl, und als die nichts half, ging ich zu einer anderen Hautärztin. Man musste lange auf einen Termin bei ihr warten, und deshalb zahlte ich privat, nur um bald dranzukommen. Sie versuchte, einen meiner Finger mit Sauerstoff zu behandeln, was wehtat und den Zustand nur verschlechterte. Schließlich ging ich zum angesehensten Professor der Stadt, und nachdem er meine Finger betrachtet und etwas vor sich hin gemurmelt hatte, fragte er, ob ich in letzter Zeit unter Druck gestanden hätte. Nach fünfunddreißig Jahren Praxis könne er stressbedingte Hautschäden erkennen, sagte er, und dies sei einer davon. »Ich bin keinem besonderen Druck ausgesetzt, befinde mich aber auch nicht ganz im Nirwana«, erwiderte ich. Er fragte nach meinem Beruf, und als ich sagte, ich sei Psychologin, lächelte er breit und ersparte mir den Spruch vom Schuster, der barfuß läuft, obwohl ich sah, dass er ihm auf der Zunge saß. »Spülen Sie kein Geschirr und wischen Sie keine Böden auf, machen Sie sich möglichst wenig die Hände nass, verwenden Sie weiter die Salbe, die man Ihnen verschrieben hat, aber das Wichtigste ist, ruhiger zu werden, dann geht es vielleicht vorbei«, sagte er und entließ mich.

Ich dachte daran, zu Mendi zu fahren, mich bei ihm auf dem Land auszuruhen, aber mein Kalender war voll mit Terminen von Patienten, die ich wegen meiner kleinen Hautprobleme nicht im Stich lassen konnte. Von meinem Vater hatte ich gelernt, dass man keine Termine absagt. Wir müssten über unsere menschlichen Schwächen hinauswachsen, die Show müsse weitergehen. Selbst wenn Vater krank war und fieberte und Mutter ihn deshalb inständig bat, die Termine für ein oder zwei Tage abzusagen, trank er nur heißen Tee mit viel Zitrone und Honig, nahm ein paar Schmerztabletten und empfing seine Patienten wie gewohnt. Er zog sich immer gut an für sie, trug Seidenhemden, die er beim Schneider machen ließ, und ein englisches Jackett, dazu Hosen, die Mutter ihm tadellos bügelte, und gewienerte Lederschuhe. Er beteiligte seine Patienten niemals an seinen Problemen, und wenn er ihnen gegenübersaß, glich er einem Gott, der vom Himmel herabgestiegen war. Das hatte ich von ihm gelernt. Wir sind eine Wand, an die sie ihren Schmerz schleudern, und dürfen niemals umfallen, schärfte er mir ein.

»Was hast du an den Fingern?«, fragte Vater, als er den Ausschlag zum ersten Mal sah.

»Nichts«, erwiderte ich und rollte sie sofort ein. »Das ist nichts weiter, ich war bei mehreren Ärzten. Man wird es nur schwer wieder los.« Als ich elf Jahre alt war, kaufte meine Mutter mir Deodorant und zeigte mir, wie man die Haare in den Achselhöhlen und an den Beinen entfernte. Als ich mich wehrte und sagte, das wolle ich nicht, sagte sie, ich solle mit Vater darüber sprechen, denn er habe gesagt, es sei an der Zeit.

»Der Körper schreit nach Hilfe«, sagte Vater nun belustigt.

»Kannst du mich davon kurieren, Papa?«, fragte ich mit kindlicher Stimme, um ihn zu ärgern.

»Wenn du mir ein paar Jahre gibst, dann ja«, antwortete er, »aber ich glaube kaum, dass mir noch mehrere Jahre bleiben. Außerdem ist es nach Freud nicht üblich, die eigenen Kinder zu therapieren. Sie wollen was anpacken, deine Hände, einen Mann, Erdreich, das Leben, aber du enttäuschst sie, du fliehst, hältst dich immer zurück, du lässt lieber andere anpacken, das Leben an deiner Stelle leben.«

»Hör auf, Papa«, bat ich.

»Ich werde nicht aufhören, denn ich möchte dein Bestes. Ich und deine Finger kennen dich von deiner Geburt an. Ich erkläre dir in Worten, was die Finger nicht erklären können. Es ist die letzte Durchsage für Fahrgäste, die im falschen Zug sitzen, bitte in den richtigen umzusteigen …«

»Papa, ich mache genau das, was du tust«, fauchte ich. »Ich therapiere Menschen. Ist dir das nicht gut genug?«

»Du therapierst nicht«, sagte er gemächlich und wandte mir sein großes, ernstes Gesicht zu, das ich so liebte und so sehr fürchtete. »Du bist eine Dienerin der Macht, und das ist völlig in Ordnung. Manche haben große Karrieren daraus gemacht. Aber du stehst am Rand. Andere töten, andere schlagen, andere erobern, und du gibst ihnen kleine Ratschläge von der Seite und meinst, das würde etwas ändern. Und das tut mir genauso weh wie deinen Fingern, denn ich erinnere mich, was für ein begabtes Kind du gewesen bist. Die ganze Welt hat dir offengestanden.«

»Weißt du, welche elenden Menschen ich behandle, Papa, wie viele Leben ich zu retten versuche?«, fragte ich, mit Mühe die Tränen zurückhaltend. »Und welchen Preis ich zahle, um sie anzuhören und ihre Traumata aufzuarbeiten? Was weißt du überhaupt über mich, Papa?«

Er blieb gelassen. Vater bereute nie und entschuldigte sich niemals. »Das ist natürlich achtenswert«, sagte er, »aber es bringt keinerlei Nutzen, denn du bist Teil dieser Maschinerie, die unentwegt Elend produziert. Wenn du selbst töten würdest, hättest du wenigstens Befriedigung daran, aber auch die hast du nicht. Das ist es, was deine Finger sagen. Ich dolmetsche nur. Aber …«, er legte mir die Hand aufs Handgelenk, und ich schob sie nicht weg, »es ist noch nicht verloren, du bist relativ jung. Da hast du einen großen Vorteil mir gegenüber. Du musst nicht denken, ich empfände keinerlei Reue. Schließlich habe ich der Welt nichts hinterlassen und werde es auch nicht mehr tun. Du hast noch Chancen. An dem Tag, an dem diese Wunden an deinen Händen abheilen, weißt du, dass du auf dem richtigen Weg bist.«

Alle größeren Vorkommnisse in den israelischen Streitkräften – Gefechte, Zusammenstöße, Übungsunfälle, Anschläge – werden in meiner Praxis rekapituliert, drei Tage pro Woche, sechs Sitzungen pro Tag, fünfundvierzig Minuten pro Sitzung. Manchmal kommen die Patienten vollgepumpt mit Psychopharmaka, ihnen sieht man gleich beim Eintreten an, dass sie geschädigt sind, und manchmal sind es scheinbar normale Menschen, deren Geheimnis niemand kennt, außer der Familie. Zuweilen gelingt es ihnen, ihre psychische Behinderung sogar vor ihren nächsten Angehörigen zu verbergen, und erst bei mir in der Klinik legen sie sie offen.

Nivi gehört zu den schwierigen Patienten. Er ist fast vierzig Jahre alt und wohnt immer noch bei seiner Mutter. Sie bringt ihn zu mir, und ich erlaube ihr ausnahmsweise, in der Küche zu warten, bis die Sitzung beendet ist. Auch jetzt bei unserem vierten Treffen erzählt er mir die Geschichte des Vorfalls, die ich schon in- und auswendig kenne, weicht keinen Deut davon ab. Sie waren hintereinander durch eine der Gassen getrabt, doch der Offizier hatte sich im Weg geirrt, und so waren sie an einen falschen Ort gelangt und unversehens auf eine große Menge Menschen gestoßen, die Steinbrocken und Flaschen und Eisenteile auf die Anrückenden warfen. »Sie hassten mich, wollten mich atomisieren, mir die Augen auskratzen«, erzählt Nivi immer im gleichen Wortlaut und fängt an, ruhelos durchs Zimmer zu streifen. »Setz dich, Nivi«, sage ich, »trink einen Schluck Wasser, hier bist du sicher«, und er setzt sich auf die Sofakante und springt sofort wieder auf. »Sie liefen mit Messern auf uns zu, wollten mich abstechen« – er demonstriert es mit den Händen – »und plötzlich sah ich den Kameraden vor mir in der Reihe umfallen, sie hatten von oben einen Baustein auf ihn herabgeworfen, sein Schädel war völlig zerschmettert, man sah gleich, dass er tot war. Und dann hat einer von uns das Feuer eröffnet, es blieb nichts anderes übrig. Ich habe nicht geschossen, hab es nicht geschafft, mir zitterten die Hände, ich wollte bloß weg. Wir traten den Rückzug an, schleppten meinen Kameraden mit, ich fasste ihn bei den Beinen, bis wir die Hauptstraße erreichten, und dort haben sie mich angeschrien, nun steig schon in den Wagen, einsteigen, schrien sie, und ich konnte mich nicht regen, als wollte ich, dass die Araber mich erwischten, als hätte ich genug von diesem Leben. Und dann kam einer, um mich abzuschlachten, mit einem riesigen Messer, das mich in der Sonne blendete, und ein Kamerad hat mich gerettet und ihm in den Kopf geschossen, und alles ist rausgeflossen, sein Gehirn spritzte in alle Richtungen, dabei hat er noch aufrecht gestanden, dieser Araber, ein Mann ohne Kopf, aber mit dem Messer in der Hand. ›Einsteigen, einsteigen‹, haben sie geschrien und mich ins Auto gezerrt, und die Araber kreischten und …« Er bleibt stehen und schreit in meiner Praxis, ganz in dem Grauen befangen, und ich bin besorgt, weil die Kommunikation zwischen uns abgerissen ist, ich kontrolliere die Situation nicht mehr. Die archaischsten, primitivsten Hirnbereiche beherrschen ihn jetzt, und die Vernunft hat keinen Raum dabei. Seine Mutter ist in der Küche aufgeschreckt, klopft an die Tür, fürchtet, er könnte mich schlagen in diesem Zustand, aber sie kann ihm jetzt nicht helfen. »Gehen Sie weg«, rufe ich ihr durch die Tür zu. Ein ängstlicher Therapeut wäre jetzt aus dem Zimmer geflohen und hätte die Polizei gerufen, aber das wäre Verrat an meinem Patienten, an Nivi, eine Fahnenflucht. Ich warte, dass er ermüdet von den Schreien, von den seltsamen Verrenkungen, die sie begleiten, warte, dass das Gehirn sich erholt von der Überflutung. Und dann ermüdet Nivi tatsächlich, sein Kopf sackt ab. »Setz dich, Nivi«, sage ich sanft. »Es ist alles in Ordnung, wir sind nicht mehr dort.« Er schaut mich verschwommen an, und ein schmerzlicher Jammerlaut bricht aus ihm hervor. Nun kann ich ihm die Hand auf die Schulter legen, er schmiegt sich an mich, ich drücke ihn kurz und ziehe den Teppich glatt, der sich bei seinem Aufstampfen gewellt hat. »Ich hab dich nicht angerührt, nicht geschlagen, nicht angefasst«, sagt er, auf seinen Sessel gekauert, seine kognitiven Gehirnfunktionen setzen wieder ein, und ich beruhige ihn, dass alles in Ordnung sei, dass er mir nichts getan habe.

»Wie fühlst du dich?«

»Erschöpft«, sagt er, »hab keine Kraft. So geht das immer von Neuem. Danach kann ich gar nichts machen. Die Kinder im Haus haben Angst vor mir wegen der Schreie. Die Eltern halten sie im Treppenhaus von mir fern. Sie sehen mich an wie ein Monster, dabei habe ich sie nie angerührt, schlage sie nicht, habe nichts gegen Kinder. Ich versuche den Leuten zu erklären, dass ich nur mich selbst umbringe, aber das beruhigt sie nicht.«

Als seine Mutter ihn das erste Mal zu mir brachte, erzählte sie, er sei schon bei zig Ärzten gewesen und auch ein paarmal stationär behandelt worden, aber sie könne keinerlei Besserung feststellen. Sie habe Großartiges über mich gehört, glaube, dass nur ich ihn retten könnte, und bestürmte mich, ihn zu behandeln. Aber auch nach einigen Sitzungen blieb Nivi in dem traumatischen Erlebnis gefangen, aus dem ich ihn noch nicht befreien konnte. Ich überlegte, wie Vater ihn therapieren würde. Wann immer ich mit einer Therapie nicht weiterkomme, überlege ich, ob Vater mehr Erfolg haben würde. Vielleicht würde seine alte, klassische Methode, die langsam und geduldig vorging, eine stabilere Brücke zu ihm schaffen, vielleicht hätte er einen Zugang zu Nivis Hirn gefunden, den ich verfehlte.

Nivi hatte sich jetzt beruhigt, ich reichte ihm ein Papiertaschentuch, damit er sich den Schweiß vom Gesicht wischen konnte, und plötzlich fragte er, und es war nun schon das Ende unserer vierten Sitzung: »Erinnerst du dich, dass du unser Bataillon bei der

Übung besucht hast, lange bevor das passiert ist, als ich noch okay war?« Ich horchte auf, denn nun erwähnte er erstmals unsere vorherige Bekanntschaft.

»Klar erinnere ich mich«, sagte ich, »damals war ich ganz neu im Beruf, wollte euch im Gelände kennenlernen.« Nivi grinste. »Man hat uns damals gesagt, es käme eine Psychologin, und wehe, wenn wir uns nicht gut benehmen würden. Wir hatten ein bisschen Schiss, aber dann kamst du und sahst richtig nett aus, hast uns gefallen, warst überhaupt nicht Furcht einflößend. Ich weiß noch, dass du mit uns auf Übung gegangen bist und sie dich ein paar Salven mit dem MG haben abfeuern lassen. Das hat großen Eindruck auf uns gemacht, da haben wir begriffen, dass du auf unserer Seite bist und nicht gekommen warst, um uns wie Tiere im Safaripark zu begaffen.« Ich wurde unwillkürlich rot. Nivi lächelte, sah plötzlich aus wie ein normaler junger Mann, dem es gelungen ist, ein Mädchen auf sich aufmerksam zu machen, und sagte: »Später am Abend hörten wir, dass du bei den Offizieren vor dem Zelt von Rosolio, dem Bataillonschef, sitzt, und wir alle dachten, dass was läuft zwischen euch, denn ihr habt gut harmoniert. Ehrlich gesagt hatten wir so unsere Gedanken mit dir, du weißt, wie das ist bei jungen Soldaten, du hast uns gefallen, wir haben über dich geredet.«

»Na, Nostalgie, hört man doch gern mal«, sagte ich verlegen lächelnd und fragte mich, wann er von der weiteren, problematischen Begegnung sprechen würde, die am Vorabend des Gefechts stattgefunden hatte.

»Das ist ein guter Anfang für die nächste Sitzung«, sagte ich zu Nivi, denn die fünfundvierzig Minuten waren um, und wir mussten Schluss machen. Seine Mutter wartete vor der Tür, und als ich öffnete, erklärte ich ihr, am Anfang sei es schwierig gewesen, aber später habe er sich beruhigt und wir seien ein Stückchen vorangekommen. »Ich dachte, Sie bräuchten vielleicht Hilfe«, sagte sie, und Nivi mit seinen über hundert Kilo stand mit gesenktem Kopf vor ihr wie ein gemaßregeltes Kind. »Komm, wir gehen«, sagte sie zu ihm und nahm ihn an der Hand. »Danke, Doktor«, flüsterte sie mir zu und steckte mir ein paar Scheine zu. »Wir sehen uns nächste Woche.«

Als sie gegangen waren, öffnete ich die Tür zwischen Praxis und Wohnbereich und setzte mich ins Wohnzimmer, ans Fenster zur Straße. Dort steht ein Baum, dessen Zweige im Wind langsam schwanken, ich musste zu Atem kommen.

Ich sitze auf einem hohen Aussichtspunkt, unter einem Sonnensegel, und der Chef der Einheit sitzt neben mir. Die Jungs rennen und robben drunten in der prallen Sonne. Wir beobachten sie durchs Fernglas. Ich mache mir Notizen. Es heißt, ich hätte einen sicheren Blick, sei eine Zauberin, kein Mensch könne besser als ich voraussagen, wer ein guter Kommandokämpfer werden würde. Deshalb laden sie mich weiter zu diesen Auswahlverfahren ein und hofieren mich wie eine Königin.

Mehrere Hundert junge Männer, auf dem Gipfel

ihrer Kraft, steigen frühmorgens aus Bussen, bekommen ihre Ausrüstung, brennen darauf, sich zu beweisen. Mit der Energie, die sie ausstrahlen, ließe sich ein Kontinent versetzen. Man heftet ihnen Nummern an die Hemden, um sie auseinanderhalten zu können. Zuerst lässt man sie ein paar Kilometer rennen, um die Schwächsten, die Irrläufer, gleich auszusieben. Rund ein Drittel wird ausgesondert oder scheidet freiwillig aus. Den Übrigen geben die Prüfer eine Reihe Befehle – im Sand robben, schwere Säcke schleppen, Gruben ausheben –, um ihre Körperkraft und Leidensfähigkeit zu testen. Nach jeder Auftragsrunde rufen die Prüfer, das heißt die niederrangigen Offiziere, die zwischen ihnen herumlaufen, mit Megafonen: »Wer sich schwertut, kann jetzt aufhören«, und einige Teilnehmer treten mit hängendem Kopf und weichen Knien zur Seite und verzichten auf ihren Traum, Supermänner zu werden. Vielleicht werden sie in ihrem weiteren Leben beruflichen Erfolg erringen, treue Familienväter und gute Bürger werden, aber dieser Moment des Scheiterns wird sich in ihre Herzen eingraben. Die Verbleibenden, Kräftigen lässt man mit Tragbahren voll schwerer Sandsäcke vor uns im Kreis rennen. Ab und zu versetzen die Prüfer ihnen einen Schubs, werfen ihnen ein Hindernis in den Weg, sticheln sie, um ihre Reaktion zu prüfen: Rasten sie aus, oder machen sie weiter, trotz der ungeheuren Schinderei? Man fragte mich um Rat, ob man über ihre Köpfe hinwegschießen solle, wie man es vor Jahren getan, aus Sicherheitsgründen jedoch eingestellt hatte. Man erklärte mir, das sei nötig, um ihre grundsätzliche Eignung für Gefechtsbedingungen zu prüfen. Früher hätte ich das auf der Stelle abgelehnt, so was tut man bei uns nicht, und es könnte ihre Begeisterung brechen, aber jetzt dachte ich, man müsste sie härter rannehmen, und erinnerte mich an mein letztes Gespräch mit Rosolio. Ihre Klamotten sind jetzt schweißgetränkt, die Glieder lahm und geschunden. Wieder treibt man sie im Laufschritt durch den Sand, eine schwere Last schleppend, stoppt sie dann, um das Überwinden eines verworrenen Stacheldrahtzauns zu üben, den man über den Boden gezogen hat. Ich messe von oben Härte, Druck und Bruchstellen der Seele wie eine Bauingenieurin. »Seht ihr den Sandhügel dort?«, ruft ihnen der Prüfungsleiter durch das Megafon zu. »Erobert ihn, aber zusammen, falls einer zurückbleibt, seid ihr alle durchgefallen.« Jetzt ist die Gruppe stark geschrumpft, viele haben aufgegeben, und auch einige der Verbliebenen wirken erledigt und resigniert. Die Prüfer sieben sie mit einem Fingerzeig und einem kurzen Satz aus, und ich suche die Starken und Entschlossenen unter ihnen, die nicht kapitulieren. Man erkennt sie am sicheren Stand und den entschiedenen Bewegungen, an der Art, wie die anderen ihnen instinktiv folgen. Sie sind die Herdenführer. Wären Frauen hier, würden sie sich zu ihnen gesellen. Einmal war ich mit Schauli in einem Wildgehege in Galiläa, und wir sahen, wie die dominanten Hirschböcke die ganze Herde beherrschten, die Jungen und die Alten und die Schwachen und vor allem die weiblichen Tiere. Die Prüfer stehen auf halber Höhe des Hügels, den die Jungs erstürmen, verstellen ihnen den Weg, stoßen sie runter. Die Prüfer sind leichtfüßig und stark, und sie besitzen Autorität. Die Prüflinge dürfen nicht zurückschlagen, Verstand und Willenskraft müssen jetzt die erschöpften Muskeln lenken. Immer wieder versuchen sie, den Gipfel zu erreichen, und werden zurückgeworfen. Die Starken schaffen es nach oben, haben aber die Aufgabe, die Übrigen mit raufzubringen. Ich liebe diese Spiele, habe sie zum Teil selbst entworfen, und jedes Mal schaue ich fasziniert zu von meinem Platz oben auf der Anhöhe.

Am Nachmittag verbleiben wir mit einer kurzen Liste ernsthafter Anwärter. Alle anderen sind mit Bussen nach Hause geschickt worden. Ich sehe durchs Fernglas einen Ausgesiebten, kaputt vor Enttäuschung. Wir haben dir das Leben gerettet, sage ich ihm in Gedanken, du hättest es nicht durchgestanden, und im entscheidenden Moment hätte deine Schwäche dich und die anderen gefährdet.

So schlauchte man sie drei geschlagene Tage. Jeder Tag und jedes Stadium hatten ein bestimmtes Ziel, das wir mit Zahlen und Tabellen dokumentierten. Wir rissen sie mitten in der Nacht aus tiefstem Schlaf zum Dauerlauf mit Tragbahre. Der Prüfer rief beim Wecken: »Wer weiterschlafen möchte, darf das tun, schöne Träume, morgen früh steigt er in den Bus nach Hause.« Ein oder zwei ließen sich verlocken, auf diese Weise auszuscheiden, und blieben in ihrem Schlafsack liegen. So prüften wir, wer an Müdigkeit zerbrach. An

Schmerzen. An mangelndem Durchhaltevermögen. An Angst. Wer den Verstand auch dann noch gebrauchen konnte, wenn der Körper um Hilfe schrie. Wer seine Aufträge ungenau ausführte. Wer fähig war, sein persönliches Wohlbefinden zugunsten anderer hintanzustellen, und zum Führen geboren war.

Am Ende des dritten Tages waren nur fünfundzwanzig übrig, und die schickte man mir zum Interview. Man teilte ihnen Sandwiches aus, die sie eilig verschlangen, und wies ihnen dann den Weg auf den Hügel, wo ich mit dem Chef des Kommandos unter dem Sonnensegel saß. Vor mir lagen die bisherigen Prüfungsergebnisse. Drei Tage lang hatte ich ihnen zugesehen wie Gladiatoren in der Arena. Wer dieses Stadium erreicht hatte, war eindeutig ein starker und begabter Mensch, aber ich musste sicherstellen, dass keine Geistesgestörten oder Psychopathen unter ihnen waren und keiner an bisher unerkannten Persönlichkeitsstörungen litt. Nach fünfundzwanzig Jahren Berufspraxis genügt mir ein kurzes Gespräch mit ihnen. Ich höre ihre Stimme und Sprechweise, beobachte ihre Mimik und Körpersprache. Das reicht, um die letzte Auswahl zu treffen, und deshalb lässt man mich immer wiederkommen. Sie sitzen mir nervös gegenüber, ich bin die letzte Hürde, die es noch zu meistern gilt. Ich trage eine Seidenbluse, deren oberster Knopf geöffnet ist, einen federleichten, frischen Hauch von Parfüm, das Haar im Nacken zusammengefasst, und eine Lesebrille auf der Nasenspitze. Ich könnte ihre Mutter sein, und doch sehe ich, selbst nach drei Tagen des Robbens im Sand, zuweilen ein Blitzen in ihren Augen – vielleicht machen wir zwei hinterher was zusammen, in einem anderen Leben.

Erzähl mir von einem Tiefpunkt und einem Höhepunkt in deinem Leben, von einer großen Freude, bitte ich sie, und werte die Signale aus, die die Stimmen, Hände und Bewegungen mir senden. Die meisten sprechen vom Tod eines Verwandten oder vom Nichtbestehen einer wichtigen Prüfung, und da hake ich etwas tiefer nach, ob die Trauer bei ihnen chronisch werden könnte, ob sie bei einem Misserfolg oder beim Tod eines engen Freundes zusammenbrechen würden. Auch die Freude prüfe ich, ob sie fähig sind, sie zu zügeln, oder das Triumphgefühl bis zum Kontrollverlust auskosten würden. Ich frage sie nach Hobbys, was sie gerne machen. Erzähl mir von deiner Familie, deinen Eltern und Geschwistern, fordere ich sie auf und suche die leichten Zuckungen im Gesicht, prüfe den Augenkontakt. Und erzähl mir von deinen Freunden, wie sehr du sie magst. Wir sind nicht an einsamen Wölfen interessiert, aber auch nicht an denen, die laufend Bestätigung von ihrer Umgebung brauchen. Hat es Augenblicke im Leben gegeben, in denen du verzweifelt warst?, frage ich. Die meisten verneinen, und ich glaube ihnen, wer es bis hier geschafft hat, resigniert nicht so schnell. Doch wenn ich Lügen wittere, bohre ich weiter, bis ich zur Wahrheit vordringe. »Hast du eine Freundin?«, frage ich. Einige haben eine und lassen schon männliche Gewandtheit im Umgang mit Frauen erkennen, andere lächeln verlegen. Ich sehe ihre Pubertätspickel, eine verspätete Kindlichkeit bricht sich plötzlich Bahn, und dann möchte ich am liebsten den Feldtisch umrunden und den Kopf des Betreffenden auf meinen Schoß ziehen.

Einige Wochen nach dem ersten Treffen seit seiner Einführung als Generalstabschef ließ Rosolio mich erneut rufen. Diesmal hatte er ein größeres Forum von Generälen und hohen Offizieren einberufen, einen »Siegesworkshop«, wie er sagte, bei dem er beraten wollte, wie man zu den Glanzzeiten zurückkehren könnte, als wir Kriege noch eindeutig gewonnen hatten. »Trotz des ungeheuren Vorteils, den wir nach jedem erdenklichen Parameter besitzen, sind alle neueren Feldzüge mehr oder weniger unentschieden ausgegangen«, erklärte Rosolio zu Beginn des Treffens. »Der Feind wurde nicht entscheidend geschlagen, nicht auf die Knie gezwungen, und statt Triumphgeschrei blieb ein schaler Hauch von Kompromiss im Mund. Mein Ziel ist es, beim nächsten Kampf einen entscheidenden Sieg zu erringen, und zu diesem Zweck habe ich euch kommen lassen.« Mich bat er, dabeizusitzen, zuzuhören und am Ende meine Schlussfolgerungen darzulegen. Er stellte mich den Anwesenden vor: Das ist Abigail, Oberstleutnant der Reserve, ehemals Leiterin der Abteilung für Verhaltenswissenschaften, Beauftragte für psychische Gesundheit bei den Fallschirmjägern, der Kommandoeinheit des Generalstabschefs und, und, und. Einige kannten mich von früher, andere nicht. Wie gewohnt war ich ihren erbarmungslos prüfenden Blicken ausgesetzt, als stände ich im Badeanzug vor ihnen. Das machte mir nichts aus. Nur die Pflaster an meiner rechten Hand störten mich, ich schämte mich ihrer, wünschte, die Finger wären wieder schön heil.

Einer der Höhepunkte in meiner Zusammenarbeit mit Rosolio war die Rückeroberung von Nablus, als die Brigade dort jene Terrornester auszuheben plante, die Selbstmordattentäter in unsere Städte entsandten. Ich begleitete ihn bei diesem Einsatz aus der Nähe, oder richtiger gesagt, um mein Licht nicht unter den Scheffel zu stellen: Ich hatte ihn seelisch auf den Einsatz vorbereitet. Rosolio war unruhig gewesen. Er hatte reiche Erfahrung mit punktuellen Kommandooperationen, aber nun sollte er zum ersten Mal einen großen Einsatz in Brigadestärke befehligen.

Als wir am Vorabend des Einsatzes zu zweit in seinem Büro saßen, sprach er seine Angst vor einer Niederlage an. »Ich kann den Soldaten kaum in die Augen blicken«, sagte er, »ich weiß, einige von ihnen werden meinetwegen tot zurückkehren, wegen Fehlern und Irrtümern, die ich begehen werde. Vom Oberkommando hat man mich gebeten, die zu erwartende Gefallenenzahl einzuschätzen. Dieses Spiel bin ich nicht bereit mitzuspielen. Ich will, dass alle lebendig heimkehren. Andernfalls muss ich persönlich die trauernden Mütter aufsuchen und ihnen Erklärungen abgeben, niemand sonst.«

Das war kein guter Ausgangspunkt. Mir stand wenig Zeit zur Verfügung, um ihn aufzurichten, denn schon am frühen Morgen würden die Soldaten der Brigade antreten, um die Marschbefehle zu erhalten, und wehe, er sprach so zögerlich zu ihnen. Er war müde und nervös, aber ich konnte ihn nicht anfassen, die Fotos seiner Frau und Töchter standen hinter ihm, damals hatte ich noch keinen Mut. Ich hatte die Aufgabe, seine Ängste zu mildern und seine Sicherheit zu stärken, damit er zu den notwendigen Opfern bereit war. Schließlich konnte man kein Feldherr sein, ohne Menschen in den Tod zu führen. Sein Wille, alle Soldaten lebendig zurückzubringen, war wirklichkeitsfremd. Ich lenkte ihn sanft, er brauchte keine Peitsche von mir, sondern resolutes und kluges Streicheln. Er hatte zwar eine resolute und ausgeprägte Persönlichkeit, aber in entscheidenden Momenten bekam sie Risse, ich hörte ihr Bersten und musste es aufhalten.

Ich machte uns starken, süßen Tee, holte ihn aus dem Büro hinaus in die Sommernacht. Wir sprachen leise, gingen eng nebeneinanderher, von Weitem hätte man uns für ein Liebespaar halten können. Ich fragte ihn, wen er, abgesehen von seinen Soldaten, jetzt vor Augen sehe. Er sprach von seiner Frau und von seinen damals noch kleinen Töchtern, die zu Hause schliefen. Ich bat ihn, mir das Leben seiner Töchter zu schildern, ihren Tagesverlauf im Kindergarten, die Mahlzeiten und Spiele, das Baden, ihr Zimmer. Danach forderte ich ihn auf, sie mir in zwanzig Jahren zu beschreiben, wenn sie erwachsen waren, welche Hoffnungen er in sie setzte. Ich redete mit ihm gar nicht über Krieg. Er lächelte sanft, entspannte sich. Ich hätte ihn streicheln und küssen, mit ihm auf seine Stube gehen mögen, ließ aber schnell den Rollladen vor meiner Leidenschaft herunter. Ich durfte sein Schwert nur mit Worten schärfen, bis es glänzte.

Wir redeten über seine Kindheit, seine Lieblingsorte, nur über mich selbst sprach ich nicht, und langsam, aber sicher lenkte ich das Gespräch zurück aufs Militär. Ich bat ihn, mir zu schildern, wie er als einfacher Soldat gewesen war, als junger Offizier, was er von damals in Erinnerung hatte. »Ich war sehr dünn«, lachte Rosolio, »rank und schlank und stark. Ich denke manchmal an Dinge, die ich damals getan habe, und staune über mich selbst, woher ich den Mut und Verstand hatte, sie zu tun. Alles war neu für mich. Das Gewehr war neu, die Landkarten waren neu, die Orte, an die ich kam, und die Autorität, die ich erhielt. Und ich war naiv … Naiv wie meine Soldaten. Deshalb möchte ich sie so sehr schützen. Ich sehe diese Soldaten, und sie sind meine jüngeren Brüder, sie sind ich vor zwanzig Jahren, ich kann sie ihren Eltern nicht tot wiederbringen.«

»Aber Rani«, ich rückte an ihn ran und sprach zu seinem in Dunkel gehüllten Gesicht, »als du in ihrem Alter warst, hast du dich nicht für ein Kind gehalten, hast dich nicht wie ein kleiner Junge gefühlt. Du hast dir selbst vertraut. Du warst stark und gescheit. Warst wütend auf Leute, die dich von oben herab ansahen.«

»Stimmt«, sagte Rosolio, »du hast recht«, und etwas Wunderschönes lief vor meinen Augen ab, wie eine seltene Naturerscheinung: Die Sorgen und Zweifel auf seinem Gesicht verwandelten sich in kluge und selbstsichere Entschlossenheit. Das war ein therapeutischer Moment, den ich nicht vergessen werde: Ich hatte mit dem Skalpell den Eiter des Zweifels und der Angst entfernt, und nun war er sauber.

Am Morgen stand Rosolio vor allen Soldaten seiner Brigade, die vor ihm auf dem Appellplatz angetreten waren, und hielt ihnen die Ansprache, die wir nachts gemeinsam aufgesetzt hatten, ehe ich ihn zum Schlafen schickte. Wir hatten die richtigen Botschaften eingearbeitet, sie nacheinander in den Text eingefügt, und er trug sie mit absoluter und überzeugender Sicherheit vor, aus tiefstem Herzen. Ich sah ihren Gesichtern an, dass er sie gewann, und auf dem Höhepunkt der Rede knurrten und brummten sie wie dressierte Tiere, die bald auf Beute losgelassen werden würden, wie Legionen eines römischen Feldherrn.

Fast zwanzig Jahre waren seither vergangen, und jetzt saß ich an der Ecke des Beratungstischs, an dessen Stirnseite Rosolio als Generalstabschef präsidierte. Ich schrieb in mein Notizbuch kurze Anmerkungen über die Anwesenden, Rosolios Generäle, die ihm den Sieg bringen sollten: Schwach. Zögerlich. Redselig. Ziemlich beeindruckend. Resolut. Klug. Seicht. Unreif, erfordert noch Arbeit. Aufgeblasen. Die ganze Bandbreite menschlicher Eigenschaften war in meinen Notizen ausgebreitet. Gelegentlich warf er mir einen Blick zu, ich war der einzige ihm nahestehende Mensch im Raum. Für Soldaten quatschten sie zu viel, mit so einem Übermaß an Worten konnte man schwerlich siegen. Rosolio sprach kaum, er zerbrach sich den Kopf darüber, wie man diese Leute aufrütteln, sie in wiehernde Wildpferde verwandeln könnte. Die meisten sehen aus wie Vizegeneraldirektoren mittelständischer Unternehmen, dachte ich, mit Eigenheim am Stadtrand und SUV und einer hübschen Frau, und damit zufrieden, warum all das in der Hölle des Krieges kaputtmachen. Schließlich hatten wir ihnen die Lorbeerkränze und Preise, die jungen Soldatinnen und die Verehrung der Massen genommen, hatten ihre Bewegungsfreiheit eingeengt, ihnen Rechtsanwälte beigegeben, nicht mal rauchen durften sie, waren allesamt entmannt. Also kein Wunder, dass sie mit gesenktem Kopf an der Spitze dahintrotteten wie Esel, statt wie edle Schlachtrösser vorauszugaloppieren.

Als das Forum sich aufgelöst hatte, saß ich allein mit Rosolio in seinem Büro. »Was hältst du von ihnen?«, fragte er. Ich kannte diesen Blick, und er kannte meinen. »Geh zu den Soldaten, Rani«, sagte ich, »sei bei ihnen, sprich mit ihnen, damit sie dich sehen und hören. Die, die hier waren, werden die Arbeit nicht für dich tun. Geh zu den jungen Offizieren, zu denen, die noch nicht verknöchert sind, mit denen musst du arbeiten, sie musst du mit Kampfgeist erfüllen.«

»Anscheinend bleibt nichts anderes übrig«, sagte er verdrossen.

»Plant ihr einen Krieg in naher Zukunft?«, fragte ich.

»Vielleicht«, antwortete Rosolio, »und falls der ausbricht, habe ich vor zu siegen. Auch wenn ich mich selbst an die Spitze stellen muss.«

»Und ich werde gern behilflich sein«, sagte ich und war sicher, er erinnerte sich an jenes monumentale nächtliche Treffen, als ich ihn aus sich herausgeholt hatte.

Ich sah, dass er zögerte, sich auf die Lippen biss, ehe er dann doch sagte: »Ich habe mich diese Woche nach deinem Jungen erkundigt, es hieß, er sei völlig in Ordnung.«

Ich erschrak. »Wieso hast du plötzlich nach ihm gefragt?«

»Ich habe mit dem Bataillonskommandeur gesprochen, und plötzlich fiel mir ein, dass der Junge bei ihm in der Grundausbildung ist. Ich habe ihm nichts erzählt, keine Sorge. Hab nur gesagt, ich würde den Jungen von Geburt an kennen, habe keine Extrawurst für ihn verlangt. Der Kommandeur hat mit den direkten Vorgesetzten des Jungen gesprochen und mir berichtet, er sei ein guter Soldat, ein guter Kamerad, sie seien zufrieden mit ihm. Du hast ihn sehr gut erzogen, Abigail, kannst stolz auf dich sein.«

Ich war wütend. Er hatte unser Abkommen verletzt, aber wir befanden uns im Büro des Generalstabschefs, da konnte ich keine Szene machen. Und ehrlich gesagt hatte sein Kompliment mich im tiefsten Herzen berührt und tatsächlich mit Stolz erfüllt.

Erst als ich das Hauptquartier in der Kiriya verließ, brachte ich den Krieg, den Rosolio plante, mit

Schauli in Verbindung. Du dumme Kuh, sagte ich mir, was tust du hier eigentlich?

»Komm runter an den Strand«, schrieb mir Noga.

»Bist du allein dort?«, fragte ich.

»Total«, schrieb Noga. Es war ein Donnerstagnachmittag im Frühsommer, und sie war für ein langes Wochenende in die Stadt gekommen.

Ich war ewig nicht mehr am Meer gewesen, obwohl ich nur eine Viertelstunde Fußweg vom Strand wohnte. Als Schauli klein war, waren wir oft an den Strand gegangen, fast jeden Schabbat, hatten dort glückliche Stunden verbracht. Die Vorwarnung ist zu kurz, dachte ich, ich bin nicht strandfertig. Der Badeanzug ist alt, ich bin nicht sicher, dass er mir steht, und modern ist er gewiss nicht. Außerdem war ich lange nicht mehr bei der Kosmetikerin. Aber Noga erwartete mich. Ich zog einen einteiligen Badeanzug an, der schrecklich aussah, und darüber ein Strandkleid, das ich bei einem vergessenen Urlaub gekauft hatte, schlüpfte in hässliche Sandalen, sah in den Spiegel, wechselte komplett in andere Klamotten und zwang mich, aus dem Haus zu gehen, bevor ich einen Rückzieher machte, bevor sie mir weglief.

Ich erkannte sie von hinten, als ich die Stufen zum Sand hinunterging. Sie saß allein auf einem großen Tuch, trug einen dunklen Bikini, blickte gelassen aufs Meer. »Noga«, rief ich, und sie drehte sich um und schenkte mir ein honigsüßes Lächeln, wie eine bildhübsche Schauspielerin auf einer alten Reklame aus

Italien. »Ich dachte schon, du kommst nicht mehr, bald geht die Sonne unter«, sagte sie und rückte ein wenig zur Seite, damit ich mich neben sie setzen konnte. Nicht weit von ihr saßen ein paar junge Männer und fixierten sie begehrlich. Und nun war doch wahrlich die böse Tante aufgetaucht, um sie vor ihnen zu schützen. Ich empfand ihren nackten Körper als peinlich, bemühte mich, nur ihr Gesicht anzuschauen, und blieb bekleidet. Noga fragte, ob ich denn keinen Badeanzug mitgebracht hätte und nicht gern ins Wasser gehen wollte. »Ist es nicht zu kalt?«, fragte ich, und sie sagte lachend, es sei doch bloß das Mittelmeer, schon Sommer, manche Menschen würden den ganzen Winter über darin baden. Wie einer Touristin erklärte sie es, als würde ich diesen Strand nicht von Kindheit auf kennen. Ich zog die alte Sherwal-Hose aus. »Die hab ich vor zweihundert Jahren im Sinai gekauft«, sagte ich entschuldigend und war nun ebenfalls im Badeanzug. Noga lächelte mich an. »Los«, sagte sie, »rein ins Wasser!«

Sie rannte ein Stück ins Meer, stürzte sich dann kopfüber hinein und kraulte mit glatten Zügen, den gekrümmten Ellbogen in dem Moment streckend, in dem die Finger das Wasser berührten, Arme und Schultern schimmerten im Gold der untergehenden Sonne. Ich hielt schon inne, als nur meine Füße im Wasser waren, mir war kalt, ich wollte den Rückzug antreten, aber sie rief mich von Weitem, ich solle reingehen, mich überwinden. Jetzt konnte ich nicht kneifen. »Drei, vier«, sagte ich mir und tauchte unter, und nach einigen Zügen gewöhnte ich mich an die Temperatur. Wir schwammen Seite an Seite Richtung Wellenbrecher, entfernten uns von den übrigen Badenden und ruhten uns dann kurz aus, bis zum Hals im Wasser, mit den Beinen tretend. »Schauli surft an diesem Strand«, erzählte ich ihr, »im Sommer fast jeden Tag.« Noga sagte, weil sie fern vom Wasser aufgewachsen sei, habe sie nie richtig Surfen gelernt, aber jetzt hätte sie Lust dazu. Ihre Worte waren immer so sachlich, sauber, ohne weiblichen Klatsch, wie bei einem sportlichen, findigen Jungen. Wenn sie bei der Gefangenenübung nicht schlappgemacht hätte, könnte ich annehmen, sie wäre aus Eis. Außerhalb meiner Praxis wusste ich nicht viel mit ihr zu reden, sie war so jung, ich wollte bloß bei ihr sein.

Wir kamen aus dem Wasser, und sie hatte nur ein Handtuch dabei. Ich hatte vergessen, eines mitzubringen, zitterte vor Kälte und klapperte mit den Zähnen. Sie bot mir an, mich als Erste abzutrocknen, doch ich beharrte darauf, dass sie den Anfang machte, und so teilten wir uns lachend das Handtuch. Wir waren den Augen aller Welt ausgesetzt, aber es kümmerte uns nicht.

»Möchtest du meine Wohnung sehen?«, fragte sie, als wir uns die Füße unter den Wasserhähnen abspülten. Sie hatte lange, schmale Zehen mit gesunden, sauberen Nägeln ohne Lack. »Klar«, sagte ich, etwas verlegen über meine eigene Begeisterung. Wir gingen zur Stadt hinauf, in feuchten Sachen, mit zerzaustem Haar. Noga meinte, ich sehe aus wie elektrisiert, und als ich mein Spiegelbild in einem Schaufenster sah, fing ich an zu lachen. Die Stadt erschien mir neu, durch ihre Augen betrachtet, die vertraute Szenerie wurde schön und speziell, und ich fühlte mich jung. Unterwegs machten wir bei einem Gemüseladen halt, Noga sagte, sie hätte gar kein Obst im Haus, aber Lust darauf. Sie suchte die ersten Trauben aus, auch Aprikosen, und wir verputzten fast alles im Gehen.

Es war eine verwohnte Wohnung in einer der Seitenstraßen zum Meer, aber die Zimmer waren geräumig, mit hoher Decke, wie man früher mal gebaut hat. Sie bat mich in ihr Zimmer, das fast leer war, bis auf ein niedriges, hartes Bett, einen Nachttisch aus Rattan und ein kleines Holzregal mit ein paar Büchern darin und obendrauf Wollpuppen, die ihre Großmutter ihr als Kind gestrickt hatte. »Ich bin noch nicht dazu gekommen, irgendwas an die Wände zu hängen«, sagte sie entschuldigend, und ich erwiderte, das sei gerade schön so. Im anderen Zimmer lebte ihre Mitbewohnerin, die bei der Arbeit war. »Geh hier duschen«, sagte Noga und gab mir ein sauberes Handtuch. Ich fragte, ob sie mir Klamotten leihen könnte, Hemd und Hose. »Sicher«, sagte sie und fügte noch eine ihrer schlichten Baumwollunterhosen bei. Ich stand lange unter dem Warmwasserstrahl in der fremden Dusche, probierte die duftenden Duschseifen der beiden an mir aus – vielleicht würde ich ja ein Jugendelixier darunter finden –, bis ich merkte, dass das warme Wasser zu Ende ging. In Nogas Sachen trat ich hinaus, das

Handtuch um den Kopf geschlungen. »Ich fürchte, ich habe das warme Wasser aufgebraucht«, sagte ich, und sie erwiderte, das sei nicht schlimm, sie würde sich nur kurz abspülen. Während Noga duschte, saß ich auf ihrer Bettkante und vertiefte mich in die Bilder, die auf dem Nachttisch standen: ein Foto ihrer Eltern, die sportlich und ansprechend wirkten, und eines mit ihren beiden jüngeren Geschwistern. Ich dachte, wie großartig doch eine echte Familie war, im Vergleich zu der minimalistischen Familie, die ich mir und Schauli geschaffen hatte. Als Noga, in ein Handtuch gewickelt, aus der Dusche kam, verließ ich nicht den Raum. Sie zog sich hinter der Tür des Einbauschranks an. Ich sah nichts außer ihren schönen Waden, die hinter der Tür auf und ab gingen, als sie in Slip und Shorts stieg. »Schau, wir sind im Partnerlook«, lachte sie, als sie bekleidet vor mir erschien. Danach setzten wir uns in die kleine Küche, Noga bestand darauf, uns Pasta mit Tomatensoße zu kochen, obwohl ich sagte, sie solle sich keine Mühe machen. Sie ertappte mich dabei, dass ich sie beim Kochen anschaute, und fragte mit leisem Lächeln: »Was?« »Nichts«, antwortete ich. Ich war fasziniert von allem, was sie tat.

Beim Essen erzählte sie, der Hubschrauber erscheine ihr mittlerweile wie ein Teil von ihr. Anfangs sei er eine fremde Maschine aus Metall gewesen, aber jetzt betrachte sie ihn wie ein fliegendes Pferd, wie die Pferde, die sie in ihrem Heimatort ritt und die ihr auf jedes Zeichen parierten – nur einen Würfel Zucker könne man ihm nicht geben.

»Großartig«, sagte ich, »jahrelang haben wir darauf gewartet, dass eine Frau diese Aufgabe erfüllt, und jetzt –« Ich weiß nicht, warum ich in die erste Person Plural verfiel, und in wessen Namen ich genau sprach. »Daran denke ich nicht«, fiel sie mir ins Wort, »wenn ich oben bin, denke ich überhaupt nicht daran, dass ich eine Frau bin, nur an die Arbeit, die es zu tun gilt, und an die Freude des Fliegens.«

»Du hast recht«, sagte ich. Es wäre schade gewesen, diesen einmaligen Moment kaputtzumachen. Wir saßen in der Küche vor dem brummenden, alten Kühlschrank, sie blies in den dampfenden Tee, den sie uns nach dem Mahl gemacht hatte, führte die Tasse dann an die Lippen. Auch ich trank einen Schluck, und mein Körper beruhigte sich. Das war genug, mehr sollte man nicht verlangen.

An einem Nachmittag, viele Jahre zuvor, war Mutter in mein Zimmer gekommen und hatte leise die Tür hinter sich geschlossen. Ich büffelte damals fürs Abitur, und Vater hatte einen Patienten in der Praxis. Es war ein seltenes Ereignis, wir gingen sonst nicht so intim miteinander um, und sie wahrte zumeist die Privatsphäre meines Zimmers. Unsere Gespräche waren oberflächlich und drehten sich um Alltagsdinge. Ich blickte ein wenig auf sie herab, sie war nicht so wichtig und klug wie mein Vater. Deshalb bemühte ich mich nicht, sie zu beeindrucken. Ich verstand nicht die ruhige und zurückhaltende Weise, in der sie ihr Leben lebte. Als ich in der dritten Klasse als hochbegabt eingestuft wurde, war sie gegen meine Versetzung in eine Sonderklasse in einer anderen Schule gewesen. Mein Vater hatte die Entscheidung für die Umschulung getroffen. In meinem kindlichen, aber nicht mehr naiven Gehirn dachte ich, sie wolle, dass ich normal würde, so wie sie. Gewiss beneidete sie mich. Fortan nahm ich mich in Acht vor ihr, damit sie mir nicht die glänzende Zukunft vermasselte, die mir winkte, und auch sie war vorsichtig. »Darf ich?«, fragte sie, bevor sie sich auf mein Bett setzte, und ich machte eine lässig einladende Geste. »Komm neben mich«, bat sie, »es ist mir unangenehm, dass du höher sitzt.« Ich erhob mich von meinem Schreibtischstuhl und setzte mich neben sie. Sie trug ein Kleid, und ihre Beine waren prall und schön. Einige Stunden zuvor hatte ich meinen Eltern mitgeteilt, dass ich mich fürs Psychologiestudium im Rahmen des Wehrdienstes eingeschrieben hatte. Das war für die beiden komplett überraschend gekommen, und ich begriff, dass sie darüber reden wollte.

»Du bist kein gewöhnliches Mädchen, Abigail«, begann Mutter in unnatürlich feierlichem Ton, der ihre Unsicherheit kaschieren sollte. »Wir haben das schon früh erkannt, du hast ja angefangen zu sprechen, als du noch kein Jahr alt warst. Wenn es nach deinem Vater gegangen wäre, würdest du längst an der Uni studieren, er hätte dich Schulklassen überspringen lassen. Aber ich habe mich immer dafür eingesetzt, dass du eine normale Kindheit erlebst, Freunde findest, Tanzen lernst, Freizeit hast, richtig aufwächst.

Ich denke, ich hatte recht damit, obwohl ich weiß, dass du nicht viel auf meine Meinung gibst. Doch was ich dir sagen wollte, Abigail, wozu ich in dein Zimmer gekommen bin: Es ist zu früh für dich, in diese Dinge der Seele einzutauchen. Du wirst kein normales Leben haben, wenn du jetzt schon damit anfängst. Du musst dich noch entwickeln, emotional erwachsener werden, Menschen kennenlernen. Ich bitte dich, Abigail, überlege es dir noch mal. Leiste deinen Wehrdienst wie alle anderen. Bei deinem Verstand wird man sicher eine interessante Aufgabe für dich finden, und du wirst einen netten Jungen treffen, der sich in dich verliebt, und danach entscheidest du, was du mit deinem Leben anfangen möchtest, wenn du reifer bist. Nicht jetzt.«

Ich sah sie hochmütig und gekränkt an, dachte, sie wolle mich bremsen. »Was heißt hier ›normales Leben‹, Mama? So werden wie du? Wie deine Freundinnen?«

»Schau nicht auf mich herab, Abigail«, sagte Mutter damals und verzog das Gesicht. »Meine Freundinnen und ich haben Familien gegründet, eine Ausbildung gemacht, wir arbeiten, vielleicht nicht in den heroischsten Berufen, aber wir meistern unser Leben. Du hast noch nichts von all dem getan.« Sie meint, ich habe noch nicht mit einem Mann geschlafen, interpretierte ich ihre Worte, das war mein wunder Punkt. Ich blickte ihre Beine an, die Vater erfreuten, und damit konnte ich nicht konkurrieren.

»Und wenn ich nicht heirate, Mama? Heißt das, dass ich nicht normal bin?«

»Ich denke, es würde traurig für dich werden«, sagte sie, und ihr Blick wechselte von feindselig zu schmerzlich. »Das Leben mit deinem Vater ist nicht einfach, aber er erfüllt meine Welt. Alleinleben ist sehr einsam und kalt.«

»Ich werde es mir überlegen, Mama«, log ich. Ich hatte nicht vor, einen weiteren Gedanken auf ihren Vorschlag zu verschwenden, war fest entschlossen und verstand nicht, was sie mir sagen wollte. Sie war damals jünger als ich heute, dunkelhaarig und attraktiv, und ich wollte nur, dass sie aus meinem Zimmer verschwand, ihre Nähe bedrängte mich.

Als Schauli geboren wurde, Jahre später, kümmerte sie sich hingebungsvoll um ihn, Tag und Nacht, während ich mit meiner Karriere beschäftigt war, schlichtweg dachte, die Erdkugel würde aus der Bahn geraten, falls ich davon abließe. Mutter erwartete niemals Dank, Anerkennung oder eine Gegenleistung von mir. Aber auch damals kamen wir einander nicht näher. Unsere Gespräche waren technischer Art, wir sprachen Uhrzeiten ab, tauschten wichtige Informationen über Schaulis Essen und Stuhlgang.

Einige Tage vor ihrem Tod, sie war schon sehr krank, saß ich bei ihr im elterlichen Wohnzimmer, und wir sprachen im Flüsterton, um Vater nicht zu stören. »Erinnerst du dich noch an das Gespräch damals, als du zu mir ins Zimmer gekommen bist, Mama?«, fragte ich. Sie war ausgemergelt von der Krankheit, lächelte schmerzlich. »Gut, dass du nicht auf meinen Rat gehört hast«, sagte sie. »Du warst immer klüger als ich. Und stark. Ich bin stolz auf dich. Du bist deinen Weg gegangen.«

»Ich bin nicht sicher, Mama«, sagte ich und nahm ihre magere Hand mit den hervortretenden Adern. »Nein, nein, du bist großartig«, beharrte sie leise. »Schau, wie erfolgreich du bist, wie hoch man dich schätzt, und du hast einen wunderbaren Jungen, hast alles erreicht, auf deinem eigenen Weg.«

»Danke, Mama.« Ich lächelte sie an. Wollte sie nicht mit Geschichten über Einsamkeit und Traurigkeit bekümmern. Dafür war es zu spät.

Am Samstagabend rief ich Noga an, konnte es nicht lassen. Ich sagte, es sei toll gewesen am Strand, und fragte, ob wir uns später vielleicht treffen könnten. Ich hörte durchs Telefon, dass sie unter vielen Menschen war, ein junger Mann redete neben ihr, Trubel herrschte ringsum. Ich sah sie im Geist trinken und lachen, fern von meinem düsteren Einfluss. In dem Lärm verstand sie nicht, was ich sagte. Ich beendete das Gespräch und schrieb ihr, ich wartete auf unser nächstes Treffen am Strand. Sie schickte mir ein Smiley und ein hübsches Sonnenschirmchen.

Ich zeigte meinen jungen Bataillonsführern den Schwarz-Weiß-Film über das berühmte Experiment, das Dr. Stanley Milgram 1961 an der Yale University durchgeführt hatte. Er hatte gezeigt, wie normale, willkürlich ausgesuchte Probanden der Anweisung gehorchten, anderen Menschen Stromstöße zu versetzen, bis hin zu tödlicher Stärke. Man führte sie in ein

Labor, wo ein Wissenschaftler im weißen Kittel, der in Aussehen und Sprechweise Autorität vermittelte, sie empfing. Man setzte sie an einen Stromschalter, jenseits des Fensters saß ein anderer Mensch, der verkabelt war. Er wurde als Schüler bezeichnet, der bei einer falschen Antwort auf eine Frage mit einem Stromstoß bestraft werden sollte. Der Wissenschaftler wies die Probanden an, die Stromspannung schrittweise zu erhöhen, bis sie die tödliche Stärke am Ende der Skala erreichten. Zeigten sie Zweifel, wurde ihnen gesagt, sie müssten ihm gehorchen und sollten sich keine Sorgen machen, er trage die Verantwortung. Der »Schüler« war ein Schauspieler und nicht wirklich an den Strom angeschlossen, aber die Probanden hielten die Situation für echt.

»So funktioniert das, Leute«, erklärte ich ihnen. »Das Bewusstsein ist ein ziemlich einfacher Mechanismus. Je stärker eure Autorität ist, desto wirksamer wird sie, und je näher ihr euren Soldaten steht, desto besser werden sie euch gehorchen, und umso effizienter werden sie töten. Wenn ihr fern seid, zum Beispiel im Kriegsraum sitzt und Befehle von Weitem erteilt, können sie sich leichter drücken. Ihr müsst energisch auftreten. Wenn ihr schwach und zögerlich rüberkommt, werden sie nicht auf euch hören. Ein normaler Mensch tötet nicht gern andere Menschen. Dafür seid ihr da. Deshalb hat man euch Dienstgrade verliehen, damit ihr eure Leute dazu bringt zu töten. Schaut genau hin, was bei Milgrams Experiment passiert: Wann immer das Opfer einen Schmerzensschrei ausstößt, zaudern die Probanden am Stromschalter, wissen nicht, was sie tun sollen. Deshalb müsst ihr auftreten wie der Wissenschaftler im weißen Kittel, der ihnen sagt: Das geht auf meine Kappe, seid unbesorgt, erhöht die Spannung, womit er alle moralische Verantwortung übernimmt. Es genügt nicht, eurem Soldaten den Befehl zum Töten zu geben: Ihr müsst ihn von den Gewissensbissen befreien. Erst danach kommen der Staat und die Regierung und die Flagge und die Hymne und all die Dinge, die das Töten rechtfertigen. Ihr seid der seelische Sicherheitsgurt eurer Soldaten. Ohne das sind sie bloße Mörder.«

Sie rutschten unbehaglich auf ihren Sitzen herum. »Das ist sehr problematisch, was du uns da sagst«, meinte der streitfreudige Artillerieoffizier. »Unsere Soldaten handeln aufgrund von Wertvorstellungen, folgen nicht einfach blind den Befehlen. Sie sind gewiss keine Mörder. Es tut mir weh, dass du dieses Wort benutzt.«

»Ich habe noch nie einen Soldaten gesehen, der im Kampf nach Wertvorstellungen gehandelt hätte«, gab ich entschieden zurück. »Im Kampf leiten uns Angst, Hass und auch Kameradschaftsgeist. Wertvorstellungen sind schön für den Gemeinschaftskundeunterricht in der Schule, aber hier reden wir von erwachsenen Menschen. Und ich habe nicht gesagt, unsere Soldaten seien Mörder, Gott behüte. Im Gegenteil erkläre ich euch ja gerade, was Töten im Kampf von einer Mordtat unterscheidet.«

»Na was denn?«, rief ein Offizier von hinten. »Hältst du uns alle irgendwie für Nazis? Für blinde Befehlsempfänger?«

Das ärgerte mich, und ich wurde lauter. »Was hat das mit Nazis zu tun? Ich bringe euch bei, bessere Befehlshaber zu werden. Ich rede über die Beseitigung von Feinden, von Terroristen, von Menschen, die den Tod verdienen. Wieso kommst du mir hier mit Nazis?«

Sie blickten mich skeptisch an, mit verengten Augen, hielten sich für Ausnahmetypen, für die die einfachen Gesetze, die alle Menschen antreiben, nicht galten. »Du verwandelst uns in Manipulatoren«, rief ein Major mit modischem Stufenschnitt, der für einen Militär zu gepflegt aussah, »machst uns zu bösen Menschen.« Ein kleiner Tumult entflammte, den ich gleich löschen würde.

»Ich habe Neuigkeiten für euch«, sagte ich. »Natürlich manipuliert ihr sie. Schon jetzt. Ihr nehmt Jungs von achtzehn Jahren und verwandelt sie mittels Zeremonien und Abzeichen und Strafen und allerlei Unterjochungsmaßnahmen in Soldaten, nutzt ihr Verlangen aus, Männer zu werden. Ihr veranstaltet ausgeklügelte Zeremonien und spielt ihnen im Kopf herum, damit sie Dinge tun, die sie sonst nie im Traum getan hätten. Eines dieser Dinge ist Töten. Aber es bleibt keine andere Wahl, ohne diese Manipulationen funktioniert keine Streitmacht der Welt. Ich bin auf eurer Seite, Leute, versteht mich nicht falsch, wir arbeiten für dasselbe Ziel«, beruhigte ich sie. Und für Rosolio, sagte ich mir, damit er seinen Sieg und Ruhm einheimst.

»Und was ist mit der schwarzen Fahne, dem offensichtlich rechtswidrigen Befehl?«, fragte die einzige Offizierin im Raum, die bisher geschwiegen hatte. »Die schwarze Fahne betrifft nur euch«, antwortete ich ihr. Ich sah sie an, sie hatte ausnehmend kluge und ernste Züge. »Der einfache Soldat erkennt sie nicht. Wie oft hast du von einfachen Soldaten gehört, die den Befehl verweigern? Kommt fast nie vor. Sie haben der Autorität nichts entgegenzusetzen. Sie haben auch keine Ahnung. Ihr müsst für sie entscheiden.«

Danach schwärmte einer von Patriotismus und Heimatliebe. Ich erwiderte, dass ich nichts dagegen hätte, ganz im Gegenteil, ich sei dafür. Auch ich hörte gern alte Heimatlieder, aber er solle nicht annehmen, seine Soldaten allein dadurch zum Sturm gegen den Feind motivieren zu können, er riskiere, sich plötzlich allein auf weiter Flur zu befinden.

Gegen Ende des Vortrags wurde die Stimmung gedrückt. Ich hätte einen Witz parat haben sollen oder den Rock lupfen und ihnen den Po zeigen können. Ich hörte verlegenes Tuscheln, als sie den Raum verließen: Wo blieb die Seele, die Ideologie, die Moral? Es hatte sie verletzt, dass ich den Menschen als simple Maschine, die durch Fäden bedient wird, dargestellt hatte. Aber das war mir egal. Ich will, dass sie sich im entscheidenden Moment, im Kampf, wenn die ganze Welt um sie her zusammenbricht, ohne Wenn und Aber an das Gesagte erinnern – und töten können.

Schauli kam nicht heim über Schabbat, Noga hatte Bereitschaft und blieb auf ihrem Stützpunkt, und ich fuhr zu Mendi ins Dorf. Die Wollmispeln in seinem Obstgarten waren reif, und bei meiner Ankunft stand er auf einer hohen Leiter am Baum und pflückte die Früchte, umschwirrt von summenden Bienen. Er hatte auch Feigen- und Granatapfel- und einige Zitrusbäume sowie einen ziemlich großen Olivenhain, soweit ich mit meinen Städteraugen erkennen konnte.

Als Mendi bei mir in Therapie gewesen war, hatte ich ihn gefragt, warum er die Stadt verlassen hatte. Er erzählte mir, während seiner Ehe sei er mit anderen Frauen ausgegangen. Seine Ehefrau habe ein Auge zugedrückt, und so sei das jahrelang gegangen – bis er mit der besten Freundin seiner ältesten Tochter, damals siebzehn Jahre alt und noch nicht mal mit der Schule fertig, im Bett gelandet sei. Als das herauskam, war das Maß voll. Seine Tochter hat ihm bis heute nicht verziehen, spricht nicht mit ihm, hat sogar die Trauerwoche nach dem Tod ihrer Mutter separat abgehalten. »Wie hat deine Frau reagiert?«, fragte ich, und Mendi antwortete, seine Frau habe ihn entgegen jeglicher Vernunft und Gerechtigkeit geliebt und ihm nach einigen Monaten tränenreicher Herzensqual gesagt, wenn er bereit wäre, weit weg aus der Stadt aufs Land zu ziehen, und ihr verspräche, nie mehr mit einer anderen zu schlafen, würde sie bei ihm bleiben. »Ich habe mein Wort gehalten«, sagte Mendi, »seither habe ich keine andere Frau mehr angerührt, wir haben uns gerettet, als wir hierherzogen. Anstelle der Körper anderer Frauen habe ich die Erde entdeckt. Zuerst wusste ich gar nichts, musste mir alles aneignen. Ich habe hart geschuftet, tagsüber in der Landwirtschaft, abends in der Baracke, habe in dieser Zeit viel geschaffen. Wenn uns Freunde aus der Stadt besuchen wollten, habe ich sie nicht reingelassen.«

Mendi erzählte, seine Tochter habe nicht mit ins Dorf ziehen wollen, sei in der Stadt geblieben, bei den Eltern seiner Frau. »Ich war ein Monster«, hatte Mendi in der Therapie gesagt, »es ist unverzeihlich, was ich meiner Tochter angetan habe. Aber ihre Freundin war was ganz Besonderes, und die Lust mit ihr war riesig. Bis heute brennt der Gedanke in mir, ins Auto zu steigen und sie zu suchen, sie müsste jetzt vierzig Jahre alt sein.«

Ich half Mendi, die schon fast überreifen Wollmispeln zu pflücken. Er sagte, ein Gemüsehändler aus der nahen Kleinstadt werde sie abholen, zahle ihm zwar nur ein paar Groschen für das Obst, aber es wäre schade, die Früchte am Baum verfaulen zu lassen.

Ich blieb über Nacht. Mendi schrie im Schlaf. Davon hatte ich ihn nicht heilen können. Ich rüttelte ihn hart an den Schultern: »Mendi, wach auf«, doch als er die Augen aufschlug, war er noch in dem Albtraum befangen und erkannte mich nicht. Gleich darauf schärfte sich sein Blick, er kam zur Ruhe und sagte: »Ein Glück, dass du da bist. Verzeih, Abigail. Das ist wegen denen. Sollen sie alle zum Teufel gehen.« Ich strich ihm über das harte, zerzauste Haar, bis er wieder einschlief. Ich blieb allein wach im Dunkeln. Stellte mir Schauli unter einer grauen Wolldecke vor, seine langen Wimpern über den Augen. Zu Hause redete er häufig im Schlaf, einmal rief er »Papa, Papa«. Das ärgerte mich, weckte meine Eifersucht und ging mir zu Herzen. Am Morgen wagte ich nicht zu fragen, wen er im Traum gesehen hatte.

Zurück in der Stadt lud ich den Film von Schaulis Bar-Mizwa-Party am Computer hoch, brannte plötzlich darauf, ihn zu sehen. Vor Aufregung ging mein Puls schneller, wie jedes Mal, wenn ich das Video anschaute. Da stehen wir beide am Eingang des Festsaals, Schabbatmittag, Schauli reicht mir bis an die Schulter, und wir begrüßen die Gäste. Wir sind eine kleine Familie, Mutter hatte noch jede Cousine dritten Grades ausfindig gemacht, damit der Festsaal nicht leer aussah. Eine dieser entfernten Verwandten gratuliert Schauli jetzt an der Tür, und er hört ihr höflich zu, der Ärmste, weiß nicht mal ihren Namen. Ein Cousin von mir aus dem Kibbuz läuft im Hintergrund vorbei. Und plötzlich zucke ich vor dem Bildschirm zusammen, denn ins Bild kommt eine ordentliche Familie, wie sie sich gehört, Vater, Mutter und zwei Töchter, das ist Rosolio mit seiner Frau und ihren zwei hübschen Mädchen. Auch seine Frau hatte er in der Armee kennengelernt, genau wie mich. Sie war Bildungsbeauftragte in seinem Bataillon, hat angenehme, feste Züge. Man sieht im Bild, wie nervös ich bei ihrem Erscheinen werde. Ich hatte die Familie eingeladen, aber kaum gedacht, dass sie kommen würden, und da waren sie vollständig erschienen und stellten in ihrem Glanz alle übrigen Gäste in den Schatten.

Ich drückte die Hand der Frau, die ich noch nie gesehen hatte. »Wie hübsch, die Töchter«, sagte ich. In dem Video hört man nur allgemeinen Lärm, aber die Lippenbewegungen sieht man. Sie lächelt erfreut, und da gibt Rosolio mir einen leichten Wangenkuss und fasst mich einen Moment an den Schultern. Er hatte da schon Generalsrang, aber an dem Schabbat trug er eine hübsche Jeans und ein einfarbiges Oberhemd über der Hose. Er sieht sich lächelnd um, und das ist ein strahlender Moment. Das ist die Szene, die ich immer wieder laufen lasse: Schauli lässt die namenlose Tante stehen und kommt heran. Ein Funke des Erkennens, der Neugier flackert in seinen Augen auf, fast schnuppert er an ihnen wie ein verlassenes Jungtier auf der Suche nach seinen verlorenen Eltern und Geschwistern. Rosolio klopfte ihm auf die Schulter und sagte freundschaftlich: »Ich kenne deine Mutter seit vielen Jahren vom Militär.« Ich kann seine Lippen im Video lesen. Seine wohlerzogenen Töchter standen scheu dabei, ahnten ebenfalls, dass da was im Busch war, konnten es aber natürlich nicht einordnen. Nur seine Frau merkte gar nichts. Sie sagte zu mir: »Was für einen schönen Saal habt ihr ausgesucht.« Ich wollte erwidern: Nur ich, ich suche allein aus, es gibt keinen an meiner Seite. Aber ich hielt an mich, war sehr vorsichtig, Rosolio und ich hatten doch ein geheiligtes Abkommen getroffen, das nicht verletzt werden durfte. Schauli war hier noch kindlich, das Gesicht völlig glatt, der Wuchs klein und die Stimme hell, Rosolios hübsche Töchter wirkten daneben wie Bräute. Auf einmal sah ich die Ähnlichkeit zwischen Vater und Sohn, in Augenfarbe, Kopfform, dem Lächeln, das lag doch alles auf der Hand. Ich erschrak bei dem Gedanken, ein Gast könnte plötzlich laut herausplatzen: Schaut mal, wie der Junge dem General ähnlich sieht, seid ihr nicht zufällig miteinander verwandt?

Da legt Rosolio Schauli sanft die Hand auf den Rücken, Schauli schmiegt sich an ihn, sucht seine Nähe, und ich wende mich mit einer Frage an seine ältere Tochter, damals um die sechzehn, körperlich schon ganz Frau, aber immer noch die Tochter ihrer Eltern, und mittlerweile hat sich hinter ihnen eine kleine Schlange gebildet. Wir hatten nicht übermäßig viele Leute eingeladen, nur gut hundert, aber es war um die Mittagszeit, und alle hatten Hunger. Rosolio wirkt sehr gelassen, vertraut mir völlig. Da umarmt er Schauli kurz, alles dauert nur einen Augenblick, ich stehe neben ihnen, von Gefühlen überwältigt, mein Körper ist wie versteinert, aber ich benehme mich wie ein braves Mädchen. Ich geleitete sie hinein, zu ihrem Tisch. Auch Schauli folgte ihnen, fühlte sich instinktiv hingezogen zu dieser Familie, die er zum ersten Mal sah, aber ich forderte ihn auf, wieder mit mir am Eingang zu stehen, bis die letzten Gäste eintrafen. Immer wieder betrachte ich mir die Szene, halte die Bilder an, untersuche die kleinsten Details. Nach der Bar-Mizwa-Party, am Abend, fragte er mich, wie ich Rosolio kennengelernt hatte und was wir beim Militär zusammen gemacht hatten, und wo sie wohnten, und wie alt die Mädchen waren. Er fragte mich richtiggehend aus. Ich antwortete ihm soweit wie möglich, aber die ganze Wahrheit konnte ich ihm natürlich nicht erzählen.

Ein Militärfahrzeug kam, um mich in die Wüste zu bringen. Man legte dort ein neues Übungsgelände an, das ich vor Inbetriebnahme kurz anschauen und kommentieren sollte.

Der Fahrer lauschte unterwegs einem Sender mit Liedern, die ich nicht kannte und die sich für mich wie weinerliche Gebete mit süßlicher Melodie anhörten. Ich blickte auf seinen Hinterkopf und auf seine Finger, die aufs Lenkrad trommelten, und vergnügte mich mit dem Gedanken, was ich über ihn lernen konnte, ohne ihm auch nur eine einzige Frage zu stellen. Er merkte im Rückspiegel, dass ich ihn beobachtete, und ich ließ es sofort bleiben, denn es gehörte sich nicht.

Das Areal war von einer hohen Mauer umgeben, darüber wehten die Armee- und die Landesflagge im trockenen Wind. Drinnen erwartete mich das Team, das das Gelände demnächst in Betrieb nehmen sollte. Man hatte die Kulissen einer kompletten arabischen Ortschaft aufgebaut, mit Kaffeehaus – niedrige Tische und Wasserpfeifen –, Friseurladen, Moschee und Marktständen. Darum reihten sich zwei- und dreigeschossige Wohngebäude im Leichtbau vor versteckten

Gassen und ein Autofriedhof voll Schrott und Autoteilen, hinter denen der Feind sich verstecken und Unterschlupf finden konnte. Einen Haufen Geld hatte man hier reingesteckt. Im Hintergrund lieferten Lautsprecher Straßengeräusche – arabische Wortfetzen, Lärm von Autos, Eseln und Pferdekarren, Rufe eines Muezzins, Marktgeschrei, und an den Wänden prangten Graffiti, die ich nicht lesen konnte, da ich mir nie die Mühe gemacht hatte, Arabisch zu lernen, sowie Fotos von Märtyrern.

»Beeindruckend«, sagte ich. »Schöne Arbeit habt ihr hier geleistet.«

Danach offerierten sie mir einen schattigen Platz, brachten mir Mokka und Kekse und schickten sich an, mir den Feind vorzuspielen, wie sie es für die Einheiten planten, die hier bald zum Üben eintreffen sollten. Der Befehlshaber der Einrichtung erzählte mir, die ganze Mannschaft bestehe aus handverlesenen Kampfsoldaten, deren Wehrtauglichkeit aus verschiedenen Gründen gesunken war. »Anfangen«, befahl er über Funk, und da tauchten sie aus den künstlichen Gassen auf wie Spielzeugsoldaten auf einem Spielfeld. Einige trugen Guerillauniformen des Feindes, andere Zivil, und alle hatten Waffen verschiedener Art: Gewehre, Handgranaten oder Messer. Sie wechselten von Haus zu Haus, postierten Heckenschützen, legten Hinterhalte, stürmten gelegentlich auf eine Gruppe zu, die unsere Soldaten mimte. Mir fiel sofort auf, dass ihre Choreografie jeglichen Gefühls entbehrte, sie agierten rein mechanisch, ohne jeden

Sinn für Dramatik. Ich wartete geduldig, bis sie fertig waren. Ich liebe die Wüstenluft und den hohen, klaren Himmel. Warten machte mir nichts aus. Eine knappe halbe Stunde dauerte ihr Spektakel. Sie hatten es lange vorbereitet, aber es war nichts Rechtes dabei herausgekommen. »Na, was sagst du, Doktor?«, fragte der Chef, ein sonnengebräunter Glatzkopf. »Man hat uns gesagt, du seist *die* Expertin in der Psychologie des Kampfes. Was hältst du davon?«

»Das ist einfach nicht grauenerregend«, antwortete ich. Die Soldaten hatten sich, schwitzend von der Anstrengung, zu unseren Füßen hingesetzt und blickten mich verständnislos an. Sie dachten, sie wären spitze gewesen. Der Befehlshaber bat mich um Erläuterung. Ich erklärte, Sinn der Übung sei es, bei den Teilnehmern Grauen zu erregen, um ihr Gehirn und ihr Nervensystem auf die echte Begegnung vorzubereiten. »Das Schlimmste für einen Soldaten im Kampf ist das Empfinden, dass jemand ihn wirklich hasst und umbringen will«, sagte ich. »Das ist ein lähmendes Gefühl, anders als alles, was wir im normalen Leben kennen. Eure Aufgabe ist es, den Soldaten dieses Grauen zu vermitteln. Spielt raubsüchtige Tiger, die mit gebleckten Zähnen aus dem Hinterhalt hervorspringen. Seht euch Naturfilme an, daraus kann man eine Menge lernen: Wie ein Krokodil aus dem Wasser eine völlig überraschte Antilope anspringt und sie verschlingt. Denkt an die grausamsten Dinge, daran, dem Feind die Eier abzutrennen, die Zunge abzuschneiden, die Augen auszukratzen, so müsst ihr aussehen.

Ihr müsst der Albtraum dieser Soldaten werden.« Sie starrten mich unverwandt an, und ich dachte mir, das ist eine Generation, die keine Bücher mehr liest und daher keine Fantasie entwickelt. Diese ganze Hirnregion ist verkümmert. »Los, kommt auf die Beine«, befahl ich ihnen. Sie rappelten sich langsam auf, ich hätte sie filmen und Rosolio das Video schicken sollen, damit er wusste, mit welchen Leuten er es zu tun hatte. »Jetzt denkt mal an den Menschen, den ihr am meisten hasst, an jemanden, den ihr gern umbringen würdet, und ersticht ihn mit euren Messern«, sagte ich. »Los, er steht vor euch, ich will in euren Augen Mordlust flackern sehen.« Zuerst grinsten sie verlegen, aber im nächsten Moment begannen sie doch den mörderischen Messertanz, den ich verlangt hatte, ihre Gesichter verzerrten sich vor Hass, die Gebärden wurden scharf und tödlich. Das war schon wesentlich besser als vorher.

»Ausgezeichnet«, lobte ich und klatschte in die Hände, »so muss man losstürmen, nicht wie Roboter, denen man Beruhigungsmittel verabreicht hat.« Jetzt sahen sie mich anerkennend an, kapierten langsam, was ich von ihnen wollte, und warteten auf die Fortsetzung. »Lasst uns auch die umgekehrte Situation üben«, sagte ich. »Stellt euch vor, ihr seid der Feind, und unser Soldat überrascht euch aus dem Hinterhalt. Ihr seid unvorbereitet, wollt aber schrecklich gern am Leben bleiben. Euer Kopf überlegt wie verrückt, was zur Rettung getan werden kann. Ihr hebt die Hände hoch, geht auf die Knie, fleht um Erbarmen. Seid menschlich. Tut arglos. Versucht sie zu täuschen.«

Willig bildeten sie Paare, der eine Soldat, der andere Feind. Einige Feinde versuchten zu schießen und wurden auf der Stelle liquidiert. Andere flehten um ihr Leben, wie von mir verlangt, und unsere Soldaten erbarmten sich und nahmen sie gefangen. »Wo bringt ihr sie hin?«, warf ich ein. »Ihr seid mitten im Kampf, es gibt kein Gefangenenareal. Ihr habt keine Kabelbinder, was macht ihr? Lasst ihr sie frei, damit sie euch im nächsten Moment töten?«

»Was willst du denn dann? Dass ich ihn erschieße, nachdem er die Hände gehoben hat?«, fragte ein Soldat. »Sag du es mir«, erwiderte ich. »Ich bin bloß Psychologin. Ich versuche nur, logisch zu denken.«

»Wenn es keinen Ort zur Unterbringung von Gefangenen gibt und der Kampf weitergeht, muss ich ihn töten«, sagte er zögernd. »Meinst du das?«

»Was denkst du?«, fragte ich, wie eine gute Expertin.

»Dass man keine Wahl hat, dass man töten muss«, sagte er, und da ich nicht reagierte, töteten alle Soldaten ihre gefangenen Feinde erbarmungslos, hörten nicht auf ihr Flehen. Gut, sagte ich mir, es war ihre Entscheidung.

»Euch fehlen hier Frauen«, erklärte ich dem Befehlshaber, hatte einen kreativen Schub. »Und es gibt auch keine Alten und Kinder, Zivilpersonen, die unseren Soldaten zwischen den Beinen herumlaufen, sie stören, vom Balkon aus beschimpfen, von oben volle Nachttöpfe über ihnen ausleeren, zehnjährige Kinder, die Gewehre in Händen halten, alte Frauen, die Sprengsätze unter ihren Kleidern verstecken. Das hier ist zu steril, so sieht ein Krieg heute nicht aus.« Ihr Chef zog ein Notizbuch heraus und notierte alles, was ich sagte. Mir war klar, dass ich volle Leistung für das Geld gebracht hatte, das mir die Armee für den Beratungstag bezahlte.

»Habt ihr Requisiten?«, fragte ich.

»Was meinst du damit?«

»Blut. Abgetrennte Glieder. Hervorquellende Gedärme. Rollende Köpfe. Muss ich dir das erst erklären?«, fragte ich. Keiner dieser Jungs hatte einen Krieg aus der Nähe gesehen, sie hatten schlichtweg keine Ahnung.

»Nein, haben wir nicht«, sagte der Befehlshaber der Einrichtung.

»Dann besorgt euch welche«, rief ich. »Das alles hier ist zu schön und zu sauber, es gibt keine eingestürzten Wände, keine geborstenen Fenster, keine Blutlachen, und warum höre ich keine hysterischen Kinder kreischen, nachdem ihr ihnen ihre Eltern umgebracht habt? In echt, wenn der Kampf losgeht, wird alles hässlich, da geschehen Dinge, die unser Gehirn nicht zu fassen vermag. Wieso ich das weiß? Weil ich Hunderte Geschichten von Soldaten, die dabei waren, gehört habe. Dies muss ein Ort des Grauens sein, die Hölle auf Erden, und stattdessen ist es hier sauber und nett wie in Disneyland.« Kurz gesagt, ich hatte sie gehörig aufgerüttelt, und damit sie sich nicht drückten, sagte ich ihnen, ich würde einen Bericht über meinen Besuch schreiben. Sie verabschiedeten mich mit anerkennenden Blicken, verdientermaßen, ich hatte einen starken Auftritt hingelegt.

Alle paar Jahre treffen wir uns, die Kinder der Hochbegabtenklasse. Die meisten von uns sind in der Gegend wohnen geblieben, nahe bei unseren alten Eltern, wie Vogelküken, die nicht flügge wurden. So verfolgen wir die Zeichen der Zeit an den Körpern unserer ehemaligen Mitschüler in Abständen von zwei bis drei Jahren, was den Schock mildert. Diesmal trafen wir uns bei Ronit, deren Wohnung auf eine ruhige Straße blickte und für meinen Geschmack zu bunt eingerichtet war. Ihr Mann war nicht zu Hause. Sie arbeitete als Dozentin für Anthropologie an der Universität, trug weite, bequeme Baumwollkleidung und begrüßte mich freundlich. Ich hatte sie als nettes Mädchen in Erinnerung, obwohl wir nie richtig befreundet gewesen waren.

Keiner von uns ist prominent oder reich geworden, keiner hat die Welt nachhaltig verändert. Das geschützte Treibhaus, in dem man uns aufzog, hat uns nicht gelehrt zu kämpfen. Wir wussten nicht mit Zähnen und Klauen an etwas festzuhalten, was wir wollten, wie es weniger kluge, aber weit erfolgreichere Menschen können. Mit entscheidender Verspätung entdeckten wir, dass Erfolg weit mehr voraussetzt als die getestete Intelligenz. Und doch sind sie gute Menschen, meine alten Mitschüler, nützliche Mitglieder

der Gesellschaft. Die meisten mag ich, und deshalb komme ich zu diesen Treffen. Ich betrachte sie nachsichtig, denn ich für meinen Teil habe noch nicht aufgegeben. An diesem Abend setzte sich einer neben mich, der einst ein wahres Genie in Mathematik und Naturwissenschaften war und einen messerscharfen Verstand hatte, um den ich ihn stets beneidet hatte. Ich hatte mich jedes Mal verkrampft, wenn er im Unterricht eine seiner brillanten Antworten gab. Dazu sah er gut aus, während ich nicht als sonderlich anziehend galt. Die Oberschuljahre waren nicht gerade meine Glanzzeit, und er interessierte sich kein bisschen für mich. Es hieß, nach dem Wehrdienst sei er nach Amerika gefahren, habe in Ökonomie promoviert und sich dort niedergelassen. Vor ein paar Jahren erschien er plötzlich zu einem dieser Treffen, grauhaarig, immer noch gut aussehend, erzählte, er sei allein zurückgekehrt, ohne seine Kinder und seine Frau, von der er längst geschieden war. Auf Fragen, was er in den USA gemacht habe, warf er mit den Namen großer Firmen um sich, bei denen er gearbeitet hatte. Als ich später mal im Internet nachsah, fand ich nur wenige, dünne Hinweise auf ihn.

Er setzte sich gleich nach seiner Ankunft zu mir. Auf dem Tisch standen Teller mit Gemüsestiften, Schüsseln mit Aufläufen und eine offene Flasche billiger Wein. Er fragte, was es bei mir Neues gebe seit unserem letzten Treffen. Ich erzählte ihm, dass ich aus der Armee ausgeschieden sei und jetzt privat Patienten behandelte, hatte keine Lust, ihm von meinen Spezialprojekten zu berichten. Ich erkundigte mich, was er so mache. Er erzählte, er sei bei einer börsennotierten Firma als Finanzberater untergekommen, und ich schielte nach seiner Kleidung, die sichtlich aus billigen Läden stammte, und auf seine ausgetretenen Schuhe. Um mich zu beeindrucken, erzählte er mir von der Idee für eine Sammelklage, die er mit einem berühmten Anwalt vorantreibe. Ich betrachtete ihn aus der Nähe, seine unsteten Augen, den sprechenden Mund, und dachte mir, was zum Teufel hat dieser Mann mit all seinem Verstand angefangen, und wohin ist sein Glanz verschwunden. Er trank zu viel für den Anlass und versuchte mit jahrzehntelanger Verspätung, mich anzumachen, vertraute auf sein immer noch hübsches Gesicht, aber er hatte Mundgeruch, und die Dinge, die er sagte, langweilten mich. Intimes Interesse habe ich nur an Menschen, die mich faszinieren, und von ihm war nur eine leere Hülse übrig.

Sie redeten von ihren Kindern, die ihren Wehrdienst leisteten. Ich erkundigte mich, wo – an solchen Orten war ich auch Rosolios Agentin –, hörte als Antwort Nachrichtendienst, Nachrichtendienst, Soldatin im Schuldienst, einer hatte einen Sohn bei der Marine, aber an Land, der Sohn eines anderen war aus dem Pilotenkurs geflogen, und als ich sagte, Schauli befinde sich in der Grundausbildung der Fallschirmjäger, verstummte der Raum. »Ausgerechnet dein Sohn?«, fragte Osnat, die ich noch nie gemocht hatte, die mir zu anmaßend war. »Als Einzelkind brauchte er doch die elterliche Einwilligung für eine Kampfeinheit. Wieso hast du ihm die unterschrieben? Hast du keine Angst?«

»Nein«, sagte ich knapp. Ich wollte mich vor niemandem rechtfertigen, wollte nicht, dass sie sich über Schauli das Maul zerrissen. Einige verteidigten mich, sagten, gut, dass es noch solche Kinder gebe, die sich freiwillig zu Kampfeinheiten meldeten. Das war geheuchelt, denn ihre eigenen Kinder hatten sie ja gut untergebracht. Danach redeten sie belanglos über Politik. Diese Gespräche langweilten mich. Ängstliche Mittelmäßigkeit hing im Raum, keiner hier kämpfte für ein Ziel, alle jammerten nur und warteten auf den nächsten Auslandsurlaub und auf einen leichten Tod. Wir waren wirklich begabte Kinder gewesen, unbestritten, man hatte uns glauben machen, dass wir die Welt retten würden, hatte uns aber kein bisschen gesunden Egoismus und Kampfgeist mit auf den Weg gegeben. Ich blickte mich um in der Wohnung, sah, wie viel Aufmerksamkeit man darauf verwendet hatte, dass die Bewohner es gemütlich haben sollten, erkannte die kleinen Spuren von Mann und Kindern, die wir nicht zu sehen bekamen. Ronit, die Gastgeberin, war ein feinsinniges und freundliches Mädchen gewesen und hatte sich das auch als Erwachsene bewahrt. Sie kam zu mir und redete über Kleinkram. Ich plauderte willig mit, war freundlich, befahl mir, ihr gegenüber nachsichtig und großzügig zu sein. Ich projizierte ja meine eigene Enttäuschung über mich auf diese Leute. Sie hatten die in sie gesetzten Erwartungen abgeschüttelt, ihre Ketten abgeworfen. Nur ich war ruhelos geblieben.

Auf dem Heimweg kam ich an Nogas Wohnung vorbei. Oben brannte Licht, im Zimmer ihrer Mitbewohnerin, doch bei Noga war es dunkel. »Ich stehe unter deinem Fenster, war gerade in der Gegend«, schrieb ich ihr, und Noga schickte ein Gesicht mit heruntergezogenen Mundwinkeln und schrieb, sie sei bei der Staffel und habe ein Programm für unser nächstes Treffen. Vielleicht sollte ich hochgehen, an die Tür klopfen, ihre Mitbewohnerin um Erlaubnis bitten, in Nogas Zimmer zu gehen und mich ein bisschen auf ihr Bett zu legen, meine Wohnung war ja ohnehin leer, keiner wartete dort auf mich. Stattdessen ging ich in einen Laden, der noch spät geöffnet hatte, kaufte schöne, rote Pflaumen und biss in eine hinein, musste was Frisches verschlingen.

»Ich lass mir ein Tattoo stechen. Komm mit«, schrieb mir Noga am Freitagmorgen, und ich bäumte mich innerlich auf: Warum ihren unschuldigen Körper verunstalten? »Kommst du nun oder nicht?«, schrieb sie erneut, und ich war schon auf dem Weg. Wir trafen uns bei ihr an der Straßenecke, gingen zu Fuß, beide in leichten Sandalen. Es tut wohl, mit ihr zu gehen, wir spenden einander Kraft, unterhalten uns ruhig, ohne den Raum mit Wortströmen füllen zu müssen.

»Warum ein Tattoo?«, fragte ich. »Weil es schön ist«, antwortete sie. Es ist ein demonstrativer Ausdruck der Unabhängigkeit, des Erwachsenwerdens dachte ich und ließ sie in Ruhe. Auf der Straße begegnen sich manchmal unsere Hände, und wir gehen ein kurzes Stück Weg angefasst, was keinen Verdacht erregt, warum sollte es auch? Sie ist wie meine Tochter. Diesmal ist sie in Hochstimmung, weil sie vor ihrem Weggang lobende Worte vom Chef der Staffel erhalten, überhaupt eine gute Woche hinter sich hat. Auch ich bin gut drauf, wenn ich mit ihr zusammen bin, und die Stadt ist fröhlich, bunt, rasant.

Im Studio legte man Noga den Katalog mit den Motiven vor, und sie blätterte rasch zu der Seite mit den Vögeln, wusste schon, was sie wollte. »Die hier«, sie deutete auf eine weiße Möwe mit ausgebreiteten Flügeln. »Was meinst du dazu?«, fragte sie mich.

Ich musterte Noga aus der Nähe: Augen, Stirn, die nicht ganz perfekte Nase.

»Die wäre prima«, antwortete ich.

»Wo sollen wir sie stechen?«, fragte der Tätowierer. Er hatte schon seine Nadeln bereitgelegt, und Noga deutete auf den Muskel im Kreuz, über dem Po. »Hier«, sagte sie. »Du hast dir den schmerzempfindlichsten Punkt ausgesucht«, warnte er. »Ich weiß«, sage sie, »ich werde es durchstehen.« Der Mann sah mich an und fragte: »Was ist mit dir? Möchtest du nicht?«

»Nein«, kicherte ich und verzog den Mund, »das ist nichts für mich.« Doch Noga, die schon auf der Liege lag, sagte: »Wow, tolle Idee, warum lässt du dir nicht auch eins machen?«

Ich dachte kurz nach. »Ich werde es mir überlegen«, sagte ich, und der Tätowierer reichte mir den Katalog:

»Bitte schön, such dir was aus, ich bin bald fertig mit ihr, es ist nur ein kleines Tattoo, und dann kümmere ich mich um dich.«

Noga lag auf dem Bauch, ohne Shirt, die Shorts ein Stück heruntergezogen, man sah ihre Poritze. Warum gerade dort, fragte ich mich, und für wen. Dann stoppte ich den Bilderstrom in meiner Fantasie. Er ritzte sanft und achtsam ihre Haut. Das Motiv, das sie sich ausgesucht hatte, war wirklich winzig, und sie verzog das Gesicht zu einem schmerzlichen Grinsen. »Na, Abigail, was hast du dir ausgesucht?«, provozierte sie mich, doch der Tätowierer bat sie, nicht zu sprechen, weil sie sich dabei bewegte. Ich blätterte in den farbigen Seiten: Blumen, Drachen, Tiere, Zaubersprüche. Der Mann drang in ihre Haut ein, rechts von der weichen Rille der Wirbelsäule. Ich schloss die Augen, um nichts zu sehen. Welches Tier würde ich mir in die Haut brennen lassen? Vielleicht eine Löwin – das wäre sehr prätentiös. Auch keinen Vogel – dafür bin ich nicht leicht genug. Vielleicht einen Maulwurf oder einen schwarzen Raben, einen Vampir, ein insgeheim nachtaktives Wesen. Ich sah uns beide nackt und tätowiert, mit klaffender Scheide auf Händen und Füßen stehen, Noga beutehungrig, geschmeidig, angriffslustig, und ich ihr auf den Fersen, schwerer, aber sprungbereit. Blutstropfen quollen jetzt aus Nogas Haut am Kreuz, der Raum begann sich zu drehen, und mir wurde schwarz vor Augen. Einen Davidstern vielleicht oder ein Schwert, einen abgehackten Kopf, die Venus von Milo, ein treuherziges Kindergesicht, ich fühlte mich abdriften, dann ohnmächtig werden.

»Sie ist eingeschlafen, deine Mutter«, hörte ich mit geschlossenen Augen den Tätowierer zu Noga sagen. Eine Sonne, dachte ich, oder den Mond, vielleicht die dunkle Seite des Mondes. Eine Pistole. Oder einen großen Männerpenis. »Nein, ich bin wach.« Ich schlug die Augen auf, berappelte mich und lächelte bemüht.

»Ich bin fertig«, sagte der Tätowierer, »komm kurz schauen, Mutter«, rief er mich, und ich kam schwindlig hoch, um mir die kleine Möwe anzusehen, an deren Rändern Blutströpfchen standen, bevor er den Verband anlegte. Er instruierte Noga, ihn erst morgen Abend behutsam abzunehmen und die Stelle bis dahin nicht zu waschen. »Was ist nun mit dir?«, fragte er. Ich schüttelte verneinend den Kopf. »Ich weiß nicht, was ich will«, sagte ich. »Noch nicht. Ich brauche Zeit zum Überlegen.«

»Gut«, sagte er, »manchmal braucht man Zeit zum Entscheiden. Nur langsam. Ich warte auf dich.«

»Danke, Mama«, sagte Noga lächelnd und machte den Hosenknopf zu. »Das war mein Traum«, und dabei gab sie mir einen Kuss auf die Wange.

Beim Verlassen des Studios fragte ich sie: »Hättest du mich gern zur Mutter?« Und sie dachte darüber nach und sagte, sie wisse nicht recht. »Lieber nicht«, sagte ich, »bei mir hättest du keine Luft unter die Flügel gekriegt. Ich hätte dich vor lauter gutem Willen niedergewalzt.«

»Gehen wir was trinken«, sagte Noga, »das ist mir jetzt ein bisschen zu kopflastig, und du bist schrecklich blass.«

Freitagabend, Schauli ist daheim, ein paar Kameraden vom Militär sind zum Ausgehen in die Großstadt gekommen und machen Station bei uns, um ihn abzuholen. Braun gebrannt und schlank wie er, blicken sie sich neugierig in unserer Wohnung um, haben den schnellen, abgehackten Tonfall von Rekruten und verstellen ihre Stimme, um männlich zu klingen. »Setzt euch«, lud ich sie ein, verwöhnte sie mit Kuchen, den sie manierlich verspeisten. Ich fragte sie, woher sie seien und wie sie die Grundausbildung erlebten, war ängstlich bemüht, nicht die Militärpsychologin rauszukehren, Schauli nicht verlegen zu machen. Er war still in ihrem Beisein, redete kaum, wirkte unruhig, bemühte sich noch um Aufnahme in ihren Kreis, als wäre er auf Probe dabei. Ich wusste nicht, ob er ihnen erzählt hatte, dass er keinen Vater hatte, und welche Ausrede ihm gegebenenfalls dafür eingefallen war. Später gingen sie alle auf sein Zimmer, und dort erlaubten sie sich zu lachen, etwas lauter zu reden, baten ihn, was auf der Gitarre zu spielen, und er zupfte den Anfang von *Hotel California*. Sie kramten in seinen Schubladen, ich hörte sie über Dinge lachen, die sie dort fanden, bis Schauli herauskam und sagte: »Mama, gib mir den Schlüssel fürs Dach, ich geh ein bisschen mit ihnen hoch, es ist noch zu früh, um zur Party loszuziehen.«

Unser Gebäude ist alt, vor fast achtzig Jahren gebaut, renovierungsbedürftig, denn der Putz bröckelt, und durch Risse in den Wänden dringt Feuchtigkeit ein. Aber es hat eine Dachterrasse mit Blick über die Stadt, nicht aus immenser Höhe wie bei den neuen Türmen, sondern nach menschlichem Maß, und die Brise vom Meer weht hier auch an den heißesten Abenden. Schauli und seine Kumpels trampelten mit dem Lärm junger Männer die Treppen hinauf. Ich konnte nicht ins Nachthemd wechseln, denn ich wusste nicht, wann sie zurückkommen würden, suchte was im Fernsehen, fand aber nichts Gescheites, war zu besorgt, zu ruhelos. Mir kam der verrückte Gedanke, Rosolio anzurufen, nur um seine Stimme zu hören und ihm zu sagen, sein Sohn, der Soldat, sei über Schabbat auf Urlaub, oder ihm ein Foto von mir zu schicken: Sitze am Freitagabend allein daheim, trage nichts als ein Unterhöschen, vielleicht kommst du vorbei?

Die Fenster waren offen an diesem Sommerabend, ich hörte sie oben lachen, laut reden, blöde Hits grölen. Sie sind Soldaten, sagte ich mir, keine Theaterbesucher, dies ist die Zeit, ihre Männlichkeit zu feiern, und hör auf, dich um Schauli zu sorgen wie um ein einsames Kind im Kindergarten, er kommt schon zurecht. Sie mögen ihn, das sieht man, und auch seine Feinfühligkeit werden sie noch zu schätzen lernen. In jeder Kompanie gibt es einen mit Künstlerseele, der Gitarre spielt.

Es klopfte an der Tür. Auf der Schwelle stand der Nachbar von unten. Er und seine Frau waren recht neu im Haus, nicht mal seinen Namen hatte ich in Erinnerung. Er sagte: »Entschuldigen Sie bitte den Tag und die Stunde, aber wenn ich es richtig verstehe, ist das Ihr Sohn, der da oben Lärm macht.« Ich versuchte, ihm höflich beizubringen: »Sie sind Soldaten auf Wochenendurlaub. Bald ziehen sie weiter zu einer Party, und Sie haben Ihre Ruhe.«

»Sie wecken unser Baby«, klagte der Nachbar.

»Das tut mir leid, aber ich habe Ihnen ja schon erklärt, es sind Soldaten, und bald gehen sie aus. Vielleicht steigen Sie hoch und sprechen selbst mit ihnen, sie sind große Jungs. Was wollen Sie von mir?«

»Hab ich schon versucht«, antwortete er. »Die sind besoffen und hören nicht auf mich. Und wenn Sie mich fragen, rauchen sie auch Gras. Das hier ist ein Wohnhaus und kein … Nachtclub.« Es war klar, dass er Bordell hatte sagen wollen.

»Gut, ich geh mal rauf und seh nach«, sagte ich, hatte nicht vor, seinetwegen den Kopf zu verlieren. Ich stieg leise hinauf, ohne Licht im Treppenhaus zu machen, spähte durch die kleine Luke am Ausgang zum Dach. Sechs junge Männer saßen auf dem Dach, tranken Wodka und Arak, rauchten Zigaretten. Schauli trank mit, rauchte jedoch nicht, Rauch erstickte ihn. Was sollen sie denn sonst tun, nachdem sie wochenlang beim Militär eingesperrt waren, ein Buch von David Grossman lesen?, fragte ich mich. Einer hatte einen tragbaren Lautsprecher mitgebracht, auf dem er wimmernde Liebeslieder abspielte, aber es war kein einziges Mädchen dabei, das für eine gepflegtere Atmosphäre hätte sorgen können. Ich stieg nicht aufs Dach und sagte ihnen kein Wort. Ich ging leise hinunter und raus ins Freie, wollte ein bisschen frische Luft schnappen. Der Nachbar würde sicher wutschnaubend zurückkehren und an meine Tür klopfen. Sollte er doch selbst aufs Dach steigen und es mit ihnen aufnehmen. Entweder würden sie ihn ordentlich verprügeln, oder er würde sie zur Ruhe bringen. Es war nicht mein Problem.

Ich setzte mich auf die Bank gegenüber, unter den großen Flammenbaum, in den Schutz der Dunkelheit, blickte von außen auf mein Haus und zu meiner beleuchteten Wohnung hinauf und dachte an all die Abende und Nächte, die ich zurückgezogen darin vergeudet hatte. Mendi hatte mir erzählt, wie sie einst Häuser bespähten, ehe sie hineingingen, um jemanden darin zu liquidieren. Oben lärmten Schauli und seine Kameraden, wie eine Insel des Trubels in unserer stillen Straße. Einige Nachbarn traten auf ihre Balkone und hielten Ausschau, wo der Lärm herkam. Bald würden sie die Polizei rufen.

Doch gegen Mitternacht zogen Schauli und seine Freunde geräuschvoll ab zu ihrer Party, strömten mit Gelächter in einem Pulk aus dem Treppenhaus, und Schauli gehörte nun ganz offensichtlich dazu. Super, sagte ich mir, denn sein Leben hängt jetzt ja von ihnen ab. Als sie weg waren, kehrte wieder Stille in unsere Straße ein, und die Nachbarn konnten gut schlafen.

Mendi kam in die Stadt, um seine Galeristin zu treffen und die neue Ausstellung zu planen. Erstmals seit Jahren sollten dort neue Werke von ihm gezeigt werden, und er war aufgeregt. Danach wollte er seine Enkel besuchen, und ich sollte mitkommen, um ein paar Worte mit seiner Tochter zu wechseln und Versöhnungschancen auszuloten. Die Galeristin sah mich missgünstig an. Sie war etwas älter als ich, trug eine rotrandige Brille vor den hellen Augen und hatte eine gute Figur. Ich stellte mir Mendi mit ihr im Bett vor und fand diesen Gedanken widerlich und anziehend zugleich. Sie überlegten, wie sie die Werke präsentieren sollten, ohne meine Meinung einzuholen, und erstellten die Gästeliste für die Vernissage. Die Galeristin sagte, es gebe eine neue Generation von Kunstsammlern, junge Leute mit Geld, die Mendi nicht kannten, und dies sei eine Chance, sie für ihn zu interessieren.

»Lebt Ihr Vater noch?«, sprach sie mich an, als Mendi zur Toilette ging. Ich war überrascht, da sie mich bisher fast völlig ignoriert hatte. »Ja, er lebt«, antwortete ich. »Er ist Psychoanalytiker, nicht wahr?«, fragte sie, und ich bejahte. »Meine Mutter war eine Patientin von ihm«, sagte sie. »Vor Jahren, als ich ein junges Mädchen war, hatte sie einen großen Zusammenbruch, und sie sagte, Ihr Vater habe ihr das Leben gerettet. Ich glaube, sie war in ihn verliebt. Ihre Augen leuchteten, wenn sie von ihm sprach.«

»Kann gut sein«, sagte ich. »Verliebtsein ist eine bekannte Erscheinung bei einer Therapie, und er ist ein imposanter Mann.«

»Meinen Sie, sie hatten was miteinander?«, fragte sie mit unangenehmem Lächeln.

»Ich denke nicht«, gab ich kühl zurück.

»Selig sind die Leichtgläubigen. Jiska hieß sie, war eine bildschöne Frau, weit schöner als ich. Fragen Sie Ihren Vater nach ihr. Interessant, was er darauf wohl antworten wird«, sagte sie und bedachte mich mit einem zynischen Blick von der Sorte, die mir besonders verhasst ist, ließ aber immer noch nicht von mir ab: »Haben Sie Mendi auch so bezirzt, mit den Superkräften der Psychologie?« Errötend erwiderte ich: »Fragen Sie ihn selbst.« Mendi und ich hatten nie über Liebe gesprochen, und diese dreiste Frau mischte sich derb in unsere Verbindung ein.

»Eine schreckliche Frau«, sagte ich zu Mendi, als wir im Taxi durch die Stadt zu seiner Tochter fuhren, und er sagte lachend, ich übertriebe. Der Verdacht, den sie hinsichtlich meines Vaters geäußert hatte, gab mir zu denken. »Ich mag keine Zyniker«, sagte ich, und Mendi meinte, ich sollte nicht zu viele Gefühle auf sie verschwenden, sie sei es nicht wert, aber als Galeristin sei sie sehr tüchtig, und außerdem schätze sie wirklich sein Werk.

Mendi war nervös wegen der Begegnung mit seiner Tochter. Er instruierte mich wie vor einem Großeinsatz, sagte, ihr Mann sei um diese Tageszeit nicht daheim, er arbeite bis spät, und sobald er, Mendi, käme, gehe sie aus dem Haus und ließe ihn allein mit den Kindern. »Mein Plan sieht so aus«, sagte er leise, als näherten wir uns einem Einsatzort, »dass ich diesmal mit den Kindern weggehe, zum Eis- oder Pizzaessen oder was sie sonst möchten, und dass du bei ihr bleibst und mit ihr redest.«

»Du hast mir einen Hausbesuch arrangiert, was ich sonst nie mache«, murrte ich, und Mendi erklärte, er sei bereit, alles zu opfern, damit seine Tochter sich mit ihm versöhnte. »Was heißt ›alles‹?«, fragte ich skeptisch. »Würdest du auch deine Kunst dafür opfern?« Darauf hatte er keine Antwort. »Okay, Mendi«, sagte ich, »ich tue es gern für dich, aber rede nicht einfach so daher, nicht bei mir.«

Ein Enkel machte die Tür auf, klein und barfüßig, und sofort kam der andere angelaufen, sie hatten auf ihren Opa gewartet. Mendis Tochter stand mit starrer Miene im Wohnzimmer, ausgehfertig, eine üppige junge Frau mit vollem, dunklem Haar. Ohne ihn eines Blickes zu würdigen, sagte sie, sie sei in einer Stunde zurück. Die Kinder waren klein, sechseinhalb und drei Jahre alt, und er breitete die Arme aus, um sie an sich zu drücken. »Ich hatte vor, mit ihnen auszugehen, wenn es dir recht ist, in die Grünanlage und dann zum Eisessen, was sagt ihr dazu?« Die Kinder jubelten: »Ja, ja!« Die Tochter verzog abfällig den Mund, aber die Kinder hüpften begeistert und riefen: »Eis, Eis, bitte, Mama!« Schließlich sagte sie: »Na gut, geht aus, aber bring sie in einer Stunde zurück.«

Die Kinder zogen Sandalen an, und ich fragte leise, ob ich bleiben und sie sprechen dürfe. »Wer sind Sie?«, fragte sie misstrauisch. »Ich bin eine Freundin Ihres Vaters, Psychologin von Beruf, und er hat mich gebeten, mit Ihnen zu sprechen.« Sie antwortete mit bitterem Lächeln: »Dieser Mann kennt wirklich keine Grenzen, schickt mir eine Psychologin ins Haus. Wieso sollte ich mit Ihnen reden?« Ich bat sie, mich trotzdem bleiben zu lassen. »Warum?«, fragte sie. »Ich kenne Sie gar nicht, und Sie platzen mir einfach so ins Haus.« Mittlerweile waren die Kinder mit Mendi draußen und rannten die Treppen hinunter. »Weil ich gern helfen möchte«, sagte ich, als die Tür hinter mir ins Schloss gefallen war.

»Gut, nur ein paar Minuten«, sagte sie. Sie bat mich in die Essecke, machte Kaffee und entschuldigte sich, dass sie mir keine Kekse anbieten könne, sie versuche, davon loszukommen. Ich lobte ihre schöne Wohnung. Sie sagte, ihr Mann habe viel Geschmack, sie leiste ihm nur Hilfestellung. Sie saß mir gegenüber, und ihr hübsches, ausdrucksvolles Gesicht wirkte schon gekränkt, bevor ich ein einziges Wort gesagt hatte. »Sind Sie wirklich eine Freundin von ihm, oder hat er Sie als Psychologin für diese Aufgabe angeheuert?«, fragte sie. »Ich bin wirklich mit ihm befreundet«, antwortete ich, erzählte ihr von der Therapie, die Mendi bei mir gemacht hatte, und von meiner Hochachtung für ihn als Künstler.

»Alle schwärmen für ihn«, sagte Mendis Tochter, »behaupten, er sei ein wahrer Mensch, ein ruhiger und starker Mann der alten Schule, und dazu noch so talentiert. Das höre ich immer wieder von anderen: ›Mendis Tochter? Hast du's gut, was für ein Mann.‹ Und ich nicke wie eine Idiotin, was soll ich mich mit ihnen streiten? Sollen sie von ihm denken, was sie wollen. Ich kenne die Wahrheit.«

Ich hatte nicht gleich an die Wunde rühren wollen, denn das war grobschlächtig und riskant. Ich hatte sie in weitem Bogen, in sicherem Abstand, heranführen wollen, aber sie war mir zuvorgekommen und hatte die Initiative übernommen. Wir befanden uns ja nicht im Therapieraum, und ich hatte die Sache nicht im Griff. »Wissen Sie, was passiert war? Hat er es Ihnen erzählt?«

»Nicht genau«, antwortete ich.

»Ich habe das Rauchen aufgegeben, das ist auch ein Problem«, sagte sie, »haben Sie zufällig eine Zigarette?«

»Nein, ich rauche nur abends eine, im Haus.«

»Alle Achtung, was für eine Selbstbeherrschung«, erwiderte sie mit einem Lächeln, das sie schön machte. »Das bringe ich nicht fertig.«

Es war gemütlich in der Essecke, und Mendis Tochter gefiel mir, sie war ihm sehr ähnlich. »Was wollen Sie wissen?«, fragte sie.

»Was Sie erzählen möchten«, antwortete ich.

Sie erzählte von ihrem Vater. Er war der Mittelpunkt ihres Lebens gewesen, die Sonne, um die sie und ihre Mutter kreisten. Ihre Mutter lebte für ihn, liebte ihn grenzenlos und meinte, er sei ein Genie, so einen Mann wie ihn gebe es nicht noch einmal auf der Welt. »Auch ich war völlig in ihn verliebt«, sagte Mendis Tochter. »Einmal sind wir den Boulevard entlangspaziert, ich war noch klein, und er hat mit mir über alle möglichen interessanten Dinge geredet, über herrliche Orte, an die er mich mitnehmen wollte, wenn ich größer wäre. Er wies mich auf bemerkenswerte Dinge hin, wie einen Singvogel oder verschlungene Baumwurzeln. Ich erinnere mich an jeden Augenblick dieses Spaziergangs auf dem Boulevard, wen wir getroffen haben, wo er mir Falafel gekauft hat, wie das Wetter war, jeden Satz, den er sagte. Mutter nahm ich für selbstverständlich hin, denn sie war die ganze Zeit bei mir, aber Vater war was Besonderes.« Sie stand auf und holte eine Tafel Schokolade aus dem Schrank, brach sich einen Riegel ab, und auch ich nahm aus Höflichkeit ein Stückchen. »Wen wunderts, dass ich dick bin?«, sagte sie. »Sie sind schön«, merkte ich an. Sie blickte nervös auf ihr Handy. »Bald kommen sie zurück«, sagte sie, »wir werden nicht genug Zeit haben. Ich weiß gar nicht, wozu wir das hier machen.« Ich sagte, das sei in Ordnung, man müsse nicht gleich alles besprechen, ich würde sie gern noch einmal treffen. Ich meinte, meiner Pflicht schon genügt zu haben, und wollte zu meinem eigenen Wohl lieber nicht weiter in das Dunkel vordringen. »Nein«, sagte sie, »wenn Sie schon mal da sind, dann hören Sie auch zu, damit Sie wissen, mit welchem Mann Sie es zu tun haben. Ich greife den Dingen gleich voraus. Ich war ein molliges Kind, in der Pubertät hatte ich Probleme mit meinem Körper, blieb aber ein fröhliches Mädchen. Meine Mutter hat mir sehr geholfen, hat mich gestärkt. Mit Vater konnte ich über diese Dinge nicht reden. Er saß auf seinem Olymp, mit seiner Kunst und den Ausstellungen und seinen großartigen, wichtigen Freunden. Aber okay, ich machte ihm keine Vorwürfe, dachte, so sind Väter halt. Es gab unsere kleine Welt zu Hause und seine große draußen, und die mischten sich nicht. Und das war in Ordnung, ich konnte in Ruhe aufwachsen.«

Plötzlich fiel mir ein, was die Galeristin mir über meinen Vater und ihre umwerfende Mutter gesagt hatte. Wie der Lärm eines Kompressors störte mich jetzt dieser Gedanke, ich konnte ihn nicht ganz ausschalten, dämpfte aber seine Lautstärke, konzentrierte mich auf meinen Atem und auf die Augen von Mendis Tochter, die nun fortfuhr: »Im Gymnasium hatte ich eine Mitschülerin, die meine beste Freundin wurde. Ich schlief bei ihr und sie bei mir, wir waren fast jeden Tag zusammen, wie siamesische Zwillinge. Endlich hatte ich eine getroffen, die meine Weltsicht teilte, mit der ich über Dinge lachen konnte. Und sie malte sehr schön. Ich beneidete sie ein bisschen, denn ich konnte nicht malen, hatte Vaters Talent nicht geerbt, was sollte man machen, ich war halt bloß ein durchschnittliches Mädchen. Aber ich liebte sie so sehr, dass ich den Neid besiegte und ihr sogar vorschlug, Mendi ihre Bilder zu zeigen. Zuerst scheute sie sich, aber schließlich überzeugte ich sie, dass die Welt ihre Bilder sehen müsse und sie mit meinem Vater anfangen sollte. Es war ein Freitag, Vater saß im Liegestuhl auf dem Balkon, trank Arak und rauchte eine Zigarette, Mutter machte das Mittagessen. ›Wir möchten Papa was zeigen‹, erklärte ich ihr, und sie sagte: ›Gewiss, gewiss, nur zu.‹ Auch sie mochte meine Freundin. Ich ging wahrlich auf Zehenspitzen zu ihm, um ihn ja nicht in seinen Künstlergedanken zu stören, und sagte ihm, meine Freundin wollte ihm eigene Zeichnungen zeigen, und er sah ihr ins Gesicht und erwiderte: »Gewiss, gewiss geht das«, und sie kam von hinten an und zog einige Blätter aus der Mappe, ihre Hände zitterten vor Aufregung. Er nahm eine Zeichnung und sagte, die Zigarette im Mundwinkel: ›Das ist ausgezeichnet, gefällt mir sehr, du bist wirklich begabt.‹ Er war begeistert, ganz aus dem Häuschen, und sie errötete, das weiß ich noch. Und dieser Scheißkerl …« Sie haute auf den Tisch, so fest, dass sie sich selbst wehtat.

»Es geht ein andermal«, schlug ich ihr erneut vor. Es lief zu schnell ab.

»Nein, Sie sollen es jetzt hören.« Sie wurde lauter, hatte mich auf dem Stuhl festgenagelt. »Er hat sie in sein Atelier eingeladen, nicht weit von uns in einer Einzimmerwohnung, mit einem Stück Hof. Er versprach, ihr ein paar Techniken beizubringen, ohne ihre natürliche Begabung zu verletzen. Das waren seine Worte: ›Es ist wichtig, deine natürliche Begabung nicht zu verletzen.‹ In diesem Stadium begriff ich schon, dass ich einen schweren Fehler begangen hatte, dass er sie mir wegnimmt, dass sie in den Bereich der Großen überwechselt und ich bei den Kindern bleibe. Doch darüber hinaus hegte ich keinerlei Verdacht.« Wieder warf sie einen Blick aufs Handy. In meiner Praxis untersagte ich die Benutzung dieser Geräte, aber hier hatte ich keine Kontrolle. »Gleich kommen die Kinder, er bringt sie zurück, ich will nicht, dass ihr danach auch nur eine Minute dableibt«, sagte Mendis Tochter mit nunmehr feindseligem Blick, und ihre Gesten wurden fahrig. »Kurz gesagt, im Atelier hatte er ein Bett stehen, auf dem er sich mittags manchmal ausruhte, im Sommer, wenn es heiß war, und auf dem er mit seinen Nutten vögelte. Und dort hat er sie gefickt, vor meinen Augen. Ich wollte die beiden eines Tages überraschen, nach der Schule, wusste, dass sie dort war, wollte auch Anteil an ihrem Tun haben, dachte, dank ihr würde er auch mich mehr beachten. Also ging ich rein, und da sah ich sie auf ihm, beide waren splitternackt, nicht mal die Tür abgeschlossen hatte er, dieser Kerl. Das ist alles. Sie haben erfahren, was Sie wollten. An dem Tag hat er mich ermordet. Vor Ihnen sitzt eine Leiche.«

Mir stockte der Atem. Ich brachte kein Wort heraus. Ich hatte ihr Erklärungen liefern, ihr sagen wollen, dass Mendi unter dem Einfluss der traumatischen Erlebnisse seiner Militärzeit stand, dass er sich auf diese Weise mit dem Tod auseinandersetzte. Aber ich brachte es nicht fertig. Wir saßen einander wie Trauernde gegenüber. Einige Minuten später kamen die Kinder mit Mendi herein, die Gesichter eisverschmiert, alle drei fröhlich. »Komm«, sagte ich ihm sofort beim Eintreten und fasste ihn an der Hand. »Moment, ich sage nur noch den Kindern auf Wiedersehen«, erwiderte er und blickte zu seiner Tochter, die noch am Tisch saß, mit dem Rücken zu ihm. Er umarmte die Kinder, die dann hereinstürmten, um ihrer Mutter lachend von dem gelungenen Unternehmen zu erzählen, und ich drängte ihn, endlich mitzukommen.

»Na, wie wars?«, wollte Mendi wissen. »Erzähle ich dir später«, sagte ich, und wir gingen stumm die Straße hinunter. Er wollte mit mir ausgehen, vielleicht ins Kino, danach bei mir übernachten, aber als wir die Straßenecke passiert hatten, sagte ich, ich sei müde und müsse allein sein. Bittere Enttäuschung stand ihm ins Gesicht geschrieben. »Sie hat dich auch vergiftet«, sagte er, »das hätte ich vorher bedenken sollen.« Wir standen mitten auf der großen Straße, umbraust vom Feierabendverkehr. »Wir reden noch, Mendi«, sagte ich, »ich bin dir nicht böse, breche den Kontakt nicht ab, dazu bin ich zu alt. Es ist eine Tragödie für euch beide. Aber ich habe von ihr Sachen gehört, über die ich erst mal nachdenken muss. Ich ruf dich an, Mendi, das verspreche ich.«

»Wann?«, beharrte er. Er stand auf dem Bürgersteig und sah plötzlich fast alt aus, war sichtlich besorgt, ich könnte ihn verlassen.

»Bald, Mendi«, erwiderte ich, »keine Sorge, es ist keine Trennung.« Ich trat näher und gab ihm einen flüchtigen Kuss auf die Wange. Auch ich war nicht so mutig.

Vater bat mich, ihn zu einem Konzert in der Philharmonie zu begleiten. Er war seit Urzeiten Abonnent. Nach Mutters Tod war Schauli mitgekommen, und nun blieb ihm nichts anderes übrig, als mich zu bitten. Das Gehen fiel ihm schwer, und er ließ sich auch nicht gern einsam und allein in der Öffentlichkeit sehen. Bis zum Konzertsaal tappte er mühsam an meinem Arm, aber kaum waren wir drin, schritt er aufrecht und lächelnd voran, ohne meine Hilfe. Er legte einen derart majestätischen Auftritt hin, dass ich meinen Augen kaum traute. Er hatte viele Bekannte dort, ehemalige Patienten, Leute, die er und Mutter bei gesellschaftlichen Anlässen getroffen hatten, und ehemalige Studenten von ihm, die mittlerweile selbst ergraut waren. Vater schüttelte Hände und lächelte, hatte es nicht eilig, seinen Platz einzunehmen, während ich mitlief und kaum jemanden kannte. Plötzlich begriff ich, dass er mir seine Macht demonstrierte: Das waren seine Patienten und seine kultivierten Bekannten, die in Konzerte gingen, im Gegensatz zu den Halbwilden, die ich therapierte, und den groben Militärs, mit denen ich von Jugend an verkehrte. Mir war es egal, sollte er seine Show abziehen, ich war wegen der Musik da. In den letzten Jahren hatte ich klassische Musik lieben gelernt, sie begann mich anzusprechen, wie ich stolz vermerkte, ein Zeichen, dass ich mich noch weiterentwickelte, innerlich beweglich blieb.

Ich sah ins Programmheft: Als Erstes käme ein Mozartkonzert für Violine und Orchester. Der Dirigent bestieg die Bühne, die Solistin im Schlepptau, das Orchester setzte ein. Sie stand geduldig da, den Bogen gesenkt, bis ihr Einsatz kam und sie den Bogen schwang, eine schöne, junge Frau mit bloßen Armen, die Augen geschlossen. Und schon beim ersten Ton hatte ich das Gefühl, sie spiele in mir drinnen, spritze die Musik in mein Nervensystem. Alles an ihr war wunderbar, ihre Gesten, ihre höchste Konzentration, die glatte, gerundete Stirn. Anfangs fürchtete ich, sie könnte einen falschen Ton erwischen, aber sie schwang sich auf, war gar nicht mehr auf Erden. Ich sah mich um, ob andere dieses Wunder ebenfalls erkannten, und merkte, dass auch Vater ergriffen war. Ich legte kurz meine Hand auf seine, federleicht, nur ganz sanft berührend, es war eine Gnadenstunde. Das Orchester gesellte sich der Violinistin in einem Crescendo hinzu, und als es zu Ende war, ließ sie den Bogen sinken, das Haar leicht zerzaust, und ruhte bis zu ihrem nächsten Soloeinsatz. Ich ließ mir nichts anmerken, war jedoch zutiefst erregt. Schade, dass Schauli nicht hier ist, dachte ich, er ist viel musikalischer und empfindsamer als ich, aber er stählt sich jetzt, wird rauer, wird derb. Genau das wolltest du doch, als du ihn dorthin geschickt hast, wie du auch zugelassen hast, dass man ihn am achten Tag beschnitt. Jetzt konnte ich die Musik nicht mehr so genießen wie zuvor. Zu viele trübe Gedanken störten mich, und das reine Erleben war vorbei. Ich versuchte, wieder hineinzufinden, aber vergebens.

Nach dem Konzert, im Taxi, sagte Vater, für solche Abende lohne es sich zu leben. »Was ein Genie wie Mozart mit ein paar Klängen über unser Dasein erklärt, können normale Menschen wie wir in Tausenden von Worten nicht ausdrücken, und diese Violinistin …« Er seufzte. Das Taxi hielt vor seinem Haus, und ich stützte ihn auf dem Weg nach oben. Ich spürte, wie mager der Körper war, der sich an mich lehnte. An der Tür schlug ich vor, mit reinzukommen und ihm bei den Vorbereitungen zum Schlafen zu helfen. Ich hegte den Verdacht, dass er nicht mehr jeden Tag duschte, weil es ihm schwerfiel.

»Ja, komm kurz mit rein«, sagte er, »aber nicht, um mir zu helfen, das schaffe ich allein, ich möchte dir was zeigen.«

Er ging mir voraus den Flur entlang zur Praxis und schaltete das Licht an. »Setz dich«, sagte er und deutete auf den Sessel. Ich hoffe, er will mich jetzt nicht therapieren, durchzuckte es mich, das würde wirklich jede Grenze sprengen. Vater setzte sich an seinen Schreibtisch, mit dem Rücken zu mir, und kramte in den alten Holzschubladen nach etwas.

»Was suchst du denn, Papa? Kann man dir behilflich sein?«, fragte ich und stand auf, doch er stöberte weiter in den Tiefen des Schreibtischs. »Da ist es«, sagte er mit zufriedener Miene und hielt einen alten, braunen Umschlag in der Hand. »Setz dich einen Moment«, sagte er, »es ist unangenehm, wenn du so über mir stehst«, und ich kehrte gehorsam an meinen Platz zurück.

»Es ist mir sehr wichtig, auf menschenwürdige Weise aus der Welt zu scheiden, Abigail«, sagte er. »Zum Glück habe ich das längst vorbedacht und bin nicht jetzt erst darauf gekommen. Vor vielen Jahren hatte ich einen Patienten, einen Chemiker, der in geheimen Laboren des Verteidigungsministeriums arbeitete, ein intelligenter, alleinstehender Mann, der sich hier nicht zurechtfand. Ich bin mit ihm in tiefe Bereiche gelangt, ein komplizierter und beeindruckender Typ. Letzten Endes beschloss er, das Land zu verlassen, fand Arbeit bei einer großen Firma in Europa und war überaus dankbar, dass ich ihm zu der Entscheidung verholfen hatte. Deshalb gab er mir diesen Umschlag und sagte, das sei ein Abschiedsgeschenk. Sieh her!« Vater winkte mich näher heran, öffnete den Umschlag mit großer Vorsicht und zeigte mir darin eine winzige Metallkapsel. »Darin ist eine Zyankalitablette«, sagte Vater.

»Was? Warum hat er dir solch ein Geschenk gemacht?«, fragte ich. Es war ein seltsam peinlicher Moment.

»Damit ich frei bin, nicht auf andere angewiesen«, antwortete Vater. »Das ist meine Versicherungspolice, garantiert meinen sicheren und sauberen Übergang in den Tod. Falls man mich ins Krankenhaus bringt und ich nicht mehr zwischen rechts und links unterscheiden kann, das ganze Dasein nur noch Erniedrigung und Leiden bietet, wirst du mir helfen müssen, Abigail. Deshalb erzähle ich es dir, damit du weißt, was zu tun ist. Jetzt weißt du, wo es sich befindet. Hol die Tablette heraus und leg sie mir unter die Zunge, das ist alles. Er hat gesagt, das sei eine besondere Sorte, die keine Spuren hinterlasse.«

Ich lachte. »Das ist wie eine Szene aus einem alten Spionagefilm, ich glaube die ganze Geschichte nicht.«

»Es ist die reine Wahrheit«, sagte Vater todernst, »und du musst es mir versprechen. Meine Untersuchungsergebnisse sind nicht gut, die Krankheit schreitet fort, und das Ende ist schon nah.«

Es hat keinen Sinn zu streiten, sagte ich mir, warum solltest du es ihm nicht versprechen. Am Schluss, nach all der Psychoanalyse und der ausgeklügelten Auseinandersetzung mit dem Leben, endet es mit einer kleinen Gifttablette. »In Ordnung, Vater, ich verspreche es dir«, sagte ich.

»Kann ich mich auf dich verlassen, Abigail?«, fragte er.

»Ja, Papa«, antwortete ich, »das kannst du.«

»Gutes Kind«, sagte er, »obwohl ich mir bei dir nicht völlig sicher bin. Du hast was Durchtriebenes. Vielleicht sollte ich auch Schauli bitten, wenn er das nächste Mal auf Urlaub kommt, zur Sicherheit.«

»Nein, lass Schauli dabei aus dem Spiel, Papa, bitte erspar ihm diese makabre Angelegenheit.«

»Ich habe von ihm geträumt«, sagte Vater, »einen sehr schlimmen Traum.«

Ich wollte den Traum nicht hören, dieser Abend war ohnehin schon zu viel für mich gewesen. Ich fragte Vater, ob er Hilfe beim Waschen oder Ankleiden brauche. »Nicht nötig«, sagte er mit verhaltenem Ärger und verstaute den Umschlag sorgfältig wieder tief in der Schublade.

»Gute Nacht, Papa, vielen Dank für das schöne Konzert«, sagte ich und ging durch den Flur nach draußen.

Auf dem großen Bildschirm hinter mir zeigte ich meinen jungen Bataillonsführern Fotos von Hinrichtungen an verschiedenen Orten der Welt, durch ein Exekutionskommando, am Galgen, auf dem elektrischen Stuhl, Bild für Bild – und auf allen hatte man den Todgeweihten die Augen verbunden. »Warum verbindet man dem Delinquenten die Augen?«, fragte ich.

»Damit er keine Angst hat«, antworteten einige.

»Nein«, sagte ich, »das ist nicht die richtige Antwort, was schert es sie, ob er Angst hat?« Ich erklärte, man verbinde ihm die Augen für das Wohl der Henker, damit sein Blick ihnen keine Zweifel einjagte, sie nicht bis ins Grab mit Gewissensbissen verfolgte.

»Was tut man noch, um es den Exekutoren leichter zu machen?«, fragte ich sie wie Schulkinder, und sie wussten es nicht. Ich erzählte ihnen, einer der Schützen im Erschießungskommando bekomme ein Magazin mit Blindgängern, aber sie wüssten nicht, wer von ihnen, sodass jeder sich in der Hoffnung wiegen könne, nicht er habe getötet. Ich vermittelte ihnen noch mehr von meinem umfangreichen Wissen auf diesem Gebiet, erklärte zum Beispiel die wichtige Regel, dass im Exekutionskommando alle gleichzeitig schießen, sodass man nicht wissen kann, wer die tödliche Verwundung verursacht hat. »All das tut man, um ihr Schuldbewusstsein und ihre Gewissensbisse zu überwinden und sie zu täuschen«, erklärte ich. Ihre Augen starrten auf den Bildschirm, ich hätte ihnen noch stundenlang über Hinrichtungsarten in verschiedenen Kulturen erzählen können. Dieses Thema hat mich immer gefesselt, und ich habe es ausführlich studiert.

Ich stellte den Projektor ab, und sie hörten mir schweigend zu. »Ohne Gewissen kann keine menschliche Gesellschaft existieren«, sagte ich. »Freud behauptet, das Gewissen habe sich erstmals bei Söhnen gemeldet, die ihren grausamen und allmächtigen Vater töteten. Da habe die Kultur ihren Anfang genommen. Aber im Krieg wird das Gewissen zur Belastung, es schwächt uns, und da müssen wir Lösungen zu seiner Überwindung finden. Wisst ihr, wer dieser Mann ist?« Ich ließ auf dem Bildschirm ein Interview mit einem älteren Krawattenträger anlaufen, der wie ein amerikanischer Geschäftsmann alter Schule aussah, ohne jeden interessanten Gesichtszug. Er sprach ruhig und bedacht. Ich stoppte den Film nach einigen Sekunden. »Wisst ihr, wer das war?«, fragte ich erneut und warf dann das Bild des Atompilzes am Himmel über Hiroshima an die Leinwand. Jetzt fiel ihnen das Raten leichter. Stimmt, das war der Pilot, der die Bombe über der Stadt abgeworfen hatte. In dem Interview aus den Sechzigerjahren sagte Paul Tibbets, er bereue nichts, er habe getan, was getan werden musste, habe zwar viele Menschen getötet, aber viele andere gerettet. »Hätte Tibbets Hiroshimas Straßen ablaufen und all die Zehntausende Bombenopfer einzeln erschießen müssen, Frauen und Kinder und Männer, wäre es ihm viel schwerer gefallen«, erklärte ich meinen Hörern. »Die Technik hilft uns töten, nicht nur wegen ihrer Effizienz, sondern auch in seelischer Hinsicht. Mit ihr geht es viel leichter und sauberer vonstatten.«

»Sag mal, Doktor«, rief der Artillerieoffizier, der mich gern provozierte, »haben die Araber deine Theorie auch gehört, von wegen Gewissen und Moral und all dem? Mir scheint, sie töten ziemlich problemlos, von nah, von fern, mit Messer oder ohne, auf jede Weise. Habt ihr das mal untersucht bei denen?«

Ich atmete tief durch. »Habe ich nicht untersucht«, erwiderte ich ihm, »aber ich habe keinen Grund anzunehmen, dass es bei ihnen anders laufen sollte. Wir wissen, es gibt Gemeinsamkeiten auf dem Grund der menschlichen Seele, jenseits von allen Unterschieden.« Hämisches Gemurmel kam aus dem Publikum.

»Was ist mit deren Kultur?«, fragte der Artillerieoffizier. »Was ist mit der Erziehung? Hast du mal gesehen, wie sie zu ihren Feiertagen mitten auf der Straße ein Schaf schlachten und sich und ihren Kindern das Blut ins Gesicht schmieren? Hast du vergessen, wie sie unsere Soldaten gelyncht haben und dann auf den Balkon rauskamen und freudig ihre blutverschmierten Hände vorzeigten?«

»Ich habe es nicht untersucht«, wiederholte ich, »habe aber keine Veranlassung zu denken, dass die Psychologie der Araber anders funktioniert. Ich habe keine Studien dazu gesehen.«

»Das kommt, weil ihr nur Untersuchungen anstellt, die euch bequem sind, und was nicht in eure Agenda passt, untersucht ihr nicht«, sagte er.

»Ich habe keine Agenda«, gab ich zurück, »und ich berate keine Araber, sondern uns. Verwickle mich nicht in was, womit ich nichts zu tun habe.« Ich spürte, dass ich in Verteidigungsstellung ging, dass er mich in eine Ecke manövriert hatte.

»Ich nehme dir deine ganze Theorie nicht ab«, sagte er entschieden. »Ich meine, die Araber und wir denken völlig unterschiedlich, sind anders gebaut. Man kann uns nicht mit denen vergleichen.«

»Du kannst denken, was du willst«, sagte ich. »Ich spreche über Wissenschaft. Es ist nur natürlich, dass du denkst, wir seien eine besondere Gattung Mensch. Das ist in Ordnung.«

Doch der Artillerist ließ nicht von mir ab. »Übrigens sehe ich im Gelände nicht diese Bedenken, von denen du sprichst. Die Kameraden schießen ohne Probleme und Komplexe. Vielleicht stimmen deine Untersuchungen für eine andere Zeit, für andere Orte, nicht für uns.« Er meinte, mich besiegt, meine Autorität untergraben zu haben, ich sah die Geringschätzung in seinen Zügen.

»Ich weiß nicht, an wie vielen Gefechten du teilgenommen hast, aber du verschließt die Augen«, erwiderte ich ihm. »Vielleicht solltest du ein paar Worte mit deinen Kameraden von der Infanterie da neben dir wechseln, sie werden dir andere Dinge erzählen. Prüfe mal, wie viel Prozent Traumatisierte es in den letzten Kämpfen gegeben hat. Du wirst unangenehme Daten entdecken. Lies Gefechtsberichte, schau dir an, wie viele Soldaten vorangestürmt und wie viele zurückgeblieben sind. Du redest aus dem Gefühl heraus, und ich beschäftige mich wissenschaftlich damit, das ist der Unterschied zwischen uns.«

An wie vielen Gefechten hast du denn selbst teilgenommen, rief mir eine innere Stimme zu, als ich von der Bühne abging, wie viele Menschen hast du getötet, und wie kannst du mit solcher Sicherheit zu ihnen sprechen? Keiner der Anwesenden merkte das natürlich, aber plötzlich hatte ich das Gefühl, vielleicht nicht richtig rüberzukommen, irgendwie nicht hundertprozentig zu überzeugen mit meinen Worten. Ich straffte meine Haltung und lächelte den Offizieren zu, als ich zwischen ihnen hindurch dem Ausgang zustrebte.

Ich bekam ein beklemmendes Gefühl, als würde die Luft stickig. Die Tage und Tätigkeiten gingen nahtlos ineinander über, bildeten eine durchgehende Folge ohne Pausen oder Höhepunkte. Ich googelte täglich meinen Namen, nur um zu sehen, dass ich existierte: Es fanden sich ein paar Treffer für Aufsätze, die ich geschrieben, und Zeitungsinterviews, die ich vor Jahren zum Thema Kriegstrauma gegeben hatte, als ich noch beim Militär war und wir den neuen Therapieplan ausarbeiteten. Seither gab es keine neuen Einträge, ich war in die Tiefen des Vergessens versunken.

Rosolio hingegen ist omnipräsent – in den Nachrichten, wenn er per Telefon zugeschaltet wird, und in der Zeitung beim Morgenkaffee. Die Streitkräfte seien kriegsbereit, sagt er, und diesmal würden wir bis zu einem entscheidenden Sieg weiterkämpfen. Es heißt, er sei viel im Gelände, bei den Soldaten, spähe über die Grenze. Er befolgt meinen Rat, sagte ich mir. Doch seit dem Siegesworkshop sind schon Monate vergangen, ohne dass er mich erneut hätte rufen lassen. Vielleicht meint er, ich hätte genug von Militärangelegenheiten, oder vielleicht hat er sich wegen Schaulis Einberufung zurückgehalten. Ich muss Bereitschaft demonstrieren, ein bisschen mit dem Schwanz wedeln. Schon oft hätte ich beinah seine Nummer angerufen, war dann aber doch zurückgeschreckt, bis ich einmal fluchte, verdammt noch mal, und die Taste drückte. Nach einigen Klingeltönen antwortete mir eine aufgebrachte Stabssekretärinnenstimme: »Wer ist da? Wer spricht? Woher hast du diese Nummer?« Ich habe sie, weil Rosolio mich in einer unvergesslichen Nacht dreimal gefickt hat, hätte ich ihr beinah geantwortet, ich habe ein Kind von ihm, wieso meinst du also, mich anblaffen zu dürfen. Stattdessen meldete ich mich ordentlich: Abigail, Oberstleutnant der Reserve, erinnerst du dich, ich war zu Besprechungen bei ihm. Doch sie klang immer noch ungehalten. »Dies ist eine private Nummer, die nur nahe Angehörige benutzen.« Ich erklärte, ich würde den Chef seit Langem kennen, hätte deshalb diese Nummer, merkte jedoch sofort, dass ich einen Fehler begangen hatte. Diese Sekretärinnen sind nicht auf den Kopf gefallen, sie würde ihre Schlüsse ziehen. »Der Generalstabschef ist beschäftigt«, sagte sie, »ich werde ihm ausrichten, dass du angerufen hast. Aber bitte diese Nummer künftig nicht mehr benutzen, sondern im Büro anrufen.« In Ordnung, du Böse, mache ich. »Nur sag ihm bitte, dass ich da bin, bereit zu helfen«, bat ich. »Werde ich ausrichten«, sagte sie und legte auf.

Das elende Gefühl hielt nicht lange an, da man mich wieder zum Einsatz rief. »Es gibt ein Problem mit den Scharfschützen an der Grenze«, sagte die Leiterin der Abteilung für Verhaltenswissenschaften, meine Nachfolgerin in diesem Amt. »Es sterben zu viele Randalierer auf der Gegenseite, und das schadet unserem Image. Man hat uns aufgefordert, etwas zu unternehmen. Hast du Lust, hinzufahren, um mit den Soldaten zu reden, Abigail?«

Nicht von ungefähr wandte sie sich an mich. Mein Aufsatz über »Psychologische Aspekte bei der Arbeit des Scharfschützen«, der auf Begegnungen mit Dutzenden Soldaten fußte, hatte seinerzeit weite Kreise der Streitkräfte erreicht. Auch Rosolio hatte mich daraufhin angerufen, mir gesagt, er habe den Aufsatz gelesen, und lobend hinzugefügt, nur wenige verständen die Komplexität der Soldatenseele so gut wie ich. Rosolio sparte gewöhnlich mit Lob, und aus seinem Mund war dies ein Riesenkompliment. Meine Nachfolgerin wusste auch, dass ich gern ins Gelände hinausging, zu den Soldaten. Wir trafen uns, sie legte mir die Daten vor, und gemeinsam überlegten wir, wie die richtige Untersuchungsmethode aussehen könnte.

Wir beschlossen, ich sollte zunächst das Schützenteam mit der höchsten Rate tödlicher Schüsse aufsuchen (das allerdings nicht wesentlich vor den anderen Teams lag) und ihr meine Einschätzung in schriftlicher Form übermitteln.

Ich fuhr gegen Abend hin, weil man mir gesagt hatte, tagsüber seien sie beschäftigt. Wir saßen im Aufenthaltsraum des Stützpunkts, wo sie gerade untergebracht waren, in Grenznähe. Sie waren wie ein Wanderschwarm, wurden je nach Bedarf an eine andere Front kommandiert und hatten keine feste Basis. Neunzehn Scharfschützen hatten sich zu meinen Ehren eingefunden, alle sahen aus wie Schaulis Freunde. Begrüßt wurde ich von ihrem Offizier, einem Oberleutnant namens Jona, so dünn und langgliedrig wie eine Männergestalt von Modigliani. Gleich bei meinem Eintreffen bat er mich um ein paar Worte unter vier Augen und fragte, ob von einer Untersuchungskommission die Rede sei. »Nein«, antwortete ich und erklärte diplomatisch, man habe mich gebeten, mir einen Eindruck von der Atmosphäre bei ihnen zu verschaffen. »Aber warum haben sie eine Psychologin geschickt? Denken sie, wir sind nicht in Ordnung?«, fragte er leicht gekränkt.

»Nein, keineswegs«, beruhigte ich ihn. »Ich bin nicht als Psychologin, sondern als Beraterin gekommen. Von mir hast du nichts zu befürchten. Ich bin da, um zu helfen.«

Ich ließ die Stühle in Hufeisenform aufstellen. In Zivil, mit solider Bluse zu Hosen, sah ich aus wie ihre Mutter. Zu Beginn versicherte ich, das Gespräch werde nicht aufgezeichnet, ich würde auch niemanden namentlich zitieren, und nichts von dem hier Gesagten werde jemals bei einem Disziplin- oder Strafverfahren gegen sie verwendet werden. Ich erzählte ihnen ein bisschen von mir, auch dass ich einen Sohn in der Grundausbildung bei den Fallschirmjägern hatte, damit sie begriffen, dass ich auf ihrer Seite stand, und um die Abwehrmechanismen zu mindern. Als ich sie etwas beruhigt hatte, nur noch wenige misstrauische Blicke sah, forderte ich sie auf, von ihrer Arbeit als Scharfschützen zu erzählen. Nach einigem verlegenen Lachen und Zaudern fand sich schließlich der erste Redebereite. Er gab mir die offizielle Version, sagte, sie hätten den Auftrag, die Terroristen am Überschreiten des Grenzzauns zu hindern, damit sie nicht auf israelisches Gelände gelangten und Zivilisten töteten. »Wir ballern nicht einfach drauflos«, sagte er mit einigem Stolz in der Stimme, »wir sind wie Chirurgen, entfernen nur den befallenen Bereich und retten auf diese Weise den übrigen Körper. Wer es nicht verdient hat, bekommt auch nichts ab, wir schießen nicht auf Unschuldige.« Ich nickte verständnisvoll, studierte die Dynamik unter ihnen, die Körpersprache, die Seitenblicke ihres schmalen, feingliedrigen Vorgesetzten. Nachdem sie mir ihre Parolen aufgesagt hatten, bat ich sie, konkreter über die Arbeit selbst zu sprechen. Sie erklärten mir die Regeln für den Schusswaffengebrauch, wie sie entschieden, auf wen sie schossen, und wer ihnen die Erlaubnis erteilte. »Was empfindet ihr beim Schießen?«, fragte ich, als mir der formale Rahmen geläufig war, rief vor allem diejenigen auf, die sich bisher nicht an der Diskussion beteiligt hatten. Einer davon, ein jugendliches Pickelgesicht, sagte im Flüsterton – ich musste ihn bitten, lauter zu sprechen –, es sei nicht angenehm, einen Menschen verwundet oder tot zu sehen, doch durchs Zielfernrohr könne man haargenau erkennen, was mit ihm geschah. »Einmal habe ich einen in den Kopf geschossen, vorn war nur ein kleines Loch, aber hinten hat es ihm den halben Schädel weggerissen«, berichtete er.

»Wie hast du dich dabei gefühlt?«, fragte ich, und er antwortete, es sei unangenehm gewesen, aber nicht anders gegangen. Der Mann habe Steine und Molotowcocktails auf unsere Soldaten geschleudert, habe versucht, den Zaun mittels einer Drahtschere zu überwinden, also habe man ihn umlegen müssen. Ich fragte, warum er in den Kopf und nicht auf die Beine geschossen habe. Nach kurzem Zögern erwiderte der Soldat verlegen: »Das hat der Chef mir befohlen, er hat gesagt, ich solle ihn unschädlich machen.« Oberleutnant Jona, der aufrecht am Ende der Stuhlreihe saß, nickte zustimmend: »In diesem Fall blieb keine andere Wahl. Ich hatte die Zustimmung des Bataillonsführers erhalten, er meinte ebenfalls, dass man ihn ausschalten muss.«

»Wenn du sagst, dass es unangenehm war, was meinst du damit genau?«, wandte ich mich wieder an den jungen Soldaten.

Er blickte verlegen seine Kameraden an. Sie hatten diese Dinge untereinander nie diskutiert, und nun kam da eine fremde Frau an, und er sollte sein Herz vor ihnen ausschütten. Schließlich sagte er in die Stille: »Ich hätte am liebsten gekotzt. Es war einfach ekelhaft. Aber die nächsten Male gings dann schon besser. Jetzt stört es mich nicht mehr so. Manchmal kommts mir noch hoch, aber viel seltener. Ich weiß nicht, warum das passiert. Alles in allem erfülle ich meine Aufgabe, ich tue nichts Schlechtes.«

Ich fragte nicht, ob sie an die Menschen dachten, auf die sie geschossen hatten, an ihr Leben, ihre Familien, denn das hätte demoralisierend wirken können, und das passte nicht zu dem Stadium, in dem sie sich befanden. Darüber konnte ich mit Mendi reden, aus der Distanz langer Lebensjahre, aber nicht mit diesen jungen Leuten, die am nächsten Morgen wieder schießen mussten.

»Hasst ihr sie?«, fragte ich.

Sie sahen einander an, suchten die richtige Antwort. Alle waren sehr ernst, wie ihr Anführer, als hätte man ihnen verboten zu lächeln. »Sie sind Ziele, und wir müssen sie umlegen«, sagte ein Lockenkopf mit großen, braunen Augen. »Ich hasse sie schon, sie haben böse Fratzen, sie wollen uns grundlos umbringen, auch ihre Kinder können töten. Du siehst es ihren Gesichtern an, wenn sie auf den Zaun zulaufen.«

Ich machte mir rasch ein paar Notizen in mein Büchlein. »Was sagst du, Chef?«, fragte ich Jona, ihren Offizier, der während des ganzen Gesprächs angespannt dabeigesessen hatte.

»Ich habe nicht viel hinzuzufügen«, sagte er unwillig, »wir schießen nie grundlos. Für mich hat das nichts mit Gefühlen zu tun, ich hasse sie nicht, wir erfüllen einen Auftrag, obwohl wir gute Gründe hätten, sie zu hassen.«

»Auch ein junges Mädchen und ein paar Kinder sind dabei umgekommen«, sagte ich, aufgrund der Daten, die man mir bei der Armee gezeigt hatte. »Fühlt ihr anders, wenn ihr ein Kind trefft oder ein junges Mädchen?« Hier griff ihr Vorgesetzter Jona ein, dem sie sichtlich Respekt entgegenbrachten, und sagte: »Wir zielen nicht auf Kinder. In einigen Fällen sind Splitter vom Boden abgeprallt, und sie lügen auch hinsichtlich des Alters, einer kann siebzehn Jahre alt sein, und sie behaupten, er war dreizehn. Ich sag dir noch mal, du musst verstehen, wir schießen nicht einfach drauflos. Es geschieht alles mit Genehmigung.«

»Und was ist mit den jungen Mädchen, die ihr getroffen habt?«, fragte ich, und ein paar Köpfe vor mir senkten sich. Keiner antwortete. Ich hatte einen heiklen Punkt berührt. Auch die Anwesenheit ihres Offiziers erschwerte ihnen das Reden. Wann immer ich nach ihren Gefühlen fragte, verkrampfte er sich auf seinem Stuhl, mit einer Miene des Unbehagens. Er wollte nicht, dass ich das hermetische System zerstörte, das er für sie errichtet hatte. Natürlich hatte er recht, nur so konnte man diese Aufgabe durchstehen. Aber ich wusste sehr wohl: Nach ihrer Entlassung, wenn sie älter wurden und nicht mehr im Kreis ihrer Kameraden waren, würden diese Bilder sie gnadenlos wieder heimsuchen.

»Es ist höchst selten, dass wir auf junge Mädchen schießen«, sagte Jona in ihrem Namen, »und auch dann nicht mit Tötungsabsicht. Es hat Einzelfälle gegeben, in denen Mädchen unabsichtlich getroffen wurden, das passiert mal. Es ist nicht unsere Schuld, ich weiß nicht, warum sie junge Mädchen an den Zaun ranlassen, sie wollen, dass wir sie töten und dadurch als die Bösen dastehen.«

Ich entließ sie. Sie gingen schweigend hinaus, einer nach dem anderen, ohne den üblichen Lärm unter Soldaten. Ich sagte ihrem Offizier, Jona, ich wolle wiederkommen, um sie bei ihrer Arbeit im Gelände zu sehen. Ich würde es mit der Kommandantur absprechen.

»Klar, komm«, sagte er zu meiner Überraschung. »Bei uns wirst du ein anderes Weltbild kriegen.« Und zum ersten Mal lächelte er mich an.

Einmal, vor Jahren, begegnete ich Arik Scharon. Es war die Zeit, als wir die Armee auf die Räumung der Siedlungen im Gazastreifen vorbereiteten. Ich beriet das Oberkommando bei der Formulierung der Tagesbefehle, die an die Soldaten ausgegeben werden sollten, um sie von der Berechtigung des Vorgehens zu überzeugen. Wir hatten ein Problem: Normalerweise verteidigte die Armee das Volk, doch hier mussten sie Angehörige ihres eigenen Volkes aus deren Häusern holen. Deswegen forderte der Generalstab unsere Hilfe an, um den Soldaten die richtigen Gefühle zu vermitteln, sie auf den Moment vorzubereiten, wenn sie Männer, Frauen und Kinder aus den Häusern zerren müssten. Sie sollten ja nicht schlappmachen, sollten den Beschimpfungen, faulen Eiern und Kotsäckchen standhalten, ohne rabiat zu werden. Die Armee erstellte ein genaues Modell für den Tag der Räumung, an dem wir alle Szenarien übten. Arik kam, um sich mit eigenen Augen ein Bild von den Vorbereitungen zu verschaffen und die Soldaten durch seine Anwesenheit zu unterstützen. Danach nahm er an einer Sitzung des höheren Einsatzstabs teil, und an deren Ende wurde ich ihm vorgestellt. Ich war damals Oberstleutnant, in Uniform, stand ergriffen stramm vor ihm. Er war kleiner als gedacht und hatte feinere Gesichtszüge als auf den Fotos. Er sagte, meine kurzen Ausführungen bei der Sitzung hätten ihn beeindruckt, und fügte mit einem kleinen Lächeln hinzu: »Zu unserer Zeit brauchte man keine Psychologen, wir haben einfach den Auftrag erledigt. Ich glaube kaum, dass Ben-Gurion sich jemals mit einem Psychologen beraten hat.« Alle in der Runde lachten: der Generalstabschef, der Einsatzleiter im Generalsrang und die hohen Offiziere. Ich, die Rangniedrigste, sagte bebend vor Aufregung: »Wenn Ben-Gurion einen guten Psychologen zurate gezogen hätte, zum Beispiel an dem Morgen, als er die Altalena mit ihrer Waffenladung an Bord bombardieren ließ, wären die Ergebnisse vielleicht etwas besser ausgefallen und wir hätten dem

Volk ein paar Traumata erspart.« Verlegene Stille, bis Scharon kurz auflachte, wobei sein berühmter Tick an der Nase hervortrat. »Ein guter Punkt, kann durchaus sein. Vielen Dank«, sagte er und ging seines Weges. Er war ein sehr großzügiger Mann. Wieder war ich die begabte, etwas aufmüpfige Musterschülerin, die die Lehrer auch dann gern mochten, wenn sie mal ein wenig frech wurde. Ich nehme an, Arik hat mich eine Sekunde nach seinem Abgang vergessen.

Ein Kurier lieferte ein Päckchen ab. »Für Abigail«, stand darauf. An der markanten Handschrift erkannte ich, dass es von Mendi kam. Vielleicht hat er mir seinen Penis geschickt, hat ihn mit dem Bildhauermeißel abgetrennt und hübsch in einer Schachtel verpackt, um für seine Taten zu sühnen. Ich war erleichtert, als ich das Päckchen öffnete und eine dunkelbraune Holzfigur darin fand, in Gestalt eines sich verneigenden, nackten Mannes. Das Gesicht war nicht zu sehen, der lange Rücken verharrte in der Haltung eines um Vergebung Bittenden. Tief berührt rief ich ihn an. »Das musst du deiner Tochter schicken, nicht mir«, sagte ich, worauf er erwiderte, er habe auch ihr eine Figur geschickt, habe zwei davon gemacht. »Sie hat was Idiotisches getan nach dem Treffen mit dir«, sagte Mendi, »ist natürlich nicht deine Schuld, aber sie hat Tabletten geschluckt, war einen halben Tag im Krankenhaus, dann hat man sie nach Hause entlassen. Jetzt ist alles in Ordnung, ihr Mann hat mit mir gesprochen. Ich soll vorerst nicht kommen, um die

Enkel zu sehen.« Mir versetzte es einen Stich ins Herz. »Oh weh, natürlich ist es meine Schuld, ich hätte mich nicht einmischen dürfen, bin zu forsch vorgegangen, unprofessionell. Es war nicht gut, dass du mich da reingezogen hast«, sagte ich.

»Nein, stimmt nicht«, erwiderte Mendi, und seine Stimme hatte einen tiefen und warmen Klang, wie das Holz, »du bist nicht schuld.«

Die Figur stand vor mir auf dem Tisch, tief gebeugt, und ich rang um Atem. »Meinst du, sie möchte mich treffen?«, fragte ich, in der Hoffnung, doch noch etwas flicken zu können.

»Nein, Abigail, lass sie, diese Wunde lässt sich nicht mehr heilen«, antwortete er. Ich nickte im leeren Zimmer, sehnte mich nach seinen Händen, seinem klugen Blick. »Die Figur ist sehr schön.«

Ich nahm sie in die Hand, betastete sie. »Es tut mir leid wegen deiner Tochter. Ich hoffe, sie wird dich wenigstens die Enkel sehen lassen.«

»Wann kommst du?«, fragte Mendi.

»Nicht jetzt, aber ich komme. Mir wird es eng hier«, antwortete ich. Ich fragte mich, wie seine Tochter mit ihrer identischen Figur verfahren war: Ob sie sie augenblicklich in den Mülleimer geworfen oder wütend zu Boden geschleudert und zerbrochen hatte.

Am nächsten Tag ging ich, entgegen seiner Bitte, seine Tochter besuchen, nachdem mich mein Gewissen die ganze Nacht geplagt hatte. Ich wollte mich vergewissern, dass es ihr wieder gut ging. Es war Vormittag, werktags, ich setzte auf eine Zeit, wenn die Kinder im Kindergarten waren, um sie allein anzutreffen. Sie öffnete mir die Tür ihrer Wohnung. Äußerlich sah man ihr nichts an außer Blässe und dunklen Augenringen. Sie hatte sich nicht die Pulsadern aufgeschlitzt und sich nicht erhängt, nur Tabletten genommen. Sie sah mich an, überlegte. »Bitte, treten Sie ein«, sagte sie schließlich. Diesmal saßen wir im Wohnzimmer, auf einem weichen Sofa mit Essensflecken und Farbklecksen, wie häufig in Häusern mit Kindern. »Ich habe es mit Bedauern gehört«, sagte ich, und sie erwiderte: »Es ist vorüber, eine Torheit, jetzt bin ich okay.« Ich atmete erleichtert auf, sie lebte, ich hatte sie nicht umgebracht. Wozu war ich dann eigentlich gekommen? Vielleicht würde ich bloß Schaden anrichten. Ich erhob mich. »Freut mich zu sehen, dass Sie wohlauf sind. Dann gehe ich wieder, war nur gerade in der Gegend und wollte mal Guten Tag sagen.«

»Moment, bleiben Sie noch kurz sitzen«, bat sie. »Ich habe Sie ein bisschen gegoogelt, las, dass Sie eine Expertin für die Behandlung von Kriegstraumatisierten sind. Meinen Sie, das ist seine Geschichte?«

»Ja«, antwortete ich.

Sie sann kurz nach und fuhr dann fort: »Wenn ich das richtig verstehe, besagt Ihre Theorie, dass mein Vater, weil er im Kommando war und Araber mit bloßen Händen erledigt hat und ihm Kameraden vor den Augen gestorben sind, später siebzehnjährige Mädchen ficken musste, und speziell die beste Freundin seiner Tochter, richtig?«

»Das habe ich nicht …«

»Weichen Sie mir jetzt nicht aus«, fiel sie mir ins Wort. Wir saßen eng nebeneinander auf dem Sofa, ich spürte ihren Atem, wir hatten nicht die Distanz, die in der Praxis besteht. »Ich habe ein Interview mit Ihnen im Internet gefunden, glaube, Ihre Denkweise zu kapieren. Eros und Thanatos, diese ganze Geschichte. Schauen Sie mich nicht so verblüfft an, ich bin nicht beschränkt. In diesem Interview haben Sie gesagt, Männer töteten und würden getötet, dazu seien sie geboren, und zwischen einer Liquidation und der nächsten müssten sie ihren Sexualtrieb befriedigen, sonst könnten sie nicht richtig weitermachen.«

»Nicht genau«, sagte ich. »Das ist ein bisschen simpel ausgedrückt, aber im Grund trifft es zu. Nicht ich habe das erfunden, sondern Größere als ich. Diese Triebe beherrschen die Männer. Wie Naturgewalten.«

»Ungeheuer enttäuschend«, sagte sie und wandte das Gesicht von mir ab.

»Das berechtigt natürlich nicht zu …«

»Das ist die Ausrede, die Sie ihnen geben«, brauste sie auf. »Sie machen gemeinsame Sache mit denen. Meinetwegen sollen sie aufhören zu töten. Wenn das der Preis für ihre Kriege ist, sollen sie doch aufhören damit. Ich habe sie nicht gebeten, für mich zu töten.«

»Aber man kann nicht aufhören«, sagte ich leise, und sie wurde noch lauter, fast schreiend: »Hören Sie sich selber reden? Auf welcher Seite stehen Sie, sagen Sie mal? Auf der Seite des Lebens oder des Todes? Halten Sie es mit uns oder mit denen?«

Ich senkte den Kopf, bedauerte, mit leeren Händen gekommen zu sein, nichts mitgebracht zu haben, keinen Blumenstrauß oder was für die Kinder, eine Süßigkeit oder ein Spielzeug. Sie ließ nicht ab, sondern fragte weiter: »Worin besteht denn unsere Aufgabe? Sind wir nur dazu da, als Ruhekissen und als Loch zur Einführung des Pimmels zu dienen? Wie passen wir Frauen in Ihre schreckliche Welt?«

»Das hängt von uns ab«, sagte ich ruhig und sah Nogas kluges und festes Gesicht vor Augen. »Auch wir können töten.«

»Ist das Ihre Lösung? Dass wir auch töten? Das ist schlicht unglaublich«, fauchte Mendis Tochter.

Ich stand auf zum Gehen, diesmal endgültig. »Ihr Vater sehnt sich nach den Enkeln, erlauben Sie ihm wenigstens, sie zu sehen«, bat ich.

»Das ist jetzt zu schwer für mich, er wird warten müssen«, sagte sie.

»Hilft Ihnen jemand? Sind Sie in Behandlung?«, fragte ich.

»Mein Partner hilft«, antwortete sie. »Die Kinder geben mir Kraft. Ich bekomme Medikamente. Man muss Tag für Tag überleben. Für die Kinder bemühe ich mich. Ohne sie hätte ich längst aufgegeben.«

Wieder draußen dachte ich nicht etwa Schlechtes über Mendi, sondern Gutes. Ich sehnte mich nach ihm. Er tat mir mehr leid als sie. Ich hatte ihm vergeben.

Freitagmittag, Schauli spielt Gitarre in seinem Zimmer, hinter geschlossener Tür. Wie habe ich mich danach gesehnt. Seine Wäsche rotiert nach drei Wochen wieder in der Maschine, und ich bereite Huhn vom Blech fürs Abendessen zu, erfülle meine Aufgabe als Mutter. Alle Geräusche ringsum sind für einen Augenblick verstummt. Ich gehe barfuß, bin wieder die junge, alleinerziehende Mutter von einst, püriere Tomaten, füge etwas Olivenöl hinzu, um den Nährwert zu erhöhen, ihn an Beikost, neben meiner Milch, zu gewöhnen, und füttere ihn Löffelchen für Löffelchen. Ein paar Wochen lang hatten wir damals unsere kleine, vollkommene Welt für uns: Haushalt, Spaziergang im Park, Stillen, Mittagsruhe, liebevolle Blicke, Geschichten vorlesen, von denen er noch kein Wort verstand, abendliches Bad in lauwarmem Wasser mit Babyseife, Windeln, Lächeln, Fußsohlen kitzeln. Drei Monate ging das so, bis ich wieder zu arbeiten begann, dachte, das Militär käme nicht ohne mich aus.

Schauli verließ sein Zimmer, in T-Shirt und Shorts. Das Gewehr hatte er in seinen Schrank weggeschlossen. Ich suchte seine Augen: Setz dich einen Moment, erzähl, was du durchmachst. »Du hast so schön gespielt«, sagte ich stattdessen, und er erwiderte, seine Band vom Gymnasium würde morgen bei einem Club-Abend für junge Bands auftreten, und sie wollten ihn dabeihaben, obwohl er sämtliche Proben versäumt hatte. »Klar, geh mit, super«, sagte ich, »kann ich hinkommen?«

»Warum nicht, komm.«

»Vielleicht lädst du auch deine Kameraden von der Armee ein?«, schlug ich vor, doch Schauli erwiderte verlegen: »Nein, das passt nicht.« Ich verstummte, suchte angestrengt nach Worten, die ihm nicht die Laune verderben würden, er sollte es nur gut haben in seinem Urlaub. Die Kommunikation mit ihnen ist einfach, wenn sie klein sind und uns brauchen, danach wird sie hoch kompliziert.

Er hob seine von Müdigkeit und Sonne geröteten Augen zu mir auf, endlich konnte ich seinen Blick auffangen, und sagte: »Das wird mein Abschiedsauftritt morgen. Ich denke, danach werde ich aufhören zu spielen.«

»Warum?«, rief ich betroffen, und Schauli erwiderte: »Hab keine Lust mehr drauf, und ein Jimi Hendrix wird eh nicht mehr aus mir, das weiß ich. Morgen ist das letzte Mal.«

»Du musst nichts überstürzen«, sagte ich, »hast doch noch das ganze Leben vor dir, und ich finde, du spielst wunderbar.«

»Es lässt sich nicht vereinen«, sagte Schauli bedauernd, und seine Stimme bebte so leicht, dass nur ich es heraushören konnte.

»Warum nicht? Eines Tages wirst du aus dem Wehrdienst entlassen und damit weitermachen wollen.«

»Dann wird es zu spät sein.«

»Möchtest du die Einheit verlassen, Schauli?«, fragte ich, und er blickte mich mit aufgerissenen Augen an, fern und fremd irgendwie. »Nein«, sagte er, »jetzt kann ich nicht mehr weg.«

Dann ging er mit seinem Surfbrett ans Meer. Ich sah ihm vom Balkon aus nach, bis er um die Kurve verschwand, frei für einen Moment, in seiner bunten Badehose, im Wechselspiel von Licht und Schatten.

Gegen Abend holte er Vater, der die kurze Strecke zu uns nicht mehr zu Fuß schaffte, mit dem Auto ab. Am Schabbattisch erzählte ich Schauli von dem Konzert und der großartigen Violinistin, die Mozart gespielt hatte. Vater sprach wenig und sah Schauli häufig an. Wir bemühten uns, nicht aneinanderzugeraten, wussten, dass jedes unserer Worte wie Zunder war. »Ist es jetzt schwerer?«, fragte Vater mitten beim Essen, und Schauli zog sich mit einem Allgemeinplatz aus der Affäre. Wir beide sahen die Hemmungen, die seit seiner Einberufung entstanden waren. Ich hoffte, es sei nur Müdigkeit. »Ich fürchte um ihn, er schottet sich ab«, flüsterte Vater mir zu, als Schauli sich nach dem Essen vom Tisch entfernt hatte, um den Anruf eines Freundes zu beantworten. Vater stand die Sorge ins magere Gesicht geschrieben. »Er ist müde, und er braucht eine Freundin«, sagte ich leise, und Vater erwiderte mit scharfem Blick: »Danach sieht es mir nicht aus, es geht viel tiefer«, und wir beide verstummten, als Schauli an den Tisch zurückkehrte. Wir bemühten uns diesmal, verantwortungsbewusst zu handeln, und verschoben das Konsilium auf ein anderes Mal, ohne ihn.

Ich ging allein zu dem Auftritt am Samstagabend. Der Club lag in einem Gewerbegebiet mit vielen Werkstätten und Handwerksbetrieben: ein großer Raum im zweiten Stock, lärmend, rappelvoll. Ich hätte dort die Mutter von allen sein können, aber ich sah tadellos aus, in Jeans und T-Shirt, und wenn jemand meinte, ich sei zu alt, war das sein Problem. Ich wartete darauf, dass Schaulis Band die Bühne bestieg. Vorerst spielten andere. Ich kaufte mir ein Bier, fand einen Betonpfeiler zum Anlehnen und gewöhnte mich an den Rhythmus. Auch die ungeheure Lautstärke kam mir gerade recht, um die Gedanken auszulöschen. Ein Typ mit Wuschelbart, wohl um die dreißig, kam auf mich zu und fragte: »Bist du allein da?« Ich bekannte mich schuldig. Das amüsierte ihn. »Stört es dich, wenn ich mich neben dich stelle?« »Nein, keineswegs.« »Darf man dich zu noch einem Bier einladen?« »Warum nicht? Nur zu. Mein Sohn tritt gleich auf der Bühne auf.« »Super«, erwiderte der Typ, den das augenscheinlich noch mehr anmachte. »Da sind sie«, jubelte ich, schon ein bisschen angeheitert. In ihren Klamotten sahen sie aus wie einst die Beatles, Schauli trug die schwarze Lederhose, die ich ihm gekauft hatte, als wir mal zusammen in London waren. »Welcher ist dein Sohn?«, fragte mein Nebenmann. »Der mit dem kurz geschorenen Haar«, antwortete ich. »Soldat?«, fragte er, und ich nickte: »Ja, Soldat.« Beim ersten Einsatz gab es ein bisschen Kuddelmuddel, Pfeiftöne vom Feedback, aber sie setzten neu an, und ein paar Sekunden später lief alles glatt. Sie fanden den Takt, ihr Sänger verschlang schier das Mikrofon, und Schauli stand bildschön neben ihm, einen halben

Schritt zurück, mit der Gitarre auf dem Oberschenkel, jeder Griff in die Saiten bereitete mir sanften Schmerz. Der Bärtige legte mir die Hand auf die Schulter. »Pfoten weg«, sagte ich und ging auf Abstand. Ich drängte mich zur Bühne vor, wollte sie so nahe wie möglich spielen hören. Sie waren ja alle bei mir im Haus gewesen, mit ihrer Jugendakne, hatten an meinem Tisch gegessen, sich mit Schauli in sein Zimmer verkrochen und gedacht, ich wüsste nicht, was sie dort trieben. Und jetzt rackerten sie sich auf der Bühne ab, dröhnten den Saal voll mit ihrem Lärm, schlossen lustvoll die Augen. Gebt ihnen Gewehre in die Hand statt Gitarren und den Befehl, sie zu entsichern, dachte ich, da ist dieselbe Energie am Werk. Sie spielten drei Songs und noch einen als Zugabe für das begeisterte Publikum.

Hinterher ging ich nicht zu Schauli, wollte ihm nichts verderben. Hätte gerade noch gefehlt, dass er wie ein Rockstar von der Bühne abging, und dann würde da seine Mutter stehen. »Gehst du?«, fragte der Wuschelbärtige, der wieder neben mir aufgetaucht war. »Darf man dich begleiten?« Ich lächelte ihn an und sagte, mein Mann erwarte mich zu Hause. Unterwegs zum Auto sagte ich mir, dass ich an Schaulis Stelle morgen früh nicht zur Armee zurückkehren würde. Ich würde einen Weg finden, hier abzuhauen, per Boot, zu Fuß, würde mich nicht von ihnen fesseln lassen.

Ich weiß nicht, wann er nachts heimgekommen war, aber um halb sechs Uhr stand ich auf, um ihn zum Bahnhof zu fahren. Er trat in Uniform aus seinem Zimmer, den Rucksack schon geschultert und das Gewehr diagonal über der Brust, Gummibänder in den Hosenbeinen, rasiert, sehr adrett, als hätte gestern ein anderer Mensch auf der Bühne gestanden. Ich machte ihm Kaffee und schnitt ihm Kuchen ab, und er aß und trank in Hast. »Es war großartig gestern«, sagte ich ihm auf der Fahrt zum Bahnhof. »Was hast du danach gemacht?« Und Schauli antwortete todmüde, er sei nach Hause gegangen, zum Schlafen.

»Schauli, warte einen Moment«, rief ich ihm zu, als er ausstieg und seinen Rucksack auf die Schulter schwang. »Wenn es dir zu schwer wird, rufst du mich doch an, nicht wahr?« Und er murmelte »Ja« und verschwand im morgendlichen Fahrgaststrom.

Mendi rief an und wollte mich in der Praxis treffen, gegen Bezahlung, betonte er, wie am Anfang. »Gut«, sagte ich, »aber Geld nehme ich nicht von dir, rede keinen Unsinn.« Ich schämte mich meines Aussehens. Der Ausschlag an den Fingern war nicht etwa abgeheilt, sondern hatte auf die Nägel übergegriffen. Ich dachte daran, die Seidenhandschuhe anzuziehen, die ich nach Mutters Tod in ihrem Schrank gefunden hatte, aber schließlich verzichtete ich darauf. Ich würde ihm so, wie ich war, gegenübersitzen.

»Da ist was, was ich dir nicht erzählt habe«, sagte er umstandslos zu Beginn der Sitzung, gleich nachdem er mir gegenüber Platz genommen hatte. »Ich habe das Gefühl, dich betrogen zu haben, und vielleicht hat das unsere Beziehung beeinträchtigt. Es hat auch mit dem zu tun, was meiner Tochter passiert ist. Deswegen wollte ich, dass wir uns hier treffen, dass du die ganze Wahrheit erfährst.«

»Bitte, ich höre«, sagte ich.

»Alles, was ich dir bei unseren Sitzungen erzählt habe, über das, was mich verfolgt, entspricht der Wahrheit, und ich werde das jetzt nicht wiederholen.« Mendis Stimme wurde heiser, und er trank einen Schluck Wasser aus dem Glas vor sich. »Was ich nicht erzählt habe und weswegen ich jetzt da bin, ist der Umstand, dass ich Lust verspürte, wenn ich einen Menschen tötete, ein fantastisches Hochgefühl. Nichts von dem, was ich sonst im Leben erlebt habe, ist damit vergleichbar. Nach dem ersten Mal war ich so gut drauf, dass ich zu meinen Vorgesetzten ging und sie bat, mich immer den Exekutor machen zu lassen, den, der am Ende jedes minutiös geplanten Einsatzes der Zielperson die Kehle durchschneidet oder sie aus nächster Nähe abknallt. Und sie ließen mich. Ich machte es gut, und sie begriffen, dass ich mein Vergnügen daran hatte. Ich habe alle Grenzen überschritten, besaß absolute Macht, und dieses Gefühl der Freiheit, das kannst du dir gar nicht vorstellen, nicht nur im Moment der Durchführung, sondern auch noch lange danach. Ich bin sicher, es gibt Mörder, die sitzen ihr Leben lang im Gefängnis, und das Einzige, was sie bei Sinnen hält, ist die Erinnerung an diesen einen Moment, über den sie immer wieder fantasieren. Auch jetzt, bei all den Albträumen und der Selbstverachtung, sind diese Momente Gipfelpunkte meines Lebens geblieben. Die Hand erinnert sich, die Finger tun es. Der Kopf erinnert sich an den enormen Lustkitzel.«

Ich hörte ihm zu und empfand seltsamen Neid.

»Ich habe dich betrogen, Abigail«, sagte er, »alles, was ich später gemacht habe, war keine Flucht, im Gegenteil, ich wollte dorthin zurückkehren, zu diesem Lustgefühl. Aber legal töten konnte ich nicht mehr. Also habe ich mir Ersatzhandlungen gesucht. Daher kam die Kunst. Kamen die Ficks, die Schandtaten. All das Böse und Gute, was ich getan habe.«

Er wirkte verwittert und archaisch wie eine seiner Skulpturen. Alles, was er mir jetzt erzählte, hatte ich längst gewusst. Wegen ihrer Mordlust fühlte ich mich ja zu diesen Monstern hingezogen. Ich kämpfte mit mir, um nicht aufzustehen, die Distanz nicht zu brechen. Meine Praxis war der letzte geordnete Ort auf der Welt, dort durfte man die Regeln des Zeremoniells nicht verletzen. »Ich weiß, Mendi«, sagte ich nach langem Schweigen. »Aber gut, dass du gekommen bist, um es mir zu erzählen.«

»Da ist deine Freundin«, freute sich die Barfrau, die Tochter des Wirts. Noga trat aus dem Licht draußen ins Halbdunkel drinnen. Wir umarmten uns kurz und tauschten Wangenküsse, wie unter Freundinnen üblich. »Neu?« Ich blickte auf ihre sauberen, flachen, femininen Sandalen mit dem einzelnen roten Riemen über den Zehenansätzen. »Ja, wie ist dir das gleich aufgefallen?«, erwiderte sie lächelnd. Sie trug Shorts und eine Bluse mit kleinem Kragen. »Hübsch bist du angezogen«, sagte ich. »Danke, Abigail«, gab sie zurück. Noga wirkte stärker und weiblicher, die Last der Verantwortung stand ihr gut. Ich orderte Gin Tonic. »Dasselbe bitte«, sagte sie zu der Barfrau, die sie freundlich anblickte. »Du bist schwer zu erreichen«, sagte ich lächelnd, und sie entschuldigte sich, es habe ein paar besonders arbeitsreiche Wochen bei der Staffel gegeben, man hatte ihr eine neue Aufgabe aufgehalst, Instruktion von Bodenpersonal, danach hatte sie Bereitschaft gehabt, und letztes Wochenende war sie mit Freunden zum Zelten in die Wüste gefahren. Klingt alles gut und richtig, sagte ich mir, und doch hat sie mich treffen wollen, das wird seinen Grund haben. Von hinter dem Tresen beobachtete uns der alte Wirt. Er mochte uns zwei und besaß den weisen Blick eines Menschen, der schon alles gehört und gesehen hatte.

»Ich bin viel geflogen«, sagte sie leise, obwohl wegen der lauten Musik ohnehin keiner außer mir etwas verstehen konnte, »auch über feindlichem Gebiet, und ich war total in Ordnung, hatte ein gutes Gefühl.«

»Hervorragend«, sagte ich.

»Nur eines hat mir die Sache etwas verdorben«, sagte sie und suchte meinen Blick. »Beim letzten Auftrag habe ich auf ein Auto geschossen, das Kriegsmaterial transportierte, habe es ordentlich getroffen, nichts war mehr davon übrig. Alle lobten mich sehr, als ich wiederkam, auch der Chef der Staffel.«

»Ausgezeichnet«, sagte ich.

»Moment, hör zu«, sagte Noga, »ein paar Stunden später kam unser Nachrichtenoffizier bei mir an, ein nervender Typ. Der wollte früher mal mit mir ausgehen, aber ich hatte keine Lust. Ob ich wüsste, wen ich im Auto erwischt hatte, wollte er wissen. Ich verneinte. Soviel ich wüsste, hätte ich das Ziel zerstört, was ginge es mich dann noch an, wer da genau dringesessen hatte. ›Du hast nicht einfach bloß das Ziel getroffen, sondern einen ihrer höchsten Anführer getötet‹, sagte mir der Nachrichtenoffizier. ›Super, freut mich zu hören‹, erwiderte ich, und da fügte er hinzu, ›und seinen Sohn‹. ›Okay‹, sagte ich, dachte, der Sohn sei sicher auch ein Terrorist. ›Ein Kind‹, erklärte er, ›sieben Jahre alt, denke ich.‹ Ich tat so, als wäre es mir scheißegal, aber ich hatte das Gefühl, er drückt mir die Luft ab, hatte danach Mühe zu sprechen. Nach außen hin ließ ich mir nichts anmerken, habe mit keinem darüber geredet. Ich fliege weiterhin, aber es belastet mich seither. Jeden Morgen wache ich damit auf, und damit gehe ich auch schlafen.«

Noga nahm einen großen Schluck von ihrem Drink und wartete darauf, dass ich ihr den Kopf wieder zurechtrückte oder ihr zumindest Absolution erteilte. Als wäre ich dazu befugt.

»Was setzt dir eigentlich zu?«, fragte ich.

Sie blickte mich verwundert an: »Was soll das heißen? Dass ich ein Kind getötet habe.«

»Und wenn dieser hässliche Nachrichtenoffizier dir das nicht gesteckt hätte, hättest du nichts davon erfahren, richtig?«

»Richtig«, sagte sie mit einem kleinen Lächeln.

»Und du hast nicht gewusst, dass ein Kind im Auto war, stimmts?«

»Natürlich nicht«, sagte sie, »sonst hätte ich wahrscheinlich nicht geschossen.«

»Was wirfst du dir dann vor? Dass du deinen Auftrag einwandfrei erfüllt hast?« Ihre hübschen Füße wackelten in den neuen Sandalen. »Hör zu, Noga«, sagte ich. Sie sah traurig aus, und das betrübte mich. »Du konntest nicht ahnen, dass da ein Kind war. Du hast das Richtige getan, einigen unserer Mitbürger damit vermutlich das Leben gerettet. Es ist nicht deine Schuld, dass sie ihre Kinder nicht schützen, sondern in Kriege verwickeln. Du hast wirklich und wahrhaftig keinerlei Schuld.« Wir hätten uns in meiner Praxis treffen sollen, nicht hier, sagte ich mir, das ist unprofessionell.

»Was soll ich denn nun machen?«, fragte sie. »Damit weiterleben?«

»Genau«, antwortete ich, »du bist nicht die Erste und nicht die Letzte, und dass du eine Frau bist, heißt nicht, dass du darin versinken darfst. Kopf hoch. Versprich mir, an diesem Wochenende ordentlich zu feiern. Lass dir von diesem Terroristen nicht den Schabbat verderben.«

»Das ist schwer«, sagte sie. Ihre ernste Miene stand in Kontrast zu ihrer hübschen, leichten Sommerkleidung.

»Außer dir schert sich keiner drum, und dieser Junge ist schon tot, er hat nichts gespürt. Reiß dich zusammen, Noga, solche Gedanken beeinträchtigen die Einsatzfähigkeit. Los, lass gut sein. Reden wir von schönen Dingen.«

»Ich fürchte, dass sie sich an mir rächen werden«, sagte sie. Jetzt rührten wir an die Wurzel, an den Punkt, von dem sie noch immer nicht loskam. Wir waren wieder bei dem Trauma der Gefangenenübung angelangt, und das ging auf meine Kappe.

»Wie sollten sie dich erreichen?«, wandte ich ein. »Die wissen doch gar nicht, wer du bist.«

»Sie können mich abschießen, und dann bin ich in ihren Händen.« Sie senkte die Stimme. »Der Nachrichtenoffizier sagt, sie hätten schon Raketen gegen Hubschrauber und warteten bloß auf die nächste Gefechtsrunde, um sie einzusetzen.«

»Mir scheint eher, dieser Geheimdiensttyp will dich zum Absturz bringen«, sagte ich. »Die werden dich nicht vom Himmel runterholen, Noga, ihr habt gewiss geeignete Mittel, um das zu verhindern.«

»Das jagt mir die meiste Angst ein, Abigail.« Sie schmiegte sich an mich, suchte Schutz an meinem Leib. »Und ich fürchte, vor lauter Angst Unsinn zu machen. Ich spüre das beim Fliegen.«

Ich erwog, ihr eine erneute Therapie bei mir zu empfehlen, wusste jedoch, dass ich kein Wundermittel für sie hatte, und wollte unsere Freundschaft nicht verlieren. »Kannst du es verdrängen, bis ich eine Lösung habe?«, fragte ich, weil mir schon eine Idee kam.

»Wenn du's versprichst, dann ja«, antwortete sie und richtete sich aus ihrer kindlich geduckten Haltung auf. »Schon jetzt fühle ich mich besser, danke, dass du mir hilfst.«

»Das kommt, weil ich dich liebe«, sagte ich, und die ganze Zeit wich der stumme Blick des Wirts jenseits des Tresens nicht von uns.

Nivis Mutter teilte mit, er werde diese Woche nicht zur Therapie erscheinen. Auf meine Nachfrage antwortete sie, er habe jemanden im Supermarkt angegriffen und sei in eine Klinik eingewiesen worden. »Oje«, sagte ich und bat um Einzelheiten. Sie erzählte, es habe einen Streit an der Kasse gegeben, Nivi meinte, die Kassiererin habe sich bei dem Preis einer Ware geirrt, und wollte nicht weichen, bis sie den Fehler korrigiert hätte. Es ging um eine Dose Kalamata-Oliven aus Griechenland (Nivis Lieblingssorte, erklärte seine Mutter). Nivi dachte, sie sei im Angebot, doch die Kassiererin beharrte, das habe er falsch verstanden. Die Filialleiterin wurde gerufen, mittlerweile mischte sich ein Mann aus der Schlange ein, Nivi solle bitte nicht die Kasse blockieren, er halte ja alles auf. Sie schrien sich an, der Mann war Nivi nicht wohlgesinnt, sie gerieten aneinander, Nivi schlug ihm ins Gesicht und brach ihm das Nasenbein. Tumult brach aus, und man rief die Polizei, die Nivi festnahm. Seine Mutter war zur Wache gelaufen, um mit den Beamten zu reden, ihnen die Lage zu erklären: Er sei vom Militärdienst her psychisch gestört und müsse behandelt werden. Daraufhin wurde der Bezirkspsychiater eingeschaltet, der seine Einweisung in die Klinik verfügte.

»Verzeihen Sie meine Bitte«, sagte Nivis Mutter ausgesucht höflich, »aber Nivi lässt fragen, ob Sie ihn dort besuchen könnten.«

»Gewiss doch«, sagte ich sofort. Ich fühlte mich verantwortlich für ihn, und die Hingabe seiner Mutter ging mir zu Herzen. Gleich am nächsten Tag besuchte ich ihn. Er war auf der halb geschlossenen Station, das heißt, er durfte nicht beliebig ausgehen, aber Besuch empfangen. Sofort erkannte ich seinen verschlechterten Zustand: Seine Gesten waren besonders fahrig, und er verzerrte andauernd das Gesicht. Ich war nicht sicher, ob ich in dieser Lage ein Gespräch mit ihm führen konnte. »Siehst du, Nivi«, sagte seine Mutter, »du wolltest gern, dass Abigail kommt, und hier ist sie.«

Wir saßen im geschlossenen Innenhof an einem hölzernen Picknicktisch. In der Ecke stand ein weiß gekleideter Pfleger, der das Geschehen beaufsichtigte. Nivi hatte ein aggressives Grinsen im Gesicht. »Ich will dich was fragen«, begann er fieberhaft, wirbelte unablässig die Hände umeinander. »Erinnerst du dich, dass ich einen Tag vor dem Einsatz zu dir gekommen bin und dir gesagt habe, dass ich den nicht mitmachen will, dass ich Angst habe, weißt du noch?«

Nicht gut, dachte ich. »Ja, ich erinnere mich«, sagte ich, konnte nicht lügen. Nivi schnaubte triumphierend. »Ich habs dir gesagt«, blaffte er seine Mutter an, »und du hast mir nicht geglaubt. Hast mir gesagt, du vertraust ihr, meintest, nur sie könnte mich kurieren, nicht wie die anderen, die mich mit Medikamenten vollgepumpt haben. Und ich wollte ihr auch vertrauen. Wollte mich nicht an unangenehme Dinge erinnern. Aber schau, Mama, ich bin wieder in der Klinik gelandet, sie hat mir überhaupt nicht geholfen.« Nun blickte mich auch seine Mutter böse an.

»Warum hast du mir damals nicht zugehört?«, wollte Nivi von mir wissen, seine Füße sprangen unaufhörlich.

»Ich habe dir zugehört«, sagte ich leise, »du hast gesagt, du hättest Angst. Angst ist natürlich bei Soldaten. Man kann nicht jeden ängstlichen Soldaten zurücklassen.«

»Aber ich habe richtiggehend geschlottert, daran musst du dich doch erinnern. Konnte gar nicht richtig sprechen. Hab dir erklärt, dass ich kaputtgehe.« Nivi kam auf die Beine. Andere Patienten, die auf dem Hof spazierten, begannen sich um uns zu scharen, witterten Action. »Ich hab dich angefleht, mich nicht loszuschicken. Und du hast nichts damit angefangen.«

»Du warst schon lange Soldat, Nivi, kurz vor der Entlassung, hast den ganzen Wehrdienst gut absolviert.« Ich versuchte, Ruhe zu bewahren. »Ich habe darauf vertraut, dass du durchhältst, konnte das Geschehen nicht voraussehen.« Ich erzählte ihm nicht, dass ich gleich nach seinem Weggang aus meinem

Büro seinen Kompaniechef angerufen hatte, der jedoch meinte, Nivi hätte schlichtweg Angst, und er werde ihn keinesfalls von dem Einsatz freistellen, denn das würde der Moral der ganzen Truppe schaden.

»Warum hast du mir nicht zugehört?« Nivi wippte mit dem Oberkörper auf und ab wie im Gebet. »Ich hab dir gesagt, ich kann nicht, und du hast mir mein Leben zerstört.« Zustimmendes Gemurmel kam von einigen anderen Patienten, die sich um uns versammelt hatten. Ich sah zu dem Pfleger hinüber, der zu weit weg von uns stand. Falls Nivi mich anfallen sollte, hätte ich keine Chance, er war weit größer und stärker als ich. Ich mag psychiatrische Kliniken nicht. Sie sind die Endstation, die Mülldeponie, das Abbild meines Misserfolgs. Ich hätte Nivi nicht zur Therapie annehmen dürfen, das war ein Fehler gewesen.

»Das höre ich jetzt zum ersten Mal«, sagte seine Mutter, »und ich verstehe nicht, warum Sie mir nichts davon erzählt haben. Ich verstehe nicht, was das heißen soll. Ich dachte, Sie wären in Ordnung, wären zuverlässig …«

Ich brauchte mich für nichts zu entschuldigen und konterte: »Er war ein gesunder Soldat von zwanzig Jahren, der die schwere Ausbildung der Fallschirmjäger problemlos überstanden hat. Angst ist keine seelische Störung. Alle haben Angst. Krieg ist nichts Normales. Er hätte auch umkommen können. Hätten Sie mir auch dann Vorwürfe gemacht?«

»Das stimmt nicht, was Sie sagen«, fauchte seine Mutter aufgebracht. »Nicht jeder ist für den Krieg geschaffen. Wenn einer schwach ist, muss man Rücksicht nehmen. Sehen Sie sich doch an, was ihm passiert ist, geben Sie wenigstens zu, dass Sie einen Fehler begangen haben. Ich weiß nicht, warum ich glaubte, Sie könnten ihn heilen.«

»Hör mal einen Augenblick zu, Nivi«, sagte ich, versuchte seinen wirren Blick einzufangen. In einem jähen Flashback sah ich in dem großen Mann vor mir, dessen Körper durch Medikamente und Tatenlosigkeit verkümmert war, wieder den jungen Soldaten, der mich damals verstört aufgesucht hatte, und mir wurde eng in der Brust. Er kannte sich ja, wusste, dass er vor die Hunde gehen würde, hatte bei mir Alarm geschlagen und um Hilfe geschrien, doch ich war untätig geblieben. »Hör mal, Nivi«, sagte ich leise, »du erreichst nichts damit, dass du mir die Schuld für das zuschiebst, was dir geschehen ist. Nicht ich bin schuld, sondern der Krieg, und ich bin nicht verantwortlich für Kriege. Ich möchte dir immer noch helfen. Sieh zu, dass du hier rauskommst, und suche mich in meiner Praxis auf, wir setzen die Therapie fort. Ich werde mich bemühen, dir zu helfen.«

»Ich erinnere mich an dein Zimmer«, sagte Nivi, als hätte er meine Worte gar nicht gehört. »Es war angenehm dort, nicht wie in den anderen Räumen beim Militär. Es gab einen weichen Sessel, du hast mir einen Platz angeboten, ich habe mich kurz wie ein Mensch gefühlt, nicht wie ein Gegenstand der Armee. Und du hast sehr schön mit mir gesprochen, hast gut geduftet, ich habe dich wie eine große Schwester betrachtet, habe für dich geschwärmt. Ich habe mich an damals erinnert, als du uns im Gelände besucht hast, wie rassig du da warst. Du hast gesagt, du würdest mit meinen Vorgesetzten reden, damit sie auf mich aufpassten, du würdest verstehen, wie schwer es für mich ist. Du hast es mir versprochen, aber nichts unternommen. Rein gar nichts. Umgebracht hast du mich.« Er schlug sich mit der Hand auf den Oberschenkel, mit Wucht, und brach in Tränen aus. Eine Hand berührte mich an der Schulter, ich sprang erschrocken auf. Es war der Pfleger, der mir leise sagte, ich sollte jetzt lieber gehen, es sei gefährlich, meine Anwesenheit bringe Unruhe.

Ich wollte mich von Nivis Mutter verabschieden, aber sie wandte das Gesicht ab. Ich ging schnell hinaus, fast im Laufschritt, musste fliehen, aber meine Füße fühlten sich an, als wären sie mit krummen Eisenstäben im Boden verankert.

Ich träumte, der Generalstab habe eine kleine Traueranzeige für mich in die Zeitung setzen lassen, unterzeichnet von Rosolio, und in dem schwarzen Rahmen ständen mein Rang und Name. Im Schlaf führte ich das auf eine Verschwörung zurück, die ich mit ihnen angezettelt hatte, irgendeine Geheimaktion. Ich meinte, nicht wirklich tot zu sein, war mir aber nicht sicher. Die ganze Nacht versuchte ich, mir den Plan im Einzelnen ins Gedächtnis zu rufen, sorgte mich darum, dass die Anzeige inzwischen Fakten schuf, Leute mich tatsächlich für tot hielten, aber ich durfte keine Richtigstellung veröffentlichen. Man hatte mich lebendig begraben. Patienten blieben weg, Schauli trauerte um mich, und ich schwieg. Auch als ich aufwachte, mich im Bett aufsetzte und mich vergewisserte, dass ich am Leben war, ging die Beklemmung nicht weg. Meine Finger brannten vor Anspannung.

Ich fuhr los, um die Scharfschützen auf ihrem Posten an der Grenze zu besuchen. Es hatte ein paar Wochen gedauert, bis ich die Genehmigung erhielt, denn ich musste die Leiterin der Abteilung für seelische Gesundheit, die mir den Auftrag erteilt hatte, erst davon überzeugen, dass der Besuch unerlässlich für die Fertigstellung des Berichts war. Ich zog die Uniform an, die ich sorgfältig gefaltet im Schrank verwahrte, dazu die schwarzen Militärschuhe, und betrachtete mich im Spiegel. Ich sah nicht mehr wie zwanzig aus, aber auch nicht lächerlich. Völlig in Ordnung. Die Rangabzeichen ließ ich weg, um die Soldaten nicht einzuschüchtern. Ich wollte sie auf Hochtouren beobachten, deswegen kam ich Freitagmorgen, wenn viele Randalierer die Grenze zu überschreiten versuchten. Auf dem Stützpunkt stattete man mich mit Helm, Schutzweste und Fernglas aus. Jona ließ seine Soldaten zum Abmarsch antreten, und dann fuhr man uns das kurze Stück bis zur Rückseite des Postens auf einer gegen Beschuss gesicherten Straße. Jona und die Soldaten legten sich paarweise nieder, in zehn Meter Abstand von einem Team zum anderen, jeweils ein Schütze und ein Beobachter, der bei der Ortung von Zielen und der präzisen Schussrichtung assistierte.

Jona winkte mich neben sich. Sein Gewehr war wunderschön. Von der Studie, die ich vor Jahren über Scharfschützen durchgeführt hatte, wusste ich, dass dies besonders teure und hoch entwickelte Gewehre waren, per Hand hergestellt in den USA und mit Zielfernrohr ausgestattet. Die Patronen befanden sich in einem eingebauten Magazinkasten, nicht in einem externen Magazin wie bei gewöhnlichen Gewehren. Als wir in Stellung lagen, fragte ich Jona nach der weitesten Distanz, aus der er jemals einen Menschen getroffen habe, und er antwortete, er hätte mal jemanden aus über einem Kilometer Entfernung getötet. Mir blieb vor Überraschung der Mund offen stehen, und er versicherte mir lachend, dass es stimme. Mein Staunen und sein Lachen brachen das Eis zwischen uns. Hier war die Entfernung geringer, wir lagen etwa zweihundert Meter vom Grenzzaun, für Scharfschützen ein Kinderspiel. Im Gelände wirkten Jonas Soldaten frisch und selbstsicher, anders als bei unserem abendlichen Gespräch im Aufenthaltsraum, und Jona strahlte in ihrer Mitte vor Schönheit. Seine Augen standen etwas schräg, und er sah aus wie geschminkt, so glatt war sein Gesicht. »Liegst du bequem?«, fragte er, als wir uns auf dem Erdwall ausgestreckt hatten. Ich bejahte.

Jenseits des Zauns liefen schon Menschen zusammen, waren aber noch weit weg, und Jona erklärte mir, in dieser Entfernung greife man nicht ein, erst wenn sie sich dem Zaun näherten. Wir lagen da und warteten auf sie, wie ein Angler, der auf eine Bewegung des Schwimmers an seiner Angel wartet. Jona war über Funk mit dem Bataillonsführer verbunden, der unweit von uns auf Spähposten saß. Lange geschah gar nichts, ich dachte schon, mich umsonst herbemüht zu haben, doch dann kam in der Ferne Bewegung in die Sache. »Da«, sagte Jona, »sie rücken an. Schau, sie haben alles Mögliche in den Händen und Hosentaschen. Das ist der morgendliche Vortrupp, sie testen uns.« Ein paar junge Männer in Jeans und Turnschuhen näherten sich dem Zaun, und ein Stück hinter ihnen ging ein junges Mädchen mit langer Bluse und Hidschab. Durchs Fernglas sah ich, dass ihre Augen mit Kajal geschminkt waren. Auch hier wollte sie den jungen Männern gefallen. Zwischen ihnen und uns verlief der Zaun, und dahinter ein kahler Streifen Niemandsland. Sie skandierten Parolen. Ich fragte Jona, ob er verstände, was sie sagten, und er antwortete nervös, er könne kein Arabisch. Und da, hoppla, schleuderte einer was in unsere Richtung, vielleicht ein Stück Eisen, das weit vor uns landete, und floh hastig zurück. »Siehst du ihn?«, fragte Jona leise seinen Beobachter, der bejahte. »Ich kann ihn jetzt umlegen«, erklärte mir Jona, »aber ich warte ab, er hat sich seinen Schuss noch nicht verdient. Schreib bitte in deinem Bericht, dass wir nicht blutdürstig sind.« Unterdessen hatte sich der Pulk auf der Gegenseite verdichtet, und die Araber schrien Worte, die im Wind verwehten. Jona neben mir duftete angenehm nach morgendlicher Dusche. Drüben schwenkten sie Schilder und spielten Musik, von der uns nur der Takt erreichte, ohne die Melodie. Schwarzer Qualm stieg von brennenden Reifen auf. »So kommen sie leichter ran an den Zaun, ohne dass wir sie sehen«, erklärte mir Jona. »Ihr Ziel ist, den Zaun durchzuschneiden und einzudringen.« Der dicke Qualm, der auf uns zutrieb, erschwerte das Atmen. Jona legte die Wange an den Kolben und sammelte sich, einatmen, ausatmen, konzentrieren, wie beim Meditieren, das sind die für einen Scharfschützen wichtigen Fähigkeiten. »Jetzt gehts los«, zischte er, und von der anderen Seite begann der Sturm auf den Zaun, von zig Menschen, im Qualm. Jona tuschelte im Funkgerät mit dem Bataillonsführer, sie stimmten Ziele ab. »Feuer«, befahl Jona leise, und gleich darauf fielen einige der Anstürmenden getroffen auf den trockenen Boden, und der unbeholfene Sturm kam unter Wutschreien zum Halten. Ich fragte, ob man sie erschossen habe, und Jona sagte, die Anweisung sei gewesen, sie nur zu verwunden, an den Beinen zu erwischen, aber wenn sie rannten, könne man nicht immer präzise sein. Durchs Fernglas sah ich, dass die Verwundeten der Gegenseite geborgen wurden. Einige stellte man auf die Beine, stützte sie unter den Achselhöhlen, und sie hüpften unter Schmerzensschreien auf einem Fuß. Die Übrigen legte man auf Tragbahren und rannte mit ihnen nach hinten. »Mir scheint, es ist keiner umgekommen«, meinte Jona, »aber Fußball spielen werden sie nicht mehr.«

Die dichte Menschenmenge auf der Gegenseite ordnete sich neu, und plötzlich preschten wieder ein paar Dutzend daraus hervor und rannten auf den

Zaun zu, warfen Sprengsätze und Molotowcocktails, die fern von uns explodierten. Ich staunte über ihre Kühnheit und Dummheit. Sie standen sicher total unter Drogen oder Gehirnwäsche, denn sonst würden sie sich doch kaum freiwillig töten lassen wie Fliegen, aber sie waren nicht Gegenstand meiner Studie, sondern anderer Leute Problem. Wieder begannen die leisen Absprachen in den Kopfhörern, und Jona sagte: »Siehst du den Mann, der da in der Mitte steht? Der jetzt die Hand hebt? Das ist der, der sie aufhetzt, in den Tod schickt.« Der Beobachter wies mit seinem Finger auf ihn, ein Mann in Schwarz, wie der böse Trainer in *Karate Kid*, er trieb die Jugendlichen mit Schreien und Gesten an, auf den Zaun loszulaufen und ihn möglichst zu überwinden, jagte sie in den Tod, während er selbst hinten blieb. »Gib mir deine Hand«, flüsterte Jona, ohne dass jemand es mithörte, »rück näher.« Er nahm sanft meine Hand, spreizte meine Finger und legte meinen Zeigefinger auf den Abzug. »Schau ihn dir durchs Fernglas an«, flüsterte er, »und jetzt schießen wir.« Ohne Erlaubnis einzuholen, ritt sein Zeigefinger auf meinem und drückte ab. Die Patrone sauste durch den langen Lauf und schlug ihre Flugbahn ein, und den Bruchteil einer Sekunde später sah ich den Schwarzgekleideten sich an den Bauch fassen und gekrümmt zusammenbrechen. Eine Blutlache bildete sich um ihn auf dem Boden. Ich nahm das Fernglas von den Augen. Stille umgab mich, und nichts drang darin ein. Ich schwieg. Wusste, dass jedes Wort, das ich sagen könnte, den Moment zerstören würde. Jona gab noch ein paar Schüsse ab, um den Ansturm endgültig aufzuhalten. Ich beobachtete von der Seite seine ruhige Arbeit, und als er das Gewehr kurz absetzte, sagte ich ihm, ich wolle gehen, hätte genug gesehen. »Okay«, sagte Jona und rief einen Soldaten, der mich sicher zurückbringen sollte. »Danke«, sagte ich, als ich gebückt den Posten verließ, und er wandte sich kurz um und sah mir in die Augen. Als ich in Sicherheit war, richtete ich mich auf, streckte die Glieder und lächelte vor mich hin. Ich fühlte mich perfekt.

Mendi kam zur Eröffnung seiner Ausstellung in die Stadt und merkte sofort, dass eine Veränderung mit mir vorgegangen war. »Was ist denn mit dir passiert?«, fragte er und musterte mich mit dem neugierigen Lächeln des Künstlers. Ich verriet es ihm nicht. Ich bin zu euch übergelaufen, dachte ich, in die andere Welt, und jetzt verstehe ich, wovon du redest. Ich begleitete ihn zu seiner Vernissage. Dort waren ein paar Dutzend Leute versammelt, die ihn oder die Galeristin kannten. Es gab Wein und Obst und mittelmäßigen Käse auf Plastiktellern. Alle dort waren zu alt, die Luft stand, und ich sehnte mich nach Jugend. Mendi trank billigen Kognak, umringt von einigen alten Freunden. Er unterhielt sie, sie lachten über jeden Unsinn von ihm, und die älteren Damen himmelten ihn bewundernd an. Es war ein verblichenes Abbild des Hofes, den er vor fünfundzwanzig Jahren gehalten hatte, als er noch der charismatischste und begehrteste Künstler der Stadt war und nach Belieben mit ihnen umsprang. Auch jetzt, als er in ihrer Mitte stand, war die Empathie aus seinen Zügen gewichen und nur die nackte Begierde geblieben. Plötzlich begriff ich, was seine Tochter in ihm sah, woran sie sich erinnerte und warum sie ihn hasste und ihm nicht zu vergeben bereit war.

»Haben Sie Ihren Vater nach meiner Mutter gefragt?« Es war die magere Galeristin, die mich in boshaftem Ton ansprach. »Nein«, sagte ich, »bin nicht dazu gekommen.« Sie sah mich ungläubig an. Mir missfiel hier alles, was sie gemacht hatte: die Präsentation von Mendis Arbeiten, die Vernissage und auch die geladenen Gäste. »Ich gehe«, sagte ich leise zu Mendi, »ich habe morgen schrecklich viel zu tun.« Er versuchte mich aufzuhalten, aber seine alten Bekannten nahmen ihn gleich wieder in Beschlag. »Du musst zurück ins Dorf«, flüsterte ich ihm ins Ohr, ehe ich ging. »Bleib nicht zu lange hier, diese Menschen sind nicht gut für dich.«

Ich ging hinunter zum Strand und bis an die dunkle Wasserlinie, der ich lange folgte, musste fliehen vor den Lichtern und die dunklen Schlammströme beruhigen, die in meinem Kopf mäanderten.

Spätnachts rief Mendi an und fragte hörbar angetrunken, ob er bei mir schlafen könne. Ich zögerte kurz und antwortete dann: »Nein, Mendi, tut mir leid, heute Nacht lieber nicht.« Ich wollte nicht mit in seinen Abgründen versinken. »Hast du denn sonst einen Schlafplatz?«, fragte ich, und er sagte: »Ich habe einen Haufen Möglichkeiten, brauche bloß eine meiner Bewunderinnen zu erwählen, aber ich fürchte, die würden in der Nacht über mich herfallen. Ich werde wohl einen starken Kaffee trinken und mich nach Hause aufmachen. Du hast recht, hier ist es nicht gut für mich.« Da hatte er mich doch noch zum Lachen gebracht.

Ich sammelte allen Mut und schrieb Jona, ich müsste ihn persönlich interviewen, ehe ich den Bericht einreichte. Er rief einige Stunden später an, klang überrascht und besorgt: »Ich dachte, wir wären schon durch damit.« Ich erklärte, er habe nichts zu befürchten, es sei praktisch eine reine Formsache, aber eine abschließende Befragung sei notwendig. »Wann?«, fragte er. »Möglichst bald«, antwortete ich. Jona sagte, in der Nacht seien sie am Zaun, aber am Morgen könnte ich kommen.

Den Rest des Tages war ich unruhig, und nachts konnte ich kaum schlafen, wachte immer wieder nervös auf. Gegen Morgen kapitulierte ich und machte mich fertig. Ich wollte mich nicht wie eine junge Frau anziehen, auch nicht wieder Uniform tragen, wählte schließlich einen kniefreien Rock und eine Kurzarmbluse und legte eine dünne Goldkette an. Ich probierte Lederstiefel, das war lächerlich bei dieser Hitze, aber ich hatte mir lange keine neuen Schuhe mehr gekauft. Daher kramte ich weiter im Schuhfach, bis ich Halbsandalen mit niedrigem Absatz fand, mit denen ich mich arrangieren konnte. Ich brach sehr früh auf, bei Sonnenaufgang, denn ich wollte Jona erwischen, bevor er sich nach seinem Dienst an der Grenze schlafen legte. Der Wächter am Tor öffnete mir sofort, wusste noch, wer ich war: die Frau Psychologin von den vorigen Besuchen. Ich schrieb Jona: »Ich bin da, wo bist du?«

»Bin gerade zurück, Wache ist beendet, bin gleich bei dir«, schrieb er. Ich fürchtete, ihn an diesem Morgen in anderem Licht zu sehen, aber als er auftauchte, war er so schön und markant wie an dem Morgen, als wir gemeinsam auf dem Posten gelegen hatten, und ich bekam Herzklopfen. Er sagte, es sei eine anstrengende Nacht gewesen, ein paar Handgranaten seien über den Zaun geflogen, und einer unserer Soldaten sei verwundet worden. »Sollen wir uns in den Aufenthaltsraum setzen?«, fragte er. Ich sagte, mir wäre ein ruhiger Ort lieber, vielleicht sollten wir auf seine Stube gehen. »Kein Problem«, sagte er, »mein Stubengenosse ist heimgefahren.« Vielleicht begehe ich einen Fehler, sagte ich mir, ich werde ihm nur ein paar Fragen stellen und mich davonmachen. Seine Stube befand sich in einem jener transportablen Betonwürfel, die man flüchtig auf dem Gelände des Stützpunkts verteilt hatte. Drinnen standen zwei einzelne Feldbetten mit buntem Bettzeug, das sie von zu Hause mitgebracht hatten, zwei Metallspinde, ein Elektrokessel, eine angebrochene Waffelpackung und ein Waschbeutel. Dazu fielen mir der starke Männergeruch und sein Scharfschützengewehr auf, das mit zwei Schlössern ans Bett angeschlossen war. »Jemand hat uns den Stuhl weggenommen«, entschuldigte er sich. »Wir müssen uns aufs Bett setzen, wenn es dir nichts ausmacht.«

»Macht mir nichts aus«, erwiderte ich lächelnd. Wir saßen eng nebeneinander auf seinem farbigen Bettlaken wie pubertierende Kinder, und ich war dermaßen aufgeregt und unsicher, dass ich nicht mehr wusste, wer größer war und was mich hergeführt hatte, aber er roch angenehm nach Rasierwasser, war ganz und gar glatt und sauber, und ich wusste, was ich schrecklich gern tun wollte, und da umarmte er mich, und ich schmiegte mich an ihn, und er knöpfte geduldig meine Bluse auf, mit seinen zarten Fingern.

Wie durch Zauberhand verschwand der Ausschlag auf meinen Fingern. Die Hand war makellos. Ich war wieder makellos, schlief nachts gut, verbrachte einige ruhige Tage und hatte nach vielen Jahren wieder das Gefühl, alles stehe mir offen, nichts enge mich ein.

Aber es gab immer noch Menschen, die mich bedrängten. Nivis Mutter schnaufte am Telefon, er sei aus der Psychiatrie entlassen worden, bestürmte mich, ihn wieder zur Therapie anzunehmen. Ich staunte über die Dreistigkeit der beiden und lehnte auf der Stelle ab. Ich halte es jetzt mit den Starken, sagte ich mir, und er zieht mich hinab, beschuldigt mich, will nicht wirklich geheilt werden. Sie fragte, ob es eine Geldfrage sei, und sagte, sie sei bereit, mehr zu zahlen. Ich erwiderte, dass ich ihr Geld nicht wolle. »Woran liegt es dann?«, wollte sie wissen. »Wie können Sie aufhören, ihn zu behandeln?« Ich erinnerte sie an unser Treffen in der Klinik, an die Anschuldigungen, mit denen sie mich beide überhäuft hatten, und sagte, die therapeutische Beziehung lasse sich meines Erachtens nun nicht mehr wiederherstellen. »Aber das sind Sie ihm doch schuldig«, wurde sie lauter. »Sie haben ihm das angetan.« Ich erwiderte ihr mit der Ruhe eines Scharfschützen, ich sei für nichts verantwortlich (ich nahm an, sie zeichnete das Gespräch auf), hätte mich nach besten Kräften bemüht, ihn zu behandeln. »Wer übernimmt dann die Verantwortung für ihn?«, fragte sie. »Ich nicht«, antwortete ich und trennte das Gespräch, als sie zu fluchen begann.

Ein großer Schwarm Segler kreiste vor meinem Fenster und ließ seine heiteren Schreie vernehmen. Jemand hatte mir mal erzählt, diese Vögel würden nie aufhören zu fliegen, selbst wenn sie schliefen. Aber als die Sonne unterging, verschwanden sie zwischen den Zweigen des Baums und verstummten.

Es war der achte Todestag meiner Mutter. Ich holte Vater ab, und auf dem Weg zum Friedhof kauften wir im Blumenladen einen Strauß Duftwicken, ihre Lieblingsblume. »Schau dir meine Finger an«, ich zeigte sie ihm, als wir an einer Ampel hielten, »völlig abgeheilt.« Er staunte wirklich und fragte, bei welchem Arzt ich gewesen sei. »Selbstheilung, Autosuggestion«, gab ich zurück, und er sagte, das glaube er nicht, der Körper sei zu listig und stark, als dass ich es selbst kurieren könnte. Er erinnerte sich nicht mehr an seine Prognose, wenn meine Finger abheilten, wüsste ich, dass ich auf dem richtigen Weg sei. »Tatsache«, sagte ich lächelnd, und mein Zeigefinger drückte fester aufs Lenkrad, erinnerte sich an seine Berührung mit Jonas Abzug und seinem hübschen Penis.

Auf Mutters Friedhof war kaum noch Platz für neue Tote. Nur wenige Beerdigungen fanden dort statt, und daher herrschte Stille. Vater setzte sich zum Ausruhen auf das Nachbargrab. Ein Herr namens Berti ruhte dort, und ein kleines Porträt von ihm zierte den Stein. Mutters Grabstein war eine schlichte Marmorplatte, auf der nur ihr Name mit Geburts- und Sterbedatum eingemeißelt waren, ohne Lobsprüche. Wir legten den Blumenstrauß nieder, Vater rezitierte das Lied *Und vielleicht sind die Dinge nie gewesen* der Dichterin Rachel, das meine Mutter geliebt hatte, und ich summte die Melodie dazu. In meiner Kindheit waren wir im Sommer in ein Erholungsheim in Galiläa, bei Safed, gefahren. Ich habe ein uraltes Foto von dort, auf dem ich in kurzen Hosen und Kindersandalen unter den Kiefern renne, während meine Eltern auf Liegestühlen ruhen. Ich nehme an, Vater dachte an die Pensionen, die Jung und Freud zur Sommerfrische im Gebirge aufsuchten. Als ich größer wurde, fuhren wir nicht mehr hin. Vater verließ nicht gern die Stadt, wollte sich nicht von seinem winzigen Reich entfernen, das von seiner Praxis bis zur Wohnungstür reichte.

Unvermittelt sagte Vater, er wolle unter oder über Mutter beigesetzt werden, sodass ein Grabstein über ihnen beiden läge. Ich sagte, meine eigene Beerdigung sei mir weitgehend egal, am liebsten sei mir ohnehin eine Feuerbestattung, denn der Gedanke an das, was da unten vor sich gehe, ekele mich an. »Das liegt nicht mehr in meinem Verantwortungsbereich«, sagte Vater. »Sprich mit deinem Sohn, das wird mal sein Problem.« Es war angenehm, dort in Ruhe im Schatten zu stehen, während ein Wind durch die Wipfel der Zypressen wehte. Vater sah sehr alt und krank aus. »Wenn du dich verbrennen lässt, kommst du bei der Auferstehung der Toten nicht mit hoch«, sagte er auf einmal. Ich war überrascht. »Was guckst du mich so an?«, fragte er. »Mir ist der törichte Glaube an die Auferstehung der Toten lieber als eure Geschichten über junge Männer, die heldenhaft ins Grab fahren.« Ich reagierte nicht, war durch mit dem Streiten, brauchte es nicht mehr. »Du wolltest Kaddisch sagen«, erinnerte ich Vater, und er sprach es im Stehen auswendig in fließendem, fehlerfreiem Aramäisch. »Auf Wiedersehen, Mama«, sagte ich, und plötzlich überlief mich eine Welle der Trauer um sie.

Am Ausgang des Friedhofs bat Vater mich, auf ihn zu warten. Er wollte ins Büro, um den Preis für eine Bestattung in zwei Schichten zu erfragen. Ich sagte ihm, ich sei gleich zurück, und steuerte das Textilgeschäft an, das sich seltsamerweise neben dem Friedhofstor befindet. Es ist eine modische und teure Boutique für Damenbekleidung, die dank des Lebensdrangs eleganter Witwen und Waisen floriert. Ins Schaufenster hatte die Inhaberin geschäftstüchtig ein kleines Schwarzes gehängt, das höchstens bis zu den Knien reichte und als Trauerkleid, aber auch zum Ausgehen am Abend getragen werden konnte. Ich sagte, ich wolle es anprobieren, und betrat die kleine Kabine, dachte an Rosolio und an Mendi und an Jona, wer von ihnen es wohl mögen würde, betrachtete mich von vorn und hinten in den Spiegeln und ging geradewegs zur Kasse, bevor ich einen Rückzieher machte. Mit der Tüte kehrte ich zurück zum Friedhofsamt, wo Vater einem bärtigen Mann mit weißem Hemd und schwarzem Hut von der Beerdigungsgesellschaft gegenübersaß und ihm einen Scheck ausstellte. Beim Hinausgehen, auf seinen Stock gestützt, sah Vater hochzufrieden aus, als hätte er ein gutes Geschäft gemacht. »Billiger, als ich dachte«, sagte er, »und jetzt ist alles geregelt, ich wollte dir das nicht aufbürden.« Ich umarmte ihn, und er lehnte sich an mich. »Ich habe mir unterdessen ein Kleid gekauft«, erzählte ich. »Prima, ich bin froh, dass du anfängst zu leben«, sagte Vater und fasste mich an der Hand wie ein kleiner Junge.

Bevor ich von Rosolio schwanger war oder überhaupt diese Idee wälzte, hatte meine Mutter mir gesagt, ich besäße nicht genug weibliche Zartheit, und deshalb bemühten sich Männer nicht um mich. Daher kaufte sie mir jede Woche etwas Feminines – Ohrringe, Parfüm, zarte Spitzenblusen –, meinte, damit fände ich vielleicht einen Partner. Sie schenkte mir sogar eine Schallplatte mit türkischen Liebesliedern – Mutter war in der Türkei geboren –, damit ich davon lernen sollte, wie sich eine leidenschaftliche Frau anhört. Und einmal fragte sie mich rundheraus, ob ich nicht auf Männer stände, und ich antwortete, sie solle keinen Unsinn reden. Ich konnte ihr nicht erklären, dass ich – wann immer Vater sie oder mich anschaute oder mit uns sprach – aus seiner Miene ersah und aus seiner Stimme heraushörte, dass eine Frau für ihn immer noch Gebärmutter und Hysterie und Penisneid war, denn das stand in den alten Büchern aus Europa, die die Wände seiner Praxis füllten und die für ihn heilige Schriften waren. Ich wollte sie zerreißen, Schluss mit all dem machen, eine neue Psychologie erschaffen – damit er mich nicht so betrachtete.

Ich erklärte den jungen Bataillonsführern (mein Kurs näherte sich dem Ende), wie mit Kriegstraumatisierten umzugehen sei. »Endlich was Praktisches«, hörte ich sie tuscheln. »Ich brauche zwei Freiwillige«, sagte ich, und einige meldeten sich. Ich entschied mich für einen Major von der Golani-Brigade mit feinen Gesichtszügen, der bisher still dabeigesessen hatte, ohne sich zu beteiligen, immer meinen Worten nachzuhängen schien. »Komm«, bat ich ihn auf die Bühne. Danach wählte ich einen Panzeroffizier, der während der Vorträge gern quatschte, ein molliger, redseliger Typ, der die Bühne mit dem breiten Lächeln eines Komödianten bestieg. Ich erklärte ihnen die Szene: Sie beide seien Soldaten bei einem Gefecht auf feindlichem Gebiet. Der Panzergrenadier sei abgedriftet, ein Kamerad war neben ihm gefallen, und seither reagierte er nicht mehr auf Befehle, schoss nicht, suchte nicht mal Deckung, lief nur apathisch in der Gegend herum. »Du musst dich um ihn kümmern«, sagte ich zu dem Golani-Offizier, »es gibt keinen Psychologen, keinen Psychiater, ihr seid unter Beschuss, und dein Kamerad schaltet nicht mehr. Was tust du?« Er blickte auf den Panzergrenadier, der seine Rolle ernsthaft zu spielen begann, und wusste keine Antwort.

»Als Erstes nimm ihn mit in Deckung«, instruierte ich ihn, und er nahm den Panzergrenadier bei der Hand und zog ihn im Laufschritt in eine andere Ecke. »Da, jetzt seid ihr in Deckung. Sprich ihn mit Namen an und frag ihn: Was ist los? Wie fühlst du dich? Was war denn? Hast du Angst?«

Einige Alberne im Saal lachten, aber die anderen brachten sie zum Schweigen. »Ich kann nicht mehr«, sagte der Panzergrenadier, »ich muss hier weg, will heim zu Mama.«

»Willst du mich allein lassen?«, fragte sein Kamerad. »Wie soll ich allein gegen sie kämpfen?«

»Du kannst mit mir fliehen«, sagte der Traumatisierte. »Ich versteh nicht, was wir hier sollen, ich hab Angst zu sterben.«

»Man schießt auf euch«, hob ich die Stimme, »die Welt geht unter, Geschosse schlagen ein, Handgranaten explodieren, Verwundete schreien.«

»Du musst mir helfen«, sagte der Golani-Offizier. »Ich kann nicht ohne dich.«

»Er will aber nicht«, warf ich ein. »Er will fliehen.«

»Was soll ich dann tun?«, fragte er verwirrt.

»Sag ihm, er soll tief durchatmen und kurz die Augen schließen. Sich etwas beruhigen. Momentan ist er verschreckt wie ein gejagtes Tier. Sein Herz schlägt zu schnell. Die Angsthormone überschwemmen ihn. Du musst ihn wieder zum Menschen machen.«

»Hol tief Luft«, sagte er zu dem Panzergrenadier und fasste ihn an der Schulter. »Mach die Augen zu und denk an ein Lied, das du magst. Was Ruhiges. Sing es dir vor.«

Der Panzeroffizier schloss gehorsam die Augen. Der ganze Saal schwieg. Es war der Moment der Wahrheit. »Jetzt nimm ihn in die Arme«, sagte ich zu dem Golani-Mann. Beide standen nun eng umschlungen, wie ein Paar beim Stehblues. »Komm mit zu unserem Zug«, redete er sanft auf seinen Kameraden ein. »Wir bringen den Job zu Ende und bleiben am Leben. Es wird alles gut. Komm mit. Ich schütze dich.« Sanft und natürlich ging er mit ihm um, bis der Panzergrenadier den Kopf hob und das imaginäre Gewehr packte, bereit zu kämpfen, bereit zu sterben.

Sie stiegen Schulter an Schulter von der Bühne, dick und dünn, und als sie sich durch die Reihen zu ihren Plätzen schlängelten, klopften die Kameraden ihnen auf die Schultern und lobten sie, und auch mich bedachten sie mit anerkennenden Blicken für die schöne Vorstellung mit dem guten Ende, die ich für sie inszeniert hatte. Wäre es in echt nur auch so einfach.

Schauli stand zwischen seinen Kameraden bei der feierlichen Verleihung des roten Baretts auf dem Munitionshügel in Jerusalem, nach einem Fußmarsch von sechzig Kilometern. Sein Gesicht hatte feine Züge und war von einem Strahlenkranz umgeben wie auf christlichen Heiligenbildern. Alle waren erschöpft von der Anstrengung, aber das erhabene Gefühl hielt sie wach. »Es gibt keine Schöneren auf Erden«, sagte eine Mutter, die neben mir auf der Tribüne saß. »Stimmt«, sagte ich, »es gibt keine Schöneren.« Ich kniff mich gegen den bösen Blick und unterdrückte die düsteren Gedanken, die dieser Satz bei mir auslöste.

Da ich sehr früh gekommen war, hatte ich Zeit gehabt, ein wenig durch die Schützengräben auf dem Hügel zu streifen, wo die legendäre Schlacht stattgefunden hatte, und als ich Schauli nun vor mir sah, fragte ich mich, ob er fähig wäre, sich in diesen Gräben zu opfern, in das Höllenfeuer zu stürmen, wie es von ihm erwartet wurde. All die Wimpel und Fahnen, die Heimatlieder, die aus den Lautsprechern schallten, die roten Baretts, die stolzen Tränen der Mütter und die festen Umarmungen der Väter waren doch darauf angelegt, sie auf diesen Moment des Sturms vorzubereiten, ihnen ein Verantwortungsgefühl zu vermitteln, damit sie im entscheidenden Moment nicht zurückschreckten.

Die Zeremonie verlief würdig, die Rede des Brigadechefs fiel kurz und sachlich aus. Er begann erwartungsgemäß mit der heiligen Schlacht, die 1967 hier stattgefunden hatte, und endete mit den Herausforderungen, die uns noch bevorständen. Ich saß im Zuschauerbereich, ohne Begleitung, wie bei den Feiern im Kindergarten und in der Schule, den Kindergeburtstagen, war gewöhnt an die fragenden Blicke ringsum: Warum ist sie allein, sieht doch ordentlich aus, eine von uns, wo sind ihre anderen Kinder, wo ihre Eltern, und der Lebenspartner, was denn, hat ihr Soldat keinen Vater? Männer warfen mir Blicke zu, mein Alleinsein zog sie an, ich ging nicht unter in dem allgemeinen Familienbrei. Mich schauderte, und ich war froh, einen leichten Pulli mitgebracht zu haben, denn in Jerusalem waren die Abende um diese Jahreszeit noch kühl. Nun gingen die Truppenführer zwischen den Soldaten umher, klopften ihnen lächelnd auf die Schulter und setzten ihnen das rote Barett auf den geschorenen Kopf. Die Mutter neben mir fing an zu schluchzen. Auch ich empfand Stolz, aber die Sorge tropfte wie Gift in mich ein und gewann die Oberhand.

Nach der Zeremonie ging ich hinunter zu Schauli, näherte mich ihm ehrfurchtsvoll, und er ließ sich fest von mir in die Arme nehmen, sein Gewehr drückte in meine Rippen. »Du hast es geschafft«, sagte ich, von ihm ablassend, und er lächelte verlegen. In seinen Augen verblieb ein Mangel, den ich nicht füllen konnte. »War der Geländemarsch schwer?«, fragte ich, und Schauli antwortete: »Ja, das halbe Land haben wir durchquert, aber es war schön, tut mir direkt ein bisschen leid, dass es zu Ende ist.«

Rührung allenthalben. Die Familien scharten sich um ihre Helden, und die Freundinnen küssten und umschwärmten sie, frische, fröhliche junge Mädchen. Die Jungs waren nun neu und perfekt, das Rot passte zu den olivgrünen Uniformen, es war nicht die richtige Zeit, sich auszudenken, was ihnen später mal zustoßen könnte. Ich dachte an die vielen Soldaten, die ich im Dienst kennengelernt hatte, nur wenige Gesichter hatten sich meinem Gedächtnis eingeprägt, die meisten waren Statisten geblieben, die in Dreierreihen antraten und wortlos Befehle befolgten.

»Was nun?«, fragte ich ihn. Ringsum ging der Trubel weiter, und Schauli sagte, sie hätten ein paar Tage Urlaub bekommen, und danach würden sie zu ihren Bataillonen geschickt. »Warum ist Opa nicht gekommen?«, fragte er enttäuscht, und ich erwiderte, Opa gehe es nicht gut und er könne kaum laufen. Das war nicht die ganze Wahrheit. Als Vater hörte, dass die Zeremonie auf dem Munitionshügel stattfinden würde, hatte er gesagt, solche Orte könne er nicht mehr aufsuchen, da stänke es nach Tod, und ich sollte Schauli ausrichten, dass er Sehnsucht nach ihm habe. »Willst du es nicht für den Jungen tun?«, hatte ich gefragt, und er antwortete, das Beste, was man für den Jungen tun könne, sei, ihn nicht zum Sterben zu ermutigen.

Einer von Schaulis Vorgesetzten, ein junger Oberleutnant, trat zu uns und klopfte ihm fest auf die Schulter. »Ah, du bist die berühmte Mutter, sehr angenehm«, sagte er. »Warum berühmt?«, fragte ich, und er erklärte, in der Brigade kursierten Geschichten über mich und dass es sich bei mir um die legendäre Militärpsychologin handle. »Ich hatte nicht gedacht, dass ihr die Verbindung herstellen würdet«, sagte ich, geschmeichelt und verlegen, und sah, dass Schauli rot wurde und sich am liebsten in den Erdboden verkrochen hätte. »Wir wissen alles«, sagte der Offizier. »Und alle Achtung, dass ihr die Familientradition fortführt.« Damit ging er zufrieden lächelnd zur nächsten Familie. »Sag mal, weißt du, was sie über mich erzählen?«, fragte ich Schauli, kurz schwindlig und besorgt, und er schüttelte den Kopf. Nein, er habe keine Ahnung.

Danach fanden wir eine ruhige Ecke, ich konnte ihn nicht allein lassen, solange alle Familien noch da waren. Wir wurden an den Rand gedrängt und gaben sicher das Bild eines unbeliebten Kindes und einer es umsorgenden Mutter ab. Hin und wieder kam ein anderer Soldat vorbei und klatschte mit Schauli ab, aber er war bedrückt. Ich beobachtete die Familien, die fröhlich schwatzten, während wir dagegen wie Trauerklöße wirkten. »Bist du müde?«, fragte ich Schauli. »Vielleicht bist du dehydriert?« Doch er sagte, er habe genug Wasser getrunken. Ich überlegte, was ihn freuen könnte, aber mir fiel nur die Geschichte ein, wie ich einen Mann an der Grenze getötet hatte, und darüber durfte ich nicht sprechen. »Warum bist du traurig?«, fragte ich schließlich, hatte es satt, um den heißen Brei herumzureden.

»Ich bin nicht traurig«, antwortete Schauli und senkte die Augen, »ich fühle mich einfach allein.«

»Oh, Schauli.« Ich schloss ihn in die Arme und wäre um ein Haar in ein stilles Eckchen verschwunden, um Rosolio anzurufen mit der Bitte, Schauli zu treffen, damit er doch einen Papa hätte. Bei Sonnenuntergang räumte man das Festgelände, und die Familien zerstreuten sich. Ich sah ihm seinen Herzenswunsch an: Ich sollte ihn dort wegholen, aber das ging nicht, dafür war es zu spät, sein Spiel ums Überleben hatte bereits begonnen. »Geh zu deinen Kameraden«, gab ich ihm den besten Rat, den ich parat hatte, »sie mögen dich sehr. Sondere dich nicht von ihnen ab. Sie sind jetzt deine Familie.«

Abmarschbefehle hallten durch die Luft, die Feier war zu Ende, und er stand auf, um sich den anderen anzuschließen. »Bist du okay?«, fragte ich ihn beim Abschied.

»Ja, hundertprozentig.« Er rang sich ein Lächeln für mich ab, aber seine Augen blieben traurig. »Ich hab mich wieder berappelt, mach dir keine Sorgen, alles in Ordnung.«

»Ich fliege mit bei der Flugschau der Luftwaffe, komm mir zusehen«, schrieb Noga und schickte ein Foto von sich neben dem Hubschrauber, im Fliegeroverall, eine Retro-Fliegerbrille über den Augen und ein Lächeln um den Mund. Dem Mädel geht es offenbar gut, wenn es so angibt, dachte ich. Klar werde ich ihr zuschauen.

Am Unabhängigkeitstag machte ich mich auf zum Strand, ging im Menschenstrom über den Boulevard zwischen Ständen, die Schaumsprühdosen und Plastikfähnchen verkauften. Ich fand ein Plätzchen auf der Klippe mit Blick über die Küste, setzte eine Sonnenbrille auf und spähte gen Norden in den sonnigen Himmel. Die Menschen drängten sich ringsum, wollten unsere Stärke sehen. Zuerst kamen zwei große, dickbauchige Transportflugzeuge, und die Zuschauer klatschten ihnen Beifall. Dann warteten wir längere Zeit unter leerem Himmel, bis eine Viererstaffel von Akrobatikflugzeugen aufkreuzte, Loopings vollführte und weiße Rauchblumen ans Firmament malte. Ich hielt den Atem an, als die Maschinen fast bis zur Wasserfläche herabzogen und dann erneut nach oben schossen. Wie mutig diese Piloten sind, dachte ich, und wie seelisch ausgeglichen sie sein müssen, um die Konzentration beizubehalten und nicht über den Zuschauern oder ins Meer abzustürzen. Wieder eine Pause. Als Schauli noch klein war, hatte ich ihn einmal zur Flugschau mitgenommen, aber die Sonne hatte ihn so geblendet, dass er kaum hochgucken konnte. Als die Kampfflugzeuge dann mit Mordslärm anbrausten, hatte er geweint vor Schreck, und seither waren wir der Schau ferngeblieben. Aber bald würde Noga am Himmel auftauchen, und sie hatte mich gebeten, ihr zuzuschauen.

Jemand berührte mich an der Schulter. Ich wandte mich um, und es war Mendis Tochter. Ich war überrascht, sie zu sehen, mit ihrem Mann und den beiden Kindern, ein schönes Lächeln auf dem Gesicht. Sie stellte mir ihren Mann vor, und er drückte mir die Hand. Ihre Familie strahlte Stärke aus. Ich freute mich, sie so zu sehen, und war mir bewusst, dass ich selbst einen einsamen Eindruck erwecken musste, allein auf der Klippe, in Erwartung der angaloppierenden Reiterarmee. »Schalom, Kinder«, sagte ich und fügte irgendwie entschuldigend hinzu: »Meins ist schon groß.« Genau da hörte man das Knattern der Hubschrauber, und ich hob die Augen gen Norden, um sie nicht zu verpassen, drei fliegende Festungen, ihre Metallkörper zu Ecken und Kanten verzogen wie bei einer komplizierten Papierfaltung. Einen von ihnen lenkte Noga. Ich sah im Geist ihren konzentrierten Gesichtsausdruck, ihr gesund glänzendes Haar unterm Helm zusammengefasst, und ihre empfindsamen Hände, die die Fluginstrumente bedienten, hörte ihre knabenhafte Stimme, als sie leise über Funk mit dem Copiloten sprach. Ich hielt den Atem an. Sie flogen gleichmäßig wie Drachen aus einer anderen Welt. Die Zuschauer staunten und applaudierten, als könnten die Piloten sie dort oben hören. Ich klatschte begeistert mit und winkte, ohne Verlegenheit oder Schuldgefühl, dies war ein Moment reinen Stolzes. Doch die Hubschrauber flogen schnell weiter gen Süden, zur nächsten Stadt, bis sie dem Auge entschwanden. Ich suchte Mendis Tochter hinter mir, wollte erneut ihr Gesicht und die Gesichter ihres Mannes und der Kinder sehen, freute mich, dass sie Guten Tag gesagt hatte und mir nichts nachtrug, anscheinend hatte ich ihr doch ein wenig geholfen. Aber sie waren schon weitergegangen. Am Strand zog wieder Stille ein, allerdings nur kurz, denn unter furchtbarem Getöse tauchte eine Dreierstaffel Kampfflugzeuge auf. Eines von ihnen schoss hoch auf zum Firmament, fast bis zur Sonne.

Ich ging mit der Menge zurück stadteinwärts. Schrieb Noga, dass ich sie gesehen hatte, stolz auf sie war, dass sie großartig sei. Sie schickte mir ein Herzchen zurück, schrieb »Danke für alles« und fügte ein Kuss-Smiley hinzu.

Gegen Abend, am Ausgang des Unabhängigkeitstags, kam Jona mich besuchen. Ein anderes Scharfschützenteam hatte den Posten am Zaun bezogen, und er war für den Feiertag beurlaubt worden. Mit seinem blassgrünen Blick musterte er erst die Wohnung, dann mich. Ich hatte enge Jeans und ein hübsches Trikotshirt für ihn angezogen. Schauli war nicht heimgekommen, und so hatten wir die Wohnung für uns. In Zivil wirkte Jona sogar noch schmaler und jünger als in Uniform. Er hatte das Auto seiner Eltern genommen und fast zwei Stunden zu mir gebraucht. Ich fragte ihn, ob wir kurz spazieren gehen sollten, und war erleichtert, als er verneinte – wie hätte ich ihn wohl auf der Straße vorstellen sollen. Ich bat ihn, ein bisschen zu reden, wollte seine Stimme hören. Der Festtagstrubel hatte sich um diese Tageszeit schon gelegt, und nur die Segler kreisten irre lärmend in der Dämmerung.

»Was soll ich denn sagen?«

»Erzähl, was du gestern Abend gemacht hast«, bat ich.

»Ich bin zur Festbühne bei uns gegangen«, begann er gehorsam. »Dort waren keine berühmten Sänger, nur welche aus dem Ort, Laien. Und eine Tanztruppe. Ich war mit meinen kleinen Brüdern dort, hab zwei. Danach sind sie mit ihren Freunden losgezogen, und ich bin kurz allein rumgelaufen, habe Bekannte getroffen, sie haben mir die Hand geschüttelt, sie wissen, was ich beim Militär mache, und schätzen mich deshalb. Alle Achtung, sagten sie zu mir. Dann habe ich den Mann mit den roten Zuckeräpfeln gesucht, die sind mir das Liebste am ganzen Unabhängigkeitstag, aber dieses Jahr war er nicht da, ich weiß nicht, warum, war etwas enttäuscht darüber. Deshalb bin ich durchs Tor des Ortes rausgegangen auf die Landstraße, am Waldrand entlang, wollte ein wenig Ruhe haben. In der Ferne sah ich das Feuerwerk. Danach bin ich heimgekehrt und habe mich schlafen gelegt. Am Morgen hast du mir geschrieben, ich sollte kommen. Und da bin ich.«

»Warum bist du zu mir gekommen?«, wollte ich wissen, und obwohl die Frage ihn überraschte, ließ ich nicht locker: »Was willst du von mir?« Ich stellte ihn auf die Probe.

Er blickte sich im Zimmer um, wie eine Straßenkatze, die in eine fremde Wohnung geraten ist und einen Fluchtweg sucht. »Weil ich Lust hatte, mit dir zusammen zu sein«, sagte er nach kurzer Überlegung. »Weitere Gründe habe ich nicht.«

Das reichte mir. Ich hätte andere, kompliziertere Erklärungen finden können, über Geschlechts- und

Todestrieb und über Mutter-Kind-Syndrome und über den Bund, der zwischen uns entstanden war, als wir gemeinsam den Abzug drückten, aber ich wollte nicht zu viel Intellekt hereinbringen. Es fühlte sich für ihn gut an, bei mir zu sein, das genügte. »Gut, du kannst mit mir zusammen sein«, sagte ich, und er stand auf und setzte sich neben mich aufs Sofa.

Ich legte seinen kindlichen Kopf auf meine Schulter und seine Hand auf meinen Schoß. Die Sonne ging unter, und ich machte kein Licht an. Der Feiertag war vorüber. Er wandte mir das Gesicht zu, um mich zu küssen, er hatte einen süßen Geschmack im Mund, und seine Hand versank in meinem Schoß. Da kam mir eine Idee. »Komm«, sagte ich, nahm ihn an der Hand und führte ihn in den Flur zur Praxis.

»Was ist das hier?«, fragte er.

»Hier arbeite ich«, antwortete ich, »und jetzt werden wir hier zusammen sein.« Ich schloss die Tür, als sei ein Patient bei mir, schaltete aber nur die Schreibtischlampe an. Ich entkleidete mich vor ihm, Hose, Bluse, trug hübsche, kleine Dessous, und das schummrige Licht verdeckte das, was ich ungern zeigen wollte. Unsere Schatten krochen groß über den Bücherschrank. »Setz dich, Jona.« Ich deutete auf meinen Sessel und kniete nackt vor ihm nieder.

Die Nachricht von Vaters Einlieferung ins Krankenhaus erreichte mich in einem grauen Vorstadthotel, wo die Abteilung für seelische Gesundheit ein Seminar für über hundert Militärpsychologen aus allen Einheiten abhielt. Ich erklärte ihnen, wie wir die Soldaten diesmal auf Sturm und Sieg vorbereiten wollten. Um die Geschädigten würden wir uns kümmern, ohne den Angriff aufzuhalten. Das war eine wesentliche Änderung der Strategie. Hier und da regte sich Widerstand, aber die meisten betrachteten es als erfrischende Neuigkeit, wollten auch am Sieg teilhaben. Erst als wir zur Mittagspause rausgingen, sah ich, dass Vater mehrmals versucht hatte, mich anzurufen. Ich rief sofort zurück, aber er antwortete nicht. Ich versuchte es immer wieder, bis eine fremde Frauenstimme antwortete. »Ich bin Krankenschwester, er liegt bei uns«, sagte sie und berichtete, ein Rettungswagen habe ihn ins Krankenhaus gebracht.

»Was ist denn passiert, ist er okay?«, fragte ich.

»Okay ist er nicht, sonst wäre er ja nicht im Krankenhaus gelandet«, mahnte die Schwester, »aber er kann sprechen. Möchten Sie ihn haben?«

»Was ist geschehen, Papa?«, fragte ich, und er antwortete mit schwacher Stimme, ihm sei schlecht geworden und er sei zu Hause umgekippt. Die Sanitäter vom Roten Davidstern hätten die Tür aufbrechen müssen, weil er es nicht bis dahin geschafft hatte. »Wo warst du, warum hast du nicht geantwortet?«, fragte Vater, und ich erzählte es ihm.

»Geht es dir jetzt besser?«, fragte ich.

»Ich häng an Schläuchen. Genau das, was ich nicht wollte. So will ich nicht enden. Bring mir das in dem Umschlag, den ich dir gezeigt habe, ich will es griffbereit haben.«

»Ich komme, sobald ich kann«, sagte ich, da er mir nicht in akuter Gefahr zu schweben schien.

»Komm jetzt, Abigail!« Vater klang panisch. »Ich will hier nicht allein sein, die haben mich bald ganz in der Gewalt.«

Aber ich konnte das Seminar nicht mittendrin abbrechen. Es war schwierig gewesen, die Psychologen aus allen Truppenteilen zusammenzukriegen, und diese Fortbildung war wichtig im Hinblick auf das uns Bevorstehende. »Ich komme bald, Papa, so schnell ich kann«, sagte ich.

Ich war in Hochform an diesem Tag, ließ die Teilnehmer an meinem Wissen und meiner Erfahrung teilhaben, vermittelte nicht einfach Fakten, sondern durchbrach Denkbarrieren, war wieder das hochbegabte Kind, das alle in Staunen versetzte, mit der Stärke einer Mörderin. Wir beendeten die Abschlussdiskussion am Nachmittag, und als ich meine Tasche nahm, um zu Vater zu hasten, hörte ich in einer Zimmerecke die Psychologin der Pioniertruppe zu einer Kollegin sagen: »Wann werden endlich Roboter diese armen Kinder ersetzen und wir aufhören, ihnen das Leben kaputtzumachen.« Sie war eine sanfte und ernsthafte junge Frau und erinnerte mich an mich selbst ganz am Anfang. Ich mochte sie, konnte ihre Worte aber nicht unerwidert lassen. Ich sagte ihr vor allen, weil es mir wichtig war, dass sie es hörten: »Die Menschen werden bis in alle Ewigkeit kämpfen, Krieg ist ein Teil der Natur. Und im Übrigen hat auch der, der den Roboter bedient, eine Seele, die vielleicht Behandlung braucht. Wir haben die Pflicht, uns um die Leute zu kümmern und ihnen siegen zu helfen.«

»Ihnen persönlich zu helfen, meinst du. Der Sieg hat mit unserer Arbeit nichts zu tun. Wir müssen dafür sorgen, dass sie bei klarem Verstand bleiben«, gab sie zurück. Sie trug eine schmale Brille und dezente Ohrringe und war entschlossen, mit mir zu streiten.

»Nein, du irrst«, sagte ich, »wir haben die Aufgabe, ihnen siegen zu helfen.«

Sie schwieg ungehalten, blitzte mich feindselig an, als übte ich Verrat an unserem Beruf. Ich verstand sie, schließlich hatte ich diese inneren Konflikte früher selbst durchgemacht, aber sie waren vorbei. »Nichts schadet der seelischen Gesundheit eines Soldaten so sehr wie eine Niederlage«, sagte ich seelenruhig mit einer Bestimmtheit, die keine Widerrede duldete, »und deshalb werden wir ihnen dieses Mal endlich helfen zu siegen. Und noch etwas«, fügte ich hinzu, elektrisierte die Luft ringsum. »Sie sind keine Kinder. Es ehrt sie nicht, wenn wir sie als solche bezeichnen. Hör auf, sie Kinder zu nennen.«

Vater lag im Sterben, seine Augen irrten schon in anderen Gefilden, das sah ich gleich beim Eintreten. Er lag am Ende eines Dreibettzimmers, Leib und Arme an Schläuche angeschlossen. »Papa«, sagte ich erschrocken, hatte gar nicht begriffen, dass die Lage so ernst war, und er seufzte, bemüht, den Blick, der bereits getrübt und zur Decke gerichtet war, mir zuzuwenden. »Verzeih, dass ich erst jetzt komme, konnte nicht eher weg, und du hast mir gesagt …« Ich nahm seine schlaffe Hand, die nur noch Haut und Knochen war. »Abigail«, sagte er mit schwacher Stimme, »wo ist Schauli?«

»Schauli ist bei der Armee«, antwortete ich, »vielleicht kommt er über Schabbat.«

»Ich möchte ihn sehen«, sagte er, »mir bleibt nicht mehr viel Zeit.«

»Ich weiß nicht …«

»Bring Schauli her.«

Ich suchte einen Arzt, um mit ihm über Vaters Zustand zu sprechen. Ich fand den Diensthabenden, der mir sagte, nach den Untersuchungsergebnissen sei die Krankheit meines Vaters weit fortgeschritten, was den Zusammenbruch am Morgen ausgelöst habe. »Wie lange hat er noch?«, fragte ich. »Wenig«, antwortete er, »wir tun, was wir können, aber ich muss Ihnen die Wahrheit sagen: Es geht zu Ende.«

»Verstehen Sie, ich habe einen Jungen in der Armee, seinen Enkel, und er möchte ihn sehen. Die Frage ist nun, ob es gerechtfertigt ist, den Jungen sofort beizuholen«, erklärte ich.

»Ich weiß es nicht«, sagte der Arzt sachlich, »das müssen Sie entscheiden.«

»Hat er große Schmerzen?«, fragte ich, und der Arzt antwortete, sie gäben ihm reichlich Morphium und alles, was seine Schmerzen lindern könne. Dann braucht er kein Zyankali, dachte ich, ich kann es für meine Pläne aufheben.

Ich kehrte zu Vater zurück und setzte mich zu ihm. »Was denkst du, Papa?«, fragte ich.

»Ich habe Angst, Abigail, lass mich nicht allein«, sagte er. Ich wollte das grelle Licht dimmen, aber der Schalter ermöglichte nur hell oder dunkel, und als ich ihn ausschaltete, kam Protest aus einem anderen Bett: »Licht!«, rief ein weiterer Sterbender. »Macht das Licht wieder an!«, und ich musste es einschalten.

»Ich habe mit Schauli gesprochen«, log ich, »er kommt morgen Vormittag.« Vater lächelte zufrieden und schlief ein. Ich sah ihn traurig an, ohne zu weinen, bis auch mir die Augen zufielen und ich auf dem unbequemen Sessel eindämmerte. Dann plötzlich dachte ich, ich hätte nicht genug mit ihm geredet, wenn er jetzt ginge, würde ich keine Gelegenheit mehr haben. Ich versuchte ihn zu wecken. »Papa, wach auf«, sagte ich sanft, »ich möchte dich was fragen«, aber er war zu benebelt, um zu antworten. Mitten in der Nacht schreckte mich das Piepsen des Monitors an seinem Bett auf, Vater atmete nicht mehr. Ich hastete auf den Gang, um einen Arzt zu rufen, und sie liefen eilig herbei und versuchten ihn wiederzubeleben, aber nach einiger Anstrengung senkten sie ihre Instrumente, schalteten ihre Geräte ab, und ihr entschuldigender Verliererblick bezeugte, dass sie es nicht geschafft hatten. Die Sache war von Anfang an aussichtslos gewesen.

Vater wurde am nächsten Nachmittag begraben. Man hob die Steinplatte ab und bettete ihn auf Mutter, wie er es gewünscht hatte. Ich setzte eine kleine Traueranzeige für ihn in die Zeitung, damit er nicht unbemerkt aus der Welt schied. »Unser geliebter« schrieb ich über seinen Namen und zeichnete mit »Die trauernde Familie«, und dabei lächelte ich mir eins. Schauli und ich standen am Grab, zusammen mit einem greisen Onkel von Vater, den ich seit Jahren nicht gesehen hatte, zwei emeritierten Psychologieprofessoren und ein paar weiteren Besuchern, die ich nicht kannte, vielleicht Patienten, vielleicht alte Kollegen. Wegen der kleinen Trauergemeinde hielt ich es nicht für angebracht, einige Worte zu sprechen, und Schauli wollte auch nicht. Er war direkt von der Armee gekommen, stand in Uniform mit Gewehr da. Bis zum letzten Moment hoffte ich irgendwie, auch Rosolio würde kommen, aber die Friedhofswege blieben still, ohne dass ein olivgrüner Trupp anmarschierte.

Wir saßen Schiwa im Haus meiner Eltern. Schauli hatte die drei Tage Urlaub erhalten, die ihm nach den Bestimmungen des Militärs beim Tod von Großeltern zustanden. Wäre ich gestorben, hätte man ihm sieben Tage bewilligt. Es kamen nur wenige Besucher, aber es war eine gute Zeit für Schauli und mich. Wir hatten Ruhe, nahmen alle Mahlzeiten gemeinsam ein, redeten über meinen Vater und meine Mutter. Schauli hatte viele gute Erinnerungen an sie, und sie hatten ihn sehr geliebt. Als wir von der Beerdigung zurückkehrten, weinte er und erlaubte mir, ihn in die Arme zu schließen. Auch ich schluchzte heftig in der ersten Nacht, aber dann nicht mehr. Wir holten alle Fotoalben meiner Eltern hervor, es waren nicht viele, und ich erklärte Schauli alte Fotos, die Momente in ihrem

Leben festhielten, konnte jedoch nicht alle zuordnen. Erst nach zwei Tagen traute ich mich, Vaters Praxis zu betreten, einen Fuß in sein Allerheiligstes zu setzen. Ich überlegte, was ich mit all den alten Büchern anfangen sollte, für die ich keinerlei Verwendung hatte, voll mit Theorien, die ich hasste und für überholt hielt.

Einige alte Patienten von Vater kamen, um ihr Beileid zu bekunden, ich erkannte sie an ihrem zögernden Schritt. »Bitte sehr, kommen Sie herein«, begrüßte ich sie. Sie sprachen höflich in höchsten Tönen von ihm, erzählten, wie er ihnen geholfen und jahrelang sein Ohr geliehen hatte. Ich beobachtete ihre Gesten und lauschte ihrer Redeweise, erkannte all die alten Neurosen, die nicht abgeklungen waren und nicht geheilt werden konnten, prüfte die Ergebnisse von Vaters Arbeit wie eine Gutachterin. Es kamen auch ein paar ehemalige Mitschüler von mir aus der Hochbegabtenklasse, denen ich Schauli stolz vorstellte. Sie erzählten von einer Geburtstagsfeier, die Mutter mal in dieser Wohnung für mich veranstaltet hatte, wie Vater dabei Zeichentrickfilme auf dem Bettlaken, das er an die Wand gehängt hatte, vorführen wollte, der Projektor jedoch streikte, und wie enttäuscht ich gewesen war, worauf er mich mit einem Zaubertrick zu entschädigen suchte, der ihm ebenfalls misslang. »Der Ärmste, daran erinnere ich mich überhaupt nicht mehr«, lachte ich über die Geschichte. Es kam auch ein Wohnungsmakler, der die Todesanzeige am Hauseingang gesehen hatte und unumwunden fragte, was ich mit der Wohnung zu tun gedenke, mir seine Dienste beim Verkauf anbot.

Mendi schaute am zweiten Tag vorbei, ich hatte ihn verspätet benachrichtigt. Er kochte uns frisches Essen und unterhielt sich in der Essecke lange mit Schauli. Ich horchte von Weitem, Schauli erzählte ihm leise all das, was er mir verschwieg, über ihre nächtlichen Einsätze, wie sie in Häuser einfielen, Durchsuchungen vornahmen und Leute aus den Betten weg verhafteten. Ich staunte über seinen durchgehenden Redefluss. Mendi hörte zu und schob hin und wieder kurze, sachliche Fragen ein. Er erkundigte sich, ob sie häufig auf Widerstand stießen, und Schauli antwortete, meist laufe alles ruhig ab, sie nähmen den Gesuchten ziemlich problemlos mit, manchmal schreie seine Frau oder seine Mutter, auch die Kinder, die davon aufwachten, das sei unangenehm, aber man gewöhne sich daran. Mendi lauschte ihm, ohne eine Meinung oder Kritik zu äußern. Und ich beneidete ihn, denn eigentlich hätte ich es sein müssen, die bei Schauli saß und ihm zuhörte.

Ständig horchte ich auf Nogas Schritte im Treppenhaus und auf die schweren Tritte von Rosolio und seinen Personenschützern. Die anderen, gewöhnlichen Kondolenzbesucher kamen nach und nach, setzten sich und sagten ein paar Worte, mal begann ich ein kurzes Gespräch mit ihnen, mal fehlte mir die Energie dazu. In der Mitte der Trauerwoche konnte ich nicht länger an mich halten und schrieb Noga: »Mein Vater ist gestorben.« Ich wartete ein paar Minuten, stellte mir vor, wie ihr Hochleistungsgehirn die Information verarbeitete und überlegte, wie zu reagieren sei, sah die Neuronen sich eilig in der grauen Substanz verbinden. »Abigail, das tut mir sehr leid. Kann ich kommen?«, schrieb sie.

Als Noga am nächsten Tag in die Wohnung meines Vaters kam, waren nur noch Schauli und ich da. Mit den Kondolenzbesuchern waren wir durch. Noga stand in der Tür wie ein verkörperter Wunsch. Ich umarmte und küsste sie und bat sie herein. Schauli kam eigens aus dem Zimmer, und sie warfen sich einen Gruß unter jungen Leuten zu. Ich fragte, ob sie Hunger habe. Es war um die Mittagszeit, und sie sagte, sie hätte eine Sondererlaubnis zum Verlassen der Staffel erbeten. Ich setzte ihr einen Teller mit dem Rest von Mendis Essen vor, und sie aß mit sichtlichem Appetit. Ich erklärte ihr, in dieser Wohnung sei ich aufgewachsen, und sie fragte, ob sie mein altes Zimmer sehen dürfe. »Klar«, sagte ich und führte sie hin. Das Zimmer war seit meinem Auszug vor vielen Jahren kaum verändert worden: ein breites Bett mit einem indischen Überwurf, den ich auf dem Flohmarkt gekauft hatte – entschieden keines für zwei, ich hatte hier nie mit jemandem geschlafen –, ein Schreibtisch, der mich seit der Grundschule begleitet hatte, ein Bücherregal und ein verstaubter Kassettenrekorder. An der Wand hing ein schönes und deprimierendes Ölgemälde von einem Waldstück am Berghang, das Vater von dem Maler, den er therapierte, geschenkt bekommen und für das sich kein anderer

Platz im Haus gefunden hatte. Ich setzte mich auf das alte Bett und zog die Beine an den Leib. Eine merkwürdige Trauer überkam mich, und Noga setzte sich zu mir und legte den Arm um mich. Ich sah Schauli verlegen in der Tür stehen, schon mit einem Bein auf der Flucht. »Komm rein«, sagte ich. Nun saßen wir zu dritt in meinem alten Zimmer auf dem Bett, ich war glücklich, mit den beiden dort zu sein, obwohl sie mit jahrelanger Verspätung gekommen waren. Ich sah, dass Schauli Noga fasziniert anschaute, sie entdeckte, und auch sie lächelte ihm zu und behandelte ihn mit der Behutsamkeit einer großen Schwester.

Noga erhob sich und sagte, sie müsse jetzt zurück zur Staffel. »Einen Moment noch, Noga, ich habe was für dich, komm mit«, sagte ich und führte sie in Vaters Praxis. Sie sah sich neugierig um. »Keine Sorge, es tut nicht weh.« Ich erklärte ihr, wo wir waren, und bat sie, einen Moment Platz zu nehmen. Dann holte ich den alten, braunen Umschlag aus der Schreibtischschublade.

»Was ist das?«, fragte sie.

»Das ist für dich«, sagte ich und zog mit den Fingerspitzen die winzige Metallkapsel heraus. »Das hat meinem Vater gehört, und jetzt gehört es dir. Darin ist ein Gift, das einen Menschen auf der Stelle erledigt. Du brauchst nun keine Angst mehr zu haben. Heb es gut auf, dann werden sie dich niemals lebend erwischen. Du bist jetzt befreit von ihnen.«

»Das ist alles?« Noga lachte sichtlich verblüfft. »Das ersetzt all unsere Gespräche? So einfach ist das?«

»Jetzt können wir nur noch über schöne Dinge reden«, bestätigte ich lächelnd, und sie faltete den Umschlag und steckte ihn in die Hosentasche. »Warum hat dein Vater eine Giftpille aufbewahrt?«, fragte sie.

»Das gehört zur Grundausstattung alter Psychologen, Freud hatte so eine Tablette in der Schublade, und alle haben es ihm nachgemacht«, log ich.

»Möglich«, sagte sie lächelnd. »Danke, dass du an mich gedacht hast. Toll, an einer Giftpille zu sterben, total retro.«

»Du wirst nicht sterben«, sagte ich ruhig. »Du bist stark. Betrachte das einfach als Talisman. Und hier ist noch etwas ...« Ich nahm das dünne Goldkettchen mit dem roten Anhänger vom Hals, damit sie mich nicht nur mit Tod in Verbindung bringen würde. »Das ist auch für dich.« Sie war wirklich tief berührt, ich sah die Schlagader an ihrem schönen Hals pulsieren, als ich ihr die Kette umlegte. Danach fiel sie mir um den Hals, ich strich ihr übers Haar und schickte sie los.

Am letzten Tag der Trauerwoche kam Jona auf Besuch. Die Wohnung war leer, auch Schauli war zum Dienst zurückgekehrt. Ich führte ihn in mein altes Zimmer, und wir schliefen auf meinem Jugendbett miteinander, vom Abend bis zum nächsten Morgen, bis der muffige Jungfrauengeruch daraus getilgt war. Nachdem er morgens gegangen war, saß ich lange in Vaters Praxis, an seinem Schreibtisch, und las die Patientenkarten, die er über die Jahre in seiner akkuraten Handschrift ausgefüllt hatte. Er schrieb schön über seine Patienten, mit wachem Verstand und präzisem Blick. Viele waren schon verstorben, doch mittels der Karteikarten stöberte ich in ihren Seelen, bis ich genug davon hatte. Als es dunkel wurde und Totenstille in der Praxis einkehrte, begann ich die Karten zu zerreißen, Stück für Stück zerfetzte ich sie, hier und da fiel mein Blick auf einen Halbsatz, mit dem Vater das Schicksal eines Menschen besiegelte. Ich vermischte die Schnipsel und warf sie in verschiedene Mülltonnen auf der Straße wie jemand, der ein Verbrechen vertuschen wollte.

Nach der Trauerwoche fuhr ich zu Mendi ins Dorf, beabsichtigte, auf unbestimmte Zeit bei ihm zu bleiben. Meinen Patienten hatte ich mitgeteilt, ich mache Urlaub. Bei ihm angekommen bat ich, nicht über Militär und Tod zu sprechen. »Lass mich was arbeiten«, sagte ich, und Mendi erwiderte, er brauche wirklich Hilfe, denn alle Feigen reiften auf einmal, man müsse sie schnell pflücken, außerdem die reifenden Granatäpfel mit Papier umhüllen gegen die pickenden Vögel und neue Bewässerungsleitungen im Olivenhain verlegen. Er habe einen Erntehelfer engagieren wollen, würde mich aber vorziehen. Ich arbeitete in der Hochsommerhitze, trug Shorts, einen breitkrempigen Hut und an den Füßen Arbeitsstiefel, die einmal seiner Frau gehört hatten. Ich bekam Muskelkater, war aber klar und ruhig, konzentrierte mich auf die Zweige, an denen ich pflückte, und auf die Erde, auf der ich die Leitungen verlegte, dachte kaum an andere Dinge. Die Sonne verbrannte mich fast schwarz. Mendi gefiel das, und abends berührte er mich, bis ich einschlief. Das Telefon legte ich in einer abgelegenen Ecke des Hauses ab und benutzte es möglichst wenig, sah nur alle paar Stunden flüchtig nach, ob Schauli oder Noga angerufen hatten.

Eines Nachts schrie Mendi. Als ich ihn wach rüttelte, hätte ich ihm beinahe erzählt, dass ich auch einen Menschen getötet hatte und gut damit zurechtkam, keine Albträume hatte. Mein Leben habe sich zwar verändert, an Tiefe und Bedeutung gewonnen, aber ich machte mir keinerlei Gedanken über den Mann, den ich getötet hatte, hätte keine Nachforschungen über seinen Namen und seine Lebensgeschichte anzustellen versucht. Doch ich widerstand der Versuchung und sagte kein Wort. Jetzt hatte ich zwei ewige Geheimnisse, trug sie im Bauch wie Babys, die nie geboren werden würden.

Am Abend, in seinem Atelier, war Mendi es leid, dass ich ihm nur bei der Arbeit zuschaute, und legte einen feuchten, braunen Tonklumpen vor mich hin. »Nimm, mach was draus«, sagte er. Ich vergrub die Hände im Ton, fand seine glitschige Beschaffenheit abstoßend und anziehend zugleich, spielte damit und begann, einen kleinen Menschen zu formen, Kopf und Hals und Schultern und Leib, das Geschlechtsteil verwandelte ich von Mann zu Frau zu Mann, konnte mich schwer entscheiden. »Mach weiter, das ist interessant«, sagte Mendi von Weitem. Er war mit seinen Eisenfiguren beschäftigt, lötete und zerbrach das

Material, sein Kopfhaar und Bart wuchsen wild, und er bedachte mich mit einem netten Lächeln, das ich nicht verdiente.

Ich hätte noch viele Tage dableiben mögen, doch dann setzte der Kriegslärm ein. »Horch mal«, sagte Mendi. Normalerweise hörte man nachts nur die Schakale und den Wind heulen, doch jetzt störten dumpfe Einschläge die Stille, als fielen mächtige Eisenkugeln nieder. Danach donnerten Kampfflugzeuge am Himmel, unaufhörlich. »Irgendwas ist los«, sagte Mendi, und ich dachte an Schauli, der schon lange nicht mehr mit mir gesprochen hatte, den ich vielleicht um meiner Ruhe wegen vernachlässigte. Ich stieg nervös aus dem Bett, der träge Puls kam in Fahrt, und wie eine Süchtige, die ihre Entziehungskur abbrach, nahm ich das Handy und suchte Nachrichtenforen. Ich setzte mich in die Küche (die noch Spuren von Mendis Frau aufwies, in Schubladen hatte ich handschriftliche Kochrezepte von ihr gefunden) und wartete, dass es Morgen wurde. Ich wusste, jetzt ging es los.

Am Vormittag arbeiteten wir stur weiter draußen, als ob nichts wäre, obwohl wir ferne Sirenen hörten und danach die Salven des Feindes. Am Himmel flogen Angriffs- und Abwehrraketen, wie in einer irren Science Fiction-Szene. Wir waren fast fertig mit dem Einwickeln der Granatäpfel und dem Verlegen der neuen Bewässerungsleitungen, und Mendi bat mich, die wild wachsenden Zweige der Bäume zu beschneiden, zeigte mir, wie man es machte. Ich hörte mein

Telefon im Haus trillern, jemand wollte mich dringend sprechen, und ich hastete hinein zum Antworten. »Komm«, sagte Rosolios Stabssekretärin dringlich. »Jetzt?«, fragte ich. »Ja, wenn es geht«, antwortete sie. »Darum bittet er. Ruf mich an, wenn du da bist, dann sorge ich dafür, dass du eingelassen wirst.«

Als ich in die Pflanzung zurückkehrte, fragte Mendi, der meine Miene gut lesen konnte: »Was bist du denn so glücklich – dass euer Krieg ausgebrochen ist?« Ich hatte vergessen, das leise Lächeln von meinen Lippen zu löschen. Rosolio brauchte mich immer noch. Ich müsse abfahren, man habe mich gerufen, antwortete ich. Ich wechselte schnell die Kleidung, besprühte mich mit Deodorant, nahm Abschied von Mendi und raste zurück zur Stadt. Unterwegs versuchte ich Schauli zu erreichen, aber er antwortete nicht. Ich schaltete das Radio an, erstmals nach all diesen Tagen, und hörte mir einiges von dem Kriegsgerede an. Die Moderatoren fragten, ob wir diesmal siegen würden oder ob es wieder ergebnislos enden würde, wie bei den vorigen Malen. Ich schaltete aus. Menschen, die nur in leeren Worthülsen daherreden, sind mir ein Gräuel. Den Berichten entnahm ich, dass das große Feuer noch nicht entflammt war.

Viele Kilometer vor der Stadt begann der normale Stau, und ich musste zum Überholen auf den Randstreifen ausweichen. Falls ein Polizist mich anhielt, würde ich ihm meinen Offiziersausweis zeigen und ihm erklären, der Generalstabschef erwarte mich.

Rosolios Stabssekretärin hatte eine junge Offizierin ausgeschickt, um mich am Tor des Hauptquartiers in Empfang zu nehmen, und sie schleuste mich rasch durch alle Türen und Schranken, bis wir in der Kommandozentrale ankamen und mir eine Welle der Kälte entgegenschlug. Blasse Soldaten saßen reihenweise an Bildschirmen, und im Hintergrund hörte man leises Stromknistern. Man wusste dort nicht, ob Tag oder Nacht war, es war nur ein Abbild der Realität. Die Offizierin ließ mich in einem abgelegenen Zimmer am Ende eines in der Luft hängenden Korridors Platz nehmen, in dem das Licht blendete, und bat mich zu warten. Ich betrachtete meine Hände, die von der Arbeit bei Mendi zerkratzt, aber schön und gesund waren, keine Spur mehr von Entzündung und Ausschlag aufwiesen, und spreizte sie stolz auf der Tischplatte. Ich wartete lange, bis Lärm auf dem Gang entstand, seine Personenschützer eintrafen, den Raum und mich inspizierten, als sei ich ein Gegenstand, und danach trat Rosolio ein. Er sah aus wie ein Gefangener zwischen ihnen, kam schweren Schritts, den Kopf sorgenvoll gesenkt. Die Wächter warteten draußen, neben der Tür. Nur wir zwei blieben im Zimmer, an einem blanken Tisch vor abgeschalteten Bildschirmen.

»Du siehst aus wie ein Pfadfinder bei der Sommerferienarbeit«, sagte Rosolio. »Gut zu wissen, dass das Leben draußen weitergeht. Das vergisst man hier zuweilen.«

»Warum hast du mich gerufen?«, fragte ich, und

Rosolio erwiderte, die Entscheidung sei gefallen, morgen starte die wahre Offensive, diesmal würden wir bis ans Ende gehen, nicht nur aus der Luft, nicht nur vom Meer her, sondern auch auf dem Boden – große Truppenverbände würden einfallen, um zu erobern und zu siegen. »Gut«, sagte ich und wartete, dass er mir eine Bresche zu sich auftat. »Alle Pläne sind fertig«, fuhr er fort, »jede Einheit weiß, was sie zu tun hat, wir haben ganze Arbeit geleistet seit meiner Amtsübernahme.« Ich saß ihm aufrecht und selbstsicher gegenüber und sagte: »Hervorragend.« Er lehnte sich über den Tisch und sah sich um, ob auch keiner mithörte, man nicht etwa seine Lippen lesen konnte. Da kommt es, dachte ich. »Abigail«, sagte Rosolio, »mein Herz ist schwer, ich habe Gewichte auf der Brust, habe einen Albtraum: Ich ziehe mit einem großen Heer ins Gefecht, habe Pferde und Schwerter und Fahnen und Fanfaren, aber alle verschwinden, lassen mich allein vor dem Feind zurück.«

Ich kannte ihn gut in diesen Zuständen, in- und auswendig, aber diesmal blieb nicht genug Zeit, und die Verantwortung war enorm. »Gib mir einen Moment deine Hand«, sagte ich, und er streckte sie mir gehorsam als Faust hin. »Lass locker, Rani, öffne sie«, bat ich und streichelte seine Handfläche. »Mach die Augen kurz zu, Rani.« Ich kannte seine ganze Geschichte, wusste, wie sein Kopf arbeitete, und das hier brauchte er jetzt, keine Wortkaskaden. Man musste den Angstmechanismus stoppen, der ihn befallen hatte, die Gewichte von seiner Brust nehmen und ihm

Sicherheit verleihen. »Schließ die Augen«, sagte ich und ergriff mit beiden Händen, die noch die Wärme der Erde ausstrahlten, seinen Kopf und sein Gesicht. »Du musst hier raus«, sagte ich leise. »Man kann einen Krieg nicht nur von diesem Bunker aus führen, du verkrampfst dich hier vor Kälte und Sorge. Nimm morgen einen Hubschrauber und flieg zu ihnen. Sie sollen dich sehen.«

»Ich muss dableiben, wie kann ich hier weggehen?«, fragte Rosolio mit geschlossenen Augen.

Er hatte sich mir hingegeben, und ich spürte, dass ich ihn nach Belieben lenken konnte. Die Personenschützer standen draußen, und das Glas der Tür war undurchsichtig. »Nur für ein paar Stunden. Danach kommst du wieder her«, sagte ich.

»Gut.« Er nickte heftig mit dem Kopf. »Das werde ich tun.« Seine Augen blieben geschlossen, und ich streichelte ihm das Haar mit meiner perfekten Hand. Als er aufstand, strich er mir übers Gesicht, und hätte ich ihn gelassen, hätte er mir zum Dank auch einen Kuss gegeben, aber das brauchte ich nicht.

»Nun geh siegen«, sagte ich, und er trat hinaus zu seinen Leibwächtern.

Schauli rief an und sagte, man habe ihnen zwei Minuten gegeben, um mit ihren Müttern zu reden. Was sollte ich ihn in einem solchen Moment fragen? Wie er sich fühle, ob er Angst habe? Oder sollte ich ihm sagen, wie sehr ich ihn liebte? Er sollte stark und unabhängig losziehen, den Feind schlagen, heil zurückkehren und bei all dem gar nicht an mich denken. Ich hörte im Geist die furchtbaren Schreie der tödlich Getroffenen, von denen all meine Kampfsoldaten berichteten: »Mama! Mama!«, das galt es zu vermeiden, und deshalb stellte ich ihm banale Fragen: Ob sie genug zu essen bekämen, was er bejahte, und ob es sehr heiß bei ihnen sei, als wüsste ich es nicht, und dabei dachte ich an die blassen Soldaten, die in der Kommandozentrale vor den Bildschirmen saßen, geschützt gegen jedweden Angriff, und daran, dass auch Schauli dort bei ihnen sitzen und alles von fern beobachten könnte, wenn ich ihm nicht dieses Gift eingespritzt hätte. Schauli sagte, er müsse Schluss machen, die Zeit sei um. »Hab keine Angst zu schießen, Schauli«, sagte ich im letzten Moment. Später werden wir uns mit den Folgen auseinandersetzen, dachte ich, Hauptsache du kommst dort lebend raus.

Im Radio hieß es, der Feldzug habe angefangen, aber die Stadt schien unberührt davon. Man konnte meinen, keiner hier hätte Kinder beim Militär. Ich streifte draußen umher, konnte nicht zu Hause sitzen, allein mit der Sorge. Die Cafés waren voll mit Menschen, deren Münder sich pausenlos zum Essen und Reden bewegten, wie Ratten wirkten sie auf mich, nur auf Fressen und Paaren aus. Ich bedauerte, nicht drinnen bei den Soldaten zu sein, ich hätte furchtlos an ihrer Seite gekämpft, bis zum letzten Schuss Munition, dessen war ich mir sicher. Aber ich saß nun in der Wohnung fest, schaltete das Palaver im Fernsehen an und aus und hoffte inständig, keine schweren Schritte im Treppenhaus zu hören.

Unterdessen rief eine Frau an, sagte, sie sei eine alte Patientin von Vater und habe erst jetzt erfahren, dass er gestorben war, sei einige Wochen außer Landes gewesen und höre es nun mit großem Bedauern. »Zweiundzwanzig Jahre lang habe ich ihn jede Woche aufgesucht«, sagte sie, »dieser Mann hat mich am Leben erhalten, war mir so teuer. Ich sah, dass er mager und schwach wurde, ahnte, dass er krank war, aber für mich war er der Fels in der Brandung. Ich wollte ihm meine Reiseerlebnisse erzählen, und was soll ich jetzt machen? Wer wird mir helfen?«

Wo leben diese Leute bloß, dachte ich, aber mir kam ein komischer Einfall. »Wissen Sie, ich bin ebenfalls klinische Psychologin, behandle Patienten«, sagte ich. »Wenn es so dringend ist, kann ich Sie vielleicht treffen, wir lernen einander kennen, und dann sehen wir weiter.« Sie nahm mein Angebot sofort an: »Das klingt großartig. Selbst wenn Sie nur einen Bruchteil von ihm geerbt haben, genügt mir das völlig. Kann ich heute Nachmittag kommen?«

»Warum nicht, ich empfange Sie bei Vater«, antwortete ich. Das war eine willkommene Ablenkung. Ich ging in die elterliche Wohnung, säuberte sie von den Spuren der Trauerwoche, lüftete die Räume. Ich bedauerte, all seine Patientenkarten weggeworfen zu haben, denn nun wusste ich nichts über die Dame, die bald kommen würde, musste mit ihr ganz von vorn beginnen.

Sie kam genau zur vereinbarten Zeit. Ich begrüßte sie an der Wohnungstür, wie Vater es getan hatte, und geleitete sie zur Praxis. Eine schöne Frau, älter als ich, um die sechzig, attraktive Figur, gut gekleidet, trug feinen Goldschmuck mit kleinen Edelsteinen. »Setzen Sie sich, Sie kennen ja das Prozedere«, sagte ich und nahm Vaters Platz ein.

»Es ist ein wenig seltsam«, sagte sie verlegen. »Wo beginnen?«

»Am Anfang, ich weiß nichts über Sie.«

»Oh«, lachte sie, »so gehen Jahre der Gespräche den Bach runter? Wissen Sie, wie viele Tränen ich hier vergossen habe? Ist nichts davon verblieben?«

»Sie sind verblieben«, sagte ich, und sie lächelte. Es gab so viele Dinge, die ich sie gern über Vater gefragt hätte, wie er als Therapeut gewesen war, hielt mich aber vorerst zurück.

»Es wird lang werden, und mein Leben war nicht sonderlich interessant«, sagte sie. »Mit Ihrem Vater habe ich über meine kleinen Probleme gesprochen, kannte bei ihm keine Scheu, über meine Querelen mit meinem Mann, über die Kinder, über Menschen, die bei der Arbeit nicht nett zu mir waren, mich kränkten, solchen Kinderkram. Wir haben viel über meine Eltern gesprochen, obwohl sie längst gestorben sind. Womit möchten Sie anfangen?«

»Erzählen Sie mir, was Sie in der letzten Woche erlebt haben, fangen wir damit an«, bat ich und lehnte mich zurück, um zuzuhören. Sie war ein erfreulicher Anblick, und ich musste mir die Zeit ohnehin irgendwie vertreiben. Aber mitten in der Sitzung, als sie von einer auf der Auslandsreise erlebten Peinlichkeit erzählte, die ihr immer noch zusetzte, sah ich auf dem Handy eine Nachricht von Noga, endlich, nachdem ich sie tagelang gesucht hatte. »Einen Moment bitte, Verzeihung«, sagte ich zu Vaters Patientin und las, was Noga geschrieben hatte: »Wahnsinn, ein perfekter Vergnügungspark, fühl mich bestens.« Und sofort antwortete ich ihr: »Meine Heldin, zeigs ihnen und schütze uns.«

»Entschuldigung«, sagte ich zu der Patientin, die mich konsterniert anschaute. Bei Vater wäre das nicht passiert. Auch wenn der ganze Staat in Flammen aufgegangen wäre, hätte er nicht mitten in einer Therapiesitzung das Telefon beantwortet. »Meine Tochter«, erklärte ich lächelnd, »sie ist beim Militär, hat geschrieben, dass alles in Ordnung ist.« »Aha«, sagte die Patientin verständnisvoll, ihre Finger spielten mit der Goldkette am Hals, und sprach weiter. Doch dann schickte Noga ein irres Bild von sich im Fliegeroverall mit dunkler Fliegerbrille, die ihr Gesicht bedeckte, und ihr Hubschrauber stand hoch und eckig dahinter. Ich hielt das Handy an die Augen, um ihr Lächeln zu untersuchen, es war echt, und führte das Telefon an die Lippen. Ich hatte es geschafft mit ihr, mit diesem geliebten Mädchen, und wünschte ihr jetzt von Herzen Erfolg im Kampf. Ich wandte den Blick wieder der Dame und ihren Problemen zu. »Bitte, fahren Sie fort, Sie hatten angefangen, von dem peinlichen Vorfall zu sprechen«, sagte ich.

Zwei Tage später, am Mittag, kam ein Anruf von einer mir unbekannten Nummer. Ich war etwas schläfrig, nahm derzeit zwei halbe Valium am Tag, eine am Morgen und eine am Abend, und antwortete verdattert. Eine junge Frau begrüßte mich namentlich. »Ich bin vom Bataillon deines Sohnes«, sagte sie, »von der Verwaltung. Ich befinde mich hier im Bereitstellungsraum, und ich meine, du solltest jetzt kommen. Sie sind für ein paar Stunden Erholung zurückgekehrt, und er ist nicht okay. Ich sollte eigentlich nicht mit dir sprechen, aber er hat mich darum gebeten.«

»Moment, Moment mal, was heißt ›nicht okay‹?«, fragte ich. »Ist er verwundet? Ist er am Leben?«

»Hör mal, ich darf eigentlich gar nicht mit dir reden«, antwortete sie. »Er ist am Leben, er ist nicht verwundet, aber er es geht ihm nicht gut, verstehst du? Er will Mama haben, das ist das Einzige, was er sagt, deshalb habe ich angerufen. Ich muss jetzt auflegen.«

»Moment noch«, rief ich. »Wo genau seid ihr?« Sie nannte mir die Lage rasend schnell, verschluckte Silben, aber ich verstand mehr oder weniger, und dann beendete sie das Gespräch.

Ich zog mich sofort an, ging runter zum Auto und fuhr los zu Schauli, begleitet von immer neuen Raketenalarmen. Ich hörte im Radio von einstürzenden Häusern und Todesopfern, fürchtete mich jedoch keinen Augenblick. Es gab eine Krise, und ich musste mich darum kümmern, war seit Schaulis Einberufung auf diesen Augenblick gefasst gewesen, hatte innerlich geahnt, dass er eintreffen würde. Ich trug eigens

Uniform, weil ich wusste, dass ich Autorität würde ausüben müssen. Und tatsächlich wurde ich kurz vor dem Eukalyptushain in Grenznähe, wo das Bataillon Standort bezogen hatte, von einem Militärpolizisten angehalten, der mich fragte, wo ich hinführe. Ich antwortete, ich sei eine Militärpsychologin auf dem Weg zum Bataillon, man habe mich gerufen, und er sah meine Rangabzeichen und ließ mich passieren.

Ich suchte das Aufstellungsgebiet von Schaulis Kompanie. Soldaten standen Appell zum erneuten Gefechtseinsatz, und er war nicht unter ihnen. Material- und Munitionskisten lagen verstreut im Gelände, Panzerwagen fuhren hin und her, wirbelten Staub auf. Köche deckten einen Tisch mit geschnittenem Brot, Marmelade und harten Eiern. Hätte ich in dem Kuddelmuddel nicht meinen Sohn gesucht, hätte es mir möglicherweise gefallen, denn ich mochte diese Energie. Schließlich fand ich ihn an einen Baumstamm gelehnt sitzen. Drei Tage lang hatten sie fast pausenlos gekämpft, und jetzt hatte man sie zu einer kurzen Ruhepause rausgeholt, bis zum Anbruch der Nacht in ein paar Stunden, dann würde es wieder reingehen. Alle ringsum schliefen erschöpft, aber Schaulis Augen waren offen, und sein Blick irrte in die Ferne. »Schauli«, flüsterte ich und ging leise auf ihn zu.

»Mama«, sagte er und kam sofort auf die Beine, wie ein Kind, dessen Mutter es verspätet vom Kindergarten abholt. »Komm, Mama, lass uns hier wegfahren.« Ich trat näher, um ihn ans Herz zu drücken, doch er blieb starr und ließ die Arme hängen. »Setzen wir uns einen Moment, Schauli, ich möchte, dass wir miteinander reden, schau mir einen Moment in die Augen«, sagte ich.

»Nach Hause, weg von hier«, beharrte Schauli.

Ich sah, dass er tief in einem dunklen Loch steckte, und wie sollte ich ihn jetzt da rausholen? »Möchtest du mir erzählen, was geschehen ist?«, fragte ich.

»Nein«, antwortete er erschrocken und schüttelte heftig den Kopf.

»Ah, du bist also seine Mutter«, erklang eine junge Männerstimme hinter uns. »Ich bin sein Kompaniechef.« Sein Gesicht war mit dunklen Stoppeln übersät. »Er hat sich drinnen etwas schwergetan, und wir haben ihm geholfen, wie man es uns beigebracht hat. Ich denke, bis zum Einbruch der Nacht wird er wieder okay sein. Wir hatten keinen einzigen Toten, nur drei Verwundete, und das ist das Wichtigste. Von denen haben wir nicht wenige getötet. Schauli hat hervorragend gekämpft, bis es ihm dann schwer wurde. Ich weiß, du bist vom Fach, aber du solltest jetzt nicht hier sein. Unsere Beauftragte für psychische Gesundheit kümmert sich gerade um andere Fälle, doch bald kommt er an die Reihe. Wir sollten die Dinge lieber geregelt handhaben. Es fällt in unseren Verantwortungsbereich. Sei unbesorgt, wir behandeln ihn richtig.«

»Was genau ist denn drinnen passiert?«, fragte ich. Das Gesicht des Offiziers war rußverschmiert, und seine Uniform wies Blutflecke auf. Er hatte noch keine Zeit gehabt, sich an den Wassertanks abzuspülen, die man für die Truppen im Gelände aufgestellt hatte.

»Krieg, weißt du. Unangenehme Dinge. Gar nicht schön«, sagte er.

»Mama, ich will hier weg«, murmelte Schauli und hielt meine Hand fest. Er stank vor Dreck.

Ich fragte den Kompaniechef, ob saubere Uniformsachen zum Wechseln da seien, und er antwortete, dafür werde man später sorgen, momentan gebe es Dringenderes zu tun. Er stand neben uns und wartete, dass ich ging, aber ich konnte Schauli nicht so zurücklassen. »Bitte lass mich kurz mit dem Bataillonsführer sprechen«, sagte ich, aber der Kompaniechef erklärte, der Kommandeur sei mit den Truppen drinnen und nicht zu erreichen.

»Ich möchte ihn für ein paar Stunden an einen ruhigen Ort mitnehmen, mich um ihn kümmern, das ist mein Beruf. Ich bringe ihn vor Anbruch der Nacht zurück. Geht das in Ordnung?«

Der Offizier warf einen Blick auf seine schlafenden Soldaten ringsum und überlegte. »Man wird fragen, wohin Schauli verschwunden ist«, sagte er. »Ich kann nicht zulassen, dass hier ein Abmarsch von Fahnenflüchtigen losgeht. Verstehst du, die erste Begeisterung ist ihnen vergangen, nach drei Tagen haben sie das Prinzip verstanden, und keiner will wirklich dorthin zurück. Aber es bleibt nichts anderes übrig. Ich kann ihn nicht protegieren.«

»Meinst du wirklich, in seinem Zustand kann er wieder reingehen?«, fragte ich.

»Ja«, sagte der Kompaniechef. »Dies ist keine Zeit zum Verwöhnen, ich brauche jeden einzelnen Soldaten. Er wird mit uns rein- und rausgehen, und danach kümmern wir uns um ihn.« Das war mit Nivi passiert, dachte ich, den hatte ich reingeschickt, um ihn nicht zu verwöhnen. Aber diesmal ging es um meinen Sohn.

»Ich bitte nur um zwei bis drei Stunden«, sagte ich. »Jetzt ist es zwei Uhr mittags, bis fünf Uhr ist er wieder hier.«

»Mama, bring mich nicht hierher zurück«, rief Schauli gellend, und der Kompanieführer blickte mich und meine Rangabzeichen an und sagte dann: »Schau, ich will dir entgegenkommen, aber um punkt siebzehn Uhr ist er wieder hier, keine Minute später. Ich verlasse mich auf dich. Falls man mich fragt, werde ich sagen, er sei in Behandlung bei einer Beauftragten für psychische Gesundheit. Um fünf Uhr bringst du mir einen neuen Soldaten, hörst du?«

»In Ordnung, verlass dich auf mich«, sagte ich und zerrte Schauli rasch mit zum Auto.

Es blieb nicht genug Zeit, um nach Hause zu fahren, und von dort würde ich ihn auch nicht mehr wegkriegen. Ich rief Mendi an, der eine halbe Fahrtstunde entfernt wohnte, und teilte ihm unser Kommen mit.

Das Autoradio war auf Nachrichten eingestellt, doch sofort schaltete ich auf einen Musiksender um und blickte Schauli ins Gesicht: Er schien nichts zu hören.

»Was war am schwersten?«, fragte ich, ohne Antwort zu erhalten. Er war seelisch so kaputt, dass er nicht mal ein einfaches Gespräch führen konnte.

»Wo ist dein Gewehr?«, fragte ich. Erschrocken blickte er zu Boden, nach links und rechts und auf den Rücksitz. »Weg«, sagte er. »Fahr zurück, Mama, das Gewehr ist weg.« Ich hielt am Straßenrand, wählte die Nummer, die sein Vorgesetzter mir gegeben hatte, und der sagte, Schauli habe seine Waffe am Baum stehen gelassen und sie bewachten sie für ihn. »Bring ihn rechtzeitig zurück, damit es keine Probleme gibt«, sagte er erneut.

Mendi hörte uns kommen und wartete an der Haustür. Als ich mit Schauli aus dem Wagen stieg, brauchte man ihm nichts zu erklären. Wir mussten ihn waschen, aber ich fürchtete, er könnte sich etwas antun, wenn wir ihn in der Dusche allein ließen. »Ich stell mich vor die Tür und horche«, flüsterte mir Mendi zu. »Stell dich unter die Dusche, danach wirst du dich besser fühlen«, sagte ich ruhig zu Schauli.

»Was mach ich denn jetzt mit ihm?«, fragte ich Mendi, als wir vor der Badezimmertür standen. »Ich helfe dir, egal was du beschließt, kann aber nicht an deiner Stelle entscheiden«, antwortete er. Mir schossen abwegige Ideen durch den Kopf, wie ich ihm hier zur Flucht verhelfen könnte, Bilder von einem Boot, auf dem ich ihn verstecken könnte. Ich berappelte mich, holte tief Luft. Als Schauli frisch gewaschen, in Mendis Shorts und Hemd, die zu groß für ihn waren, herauskam, bat ich ihn auf einen Stuhl am Tisch, damit er etwas aß, briet ihm ein Omelett, schnippelte Gemüse und schnitt Brot. Er aß begierig, und das war ein gutes Zeichen. Nach dem Essen würde er vielleicht ein bisschen schlafen und dann mit neuen Kräften aufstehen. Möglicherweise war er nur körperlich erschöpft und ausgehungert. Aber er sagte nichts. »Was ist dort drinnen passiert?«, fragte ich, doch Schauli schüttelte nur den Kopf und aß weiter, und als ich erneut fragte: »Schauli, wie fühlst du dich?«, sah er mich wieder mit diesem erschreckend zerstreuten Blick eines Menschen an, dessen Seele schweren Schaden genommen hatte. Ich fragte mich: Wenn er ein beliebiger Soldat in der Kompanie wäre und nicht dein Sohn, wie würdest du mit ihm umgehen? Ich hätte ihn dagelassen, bei seinen Kameraden, sollten die ihn zum Reden bringen und ihn für die Rückkehr in den Krieg stärken, das war unsere reguläre Vorgehensweise.

»Ich meine, du solltest jetzt schlafen, und danach reden wir«, sagte ich. »Du bist sehr müde.« Es war schon über eine Stunde vergangen, seit ich ihn vom Sammelplatz abgeholt hatte. Die Zeit verflog geradezu. Ich wusste nicht genau, was ich mir dabei gedacht hatte, als ich ihn dort mitnahm, anscheinend wartete ich auf ein Wunder. Mendi breitete schnell ein Laken über das Wohnzimmersofa und ließ die Läden herunter. Schauli legte sich hin, und ich deckte ihn zu, sah seine Augäpfel unruhig unter den geschlossenen Lidern rollen. Auch mir fielen die Augen kurz zu, aber dann erinnerte ich mich erschrocken, dass ich noch seine Wäsche waschen musste, man konnte ihn unmöglich mit kotverschmierter Uniform zurückschicken – oder vielleicht wäre das ein Vorwand, ihn nicht wieder loszuschicken, ich könnte sagen, er hätte keine saubere Uniform gehabt. Meine Gedanken wurden langsam konfus. Mendi stand hinter mir im Badezimmer, als ich Schaulis Sachen rubbelte, und blickte mein Spiegelbild an. »Ich kann das lösen«, sagte er, »so du mich lässt.«

»Wie?«, fragte ich.

»Damit«, antwortete er und zeigte mir ein kleines, sehr scharfes Messer, mit dem er im Atelier Eisen schnitt.

»Was hast du vor?«

»Ihm die Zeigefingerkuppe abtrennen, das ist alles«, sagte er. »Das tut weh, aber ich werde die Wunde sofort desinfizieren und ihm was Starkes gegen Schmerzen geben. Innerhalb von zwei bis drei Tagen beginnt das zu verheilen, er muss nicht mal ins Krankenhaus. Und ohne Zeigefinger kann man ihn nicht ins Gefecht schicken, er würde ihnen nichts nützen.«

Das war ziemlich erschütternd. Ich musste es erst mal verdauen. »Ich weiß nicht«, sagte ich, und doch lockte mich der Gedanke.

»Man müsste es jetzt tun«, sagte Mendi, »bevor eure Zeit abgelaufen ist.«

Ich fragte ihn im Spiegel, während meine Hände im Seifenwasser steckten: »Warum hast du dir das selbst nicht zugefügt, als du in seinem Alter warst?« Und er antwortete: »Auch Schauli wird es sich nicht selbst antun. Ich würde es für ihn übernehmen, und vergiss nicht: Es besteht ein großer Unterschied zwischen uns, denn ich habe gern getötet, er nicht. Er ist zu empfindsam, er ist nicht für den Krieg gebaut. Schau dir an, wie er da schlummert. Wie ein Küken.«

Ich hängte die Uniformteile zum Trocknen draußen an die Wäscheleine und kehrte zurück in das abgedunkelte Zimmer, wo Schauli schlief. Ich war erschöpft und ratlos. »Schneide auf gar keinen Fall ohne meine Erlaubnis«, sagte ich zu Mendi und tigerte unschlüssig auf und ab. Ich bedauerte, dass Vater nicht mehr am Leben war, sonst hätte ich ihn anrufen können, er hätte mir geholfen. Was nützt all das Gelernte, was nützen deine vielen Jahre beim Militär, wenn du nicht weißt, wie du deinen Sohn retten sollst?, fragte ich mich.

»Ortal, Stabssekretärin des Generalstabschefs«, stand auf dem Display, als das Handy trillerte, und ich lief rasch aus dem Haus. »Abigail«, sagte die Sekretärin, »er will dich sprechen.« Ich sah auf die Uhr, zu viel Zeit war vergangen, und die uns zugebilligten Stunden verrannen schnell. Ich wartete, dass Rosolio in die Leitung kam. »Abigail, was höre ich da über den Jungen?«, wollte er grußlos wissen. Ich konnte kaum atmen. Woher weiß er davon, zum Teufel?

»Als er dort rauskam, war er nicht in Ordnung«, sagte ich, »ich habe ihn abgeholt, um mich um ihn zu kümmern.«

»Bring ihn sofort zurück«, sagte Rosolio, »wir werden schon für ihn sorgen. Er wird sich erholen.

Was soll wohl werden, wenn alle Mütter ihre Kinder nach Hause holen? Mit wem sollen wir den Krieg gewinnen?«

»Ich habe ihn nicht nach Hause geholt«, erwiderte ich, unschlüssig, was ich tun sollte.

»Wo seid ihr denn dann?«

»Nicht weit«, antwortete ich, »im Haus eines Freundes.«

»Wo?«, wollte er wissen, und ich gab ihm die genaue Adresse.

»Gut, dann bring ihn jetzt zurück«, sagte er und wollte das Gespräch beenden.

»Mal sehen, er schläft jetzt«, sagte ich. »Ich glaube nicht, dass er das durchhält.« Schweigen in der Leitung.

»Hör zu, Abigail«, flüsterte Rosolio nahe am Apparat, »er ist kein beliebiger Soldat. Das wird ein Mordsskandal. Es ist nicht nur eure Privatsache.«

»Was heißt, er ist kein beliebiger Soldat?«, fragte ich, stand auf dem Hof des Hauses, die Sonne sank langsam und unaufhaltsam gen Westen, und der Termin rückte erschreckend schnell näher.

»Ach Abigail«, seufzte er, »so was lässt sich nicht geheim halten. Was denn, bist du von gestern? Alle in der Brigade wissen, wer sein Vater ist, und bald weiß es das ganze Land.«

»Woher wissen sie es? Wer hat es ihnen erzählt? Schauli selbst weiß es nicht, wovon redest du?«

»Ich bin nicht weit«, sagte Rosolio. »Geh nicht weg, ich komm für ein paar Minuten vorbei, um mit euch zu sprechen. Ohne den ganzen Tross. Der Junge muss zurückkommen. Ich werde ihn überreden.«

Alle wüssten es, hatte er gesagt. Ich hätte mich vor Schmerzen auf die Erde legen und nicht mehr aufstehen mögen. Ich holte die Uniform von der Wäscheleine, wo sie in der prallen Sonne mittlerweile getrocknet war, und ging ins Haus. Mendi stand mit dem Messer vor Schauli und fragte: »Soll ich's jetzt tun?«

»Nein«, rief ich erschrocken, »jetzt geht es nicht mehr, und auch vorher war es ein irrsinniger Gedanke, wie sollte er dann Gitarre spielen?«

Ich weckte Schauli durch sanftes Rütteln. »Steh auf, Schauli, wir müssen los. Ich habe dir die Uniform gebracht. Zieh dich an.« Alle Angst der Welt stand ihm ins Gesicht geschrieben, als er langsam vom Sofa hochkam. »Bitte gib mir ein Bein«, sagte ich und streifte ihm erst das eine Hosenbein über wie damals, als er ein Baby war, und dann das zweite. Wie sollte er so kämpfen, wenn er sich nicht mal allein anziehen konnte. Als ich ihm die Stiefel geschnürt hatte, blickte ich ihm in die Augen, suchte dort den Anflug eines Lachens oder Weinens, etwas, woran ich anknüpfen könnte.

»Du weißt nicht, was ich dort gesehen habe«, sagte Schauli. Das ist gut. Er redet. »Erinnerst du dich, dass ich auf dem Heimweg von der Schule mal eine überfahrene Katze mit aufgerissenem Bauch gesehen habe und später nicht einschlafen konnte? Dort gibt es aufgerissene Menschen. Du hast keine Ahnung, was da abläuft, Mama, man hat uns nicht gesagt, dass es so sein wird.«

»Wäre wunderbar, wenn du nicht wieder hinmüsstest«, sagte ich. »Aber es bleibt jetzt nichts anderes übrig. Dein Vater holt dich gleich ab.«

»Mein Vater?«, fragte er. »Gut, Mama.« Er wunderte sich kein bisschen, saß nur aufrecht und gehorsam mit geschlossenen Beinen auf dem Sofa. Ich machte ihm schnell eine Tüte mit belegten Broten und mit Obst aus Mendis Garten und legte sie ihm auf den Schoß.

Wir hörten den Hubschrauber auf dem offenen Feld neben Mendis Haus landen, und Staubwolken wirbelten vor unseren Augen auf. Rosolio kam allein herein, seine Wächter und Assistenten blieben draußen, und auch Mendi verschwand von der Bildfläche.

»Bist du bereit, Schauli?«, fragte er, kam mit wenigen großen Schritten herein und legte ihm die Hand auf die Schulter.

»Ja, Papa. Ich bin bereit.«

Sie marschierten nebeneinander hinaus, ein junger und ein alter Soldat. Ich stand an der Tür und sah sie davongehen, Rosolio sprach mit ihm, und Schauli nickte, bis sie in den Hubschrauber stiegen und abhoben zur Front.

Ein paar Wochen nachdem Rosolio seine aktive Dienstzeit beendet hatte trafen wir uns in einem Café am Strand. Es war am Morgen, und er trug Zivil. Nur ein einziger Leibwächter schützte ihn von Weitem, und wir erregten keine Aufmerksamkeit. Sein kleiner Krieg war schon fast vergessen. Die Politiker, behauptete er, hätten ihn einen Moment vor dem entscheidenden Sieg gestoppt und um den Ruhm gebracht. Er wollte sich mit mir über seine nächste Lebensphase beraten. Wir sprachen in Ruhe darüber. Wie gewöhnlich gab er viel auf meine Meinung. Danach fragte er, was ich von Schauli hörte, der seit seiner Wehrentlassung schon über ein Jahr in der Welt herumreiste. Ich erzählte ihm, er schreibe mir gelegentlich ein paar Worte, berichte, wo er steckte, aber viel mehr wüsste ich nicht. Ich hatte ihn um ein paar Fotos gebeten, um daraus auf seine Seelenlage schließen zu können, aber er schickte kein einziges. Freitag- oder feiertagsabends kann ich ihn manchmal am Telefon erreichen, und wir wechseln ein paar flüchtige Sätze. So höre ich wenigstens, dass er am Leben ist.

»Weißt du, als ich ihn damals zurückholte, hat er sich einwandfrei verhalten«, sagte Rosolio, der ohne Uniform weich und erloschen wirkte. »Ich habe gebeten, ein Auge auf ihn zu halten, aber das war unnötig, er hat gekämpft wie alle.«

Nach dem Krieg hatte ich versucht, ein Treffen zwischen den beiden zu arrangieren, dachte, Rosolio würde zustimmen, aber er mied uns und traf Schauli kein einziges Mal mehr.

»Vielleicht schreibst du ihm?«, fragte ich jetzt. Vor uns auf dem Kaffeehaustisch standen die Reste unseres Frühstücks, und er sah sich um, auf der Suche nach einem Fluchtweg. »Das wäre schön von dir. Es könnte helfen.« Rosolio murmelte etwas. »Was hast du gesagt?«, fragte ich, war nicht bereit, von ihm abzulassen.

»Ich habe dein Buch erhalten«, sagte er, um das Thema zu wechseln. »Es sieht sehr beeindruckend aus, bin noch nicht zum Lesen gekommen. Man sollte es übersetzen lassen, damit auch andere von unserer Kampferfahrung lernen können.«

»Ich möchte, dass du Schauli schreibst, ihm ein Treffen vorschlägst«, sagte ich. »Du hast jetzt viel Zeit. Vielleicht reist ihr ein bisschen gemeinsam. Das könnte euch beiden guttun.«

»Das ist unmöglich, Abigail«, sagte Rosolio. »Ich habe Frau und Töchter, kann nicht einfach so verschwinden. Und schließlich haben wir ein Abkommen.«

Ich stand auf, ging zur Theke und beglich die Rechnung. Dann verließ ich das Café, ohne Rosolio Auf Wiedersehen zu sagen. Grau und verlassen blieb er am Tisch sitzen, und sein Personenschützer beobachtete ihn starr von Weitem.

Noga und ich blieben Freundinnen, trafen uns häufig. Sie hatte den Krieg höchst erfolgreich überstanden, mit Vaters Zyankalikapsel in der Tasche, und alle waren zufrieden mit ihrer Leistung. Jetzt ist sie schon Vizechefin der Staffel, und man sagt ihr eine blendende Zukunft voraus. Sie ist mein größter Erfolg.

Nach dem Krieg waren wir wieder zu dem Tätowierer gegangen.

»Hast du dich schon entschieden, Mutter?«, fragte der junge Mann und bat mich auf die Behandlungsliege.

»Ja«, antwortete ich.

»Was hast du gewählt? Eine Blume? Einen Vogel? Den Namen eines Geliebten? Eines Kindes? Einen Glücksbringer?«

»Einen scharfen Dolch, da unten.« Ich zeigte auf den Unterleib, fast auf Beckenhöhe.

»Das wird wehtun dort. Bist du sicher?«

»Ja. Soll es halt wehtun«, sagte ich, und er machte sich ans Werk.

Die Wunde heilte, und der Dolch war in mein Fleisch eingebrannt. Er gefiel mir. Noga sagte, er sei schön und furchterregend. Ich rief Jona an, nachdem wir uns lange nicht mehr getroffen hatten, und lud ihn zu mir ein.

»Ich habe eine Überraschung für dich«, sagte ich, als er mich entkleidete, und weckte Erwartung in seinen starren Augen. »Sei stolz darauf, er ist für dich«, flüsterte ich ihm zu, als der Dolch zum Vorschein kam. Ich sehnte mich nach dem stürmischen Gefühl von damals, als wir gemeinsam auf den Abzug drückten.

YISHAI SARID BEI KEIN & ABER

MONSTER

»Sarid entriegelt in diesem Roman die Absperrungen und Begrenzungen, mit denen wir uns den Holocaust üblicherweise vom Leib halten. In der Gegenwart des Monsters Erinnerung gibt es keine Schonung. Das ist das Prinzip des Buches.«
Der Spiegel

Roman
broschiert, 176 Seiten
Aus dem Hebräischen von Ruth Achlama
ISBN 978-3-0369-6107-1

LIMASSOL

»Spannend, ehrlich, vor allem aber schön. Solche schwarzen Krimis sind paradoxe Zeugnisse einer schonungslosen Demokratie und einer vital herumwirbelnden Kultur.«
Frankfurter Allgemeine Sonntagszeitung

Roman
broschiert, 208 Seiten
Aus dem Hebräischen von Helene Seidler
ISBN 978-3-0369-6014-2

Die Bücher sind auch als eBooks erhältlich.

www.keinundaber.ch